赵兴华◎著

寻找小芳

当代世界出版社

图书在版编目（CIP）数据

寻找小芳 / 赵兴华著. -- 北京：当代世界出版社,
2012.9
　ISBN 978-7-5090-0764-8

Ⅰ. ①寻… Ⅱ. ①赵… Ⅲ. ①长篇小说－中国－当代 Ⅳ. ①I247.5
中国版本图书馆CIP数据核字(2011)第140544号

书　　名：	寻找小芳
出版发行：	当代世界出版社
地　　址：	北京市复兴路4号(100860)
网　　址：	http://www.worldprss.com.cn
编务电话：	(010)83908456
发行电话：	(010)83908410(传真)
	(010)83908423
	(010)83908409
经　　销：	全国新华书店
印　　刷：	北京世纪雨田印刷有限公司
开　　本：	165毫米×230毫米　1/16
印　　张：	16
字　　数：	189千字
版　　次：	2012年10月第1版
印　　次：	2012年10月第1次
书　　号：	978-7-5090-0764-8
定　　价：	28.00元

如发现印装质量问题，请与承印厂联系调换。
版权所有，翻印必究；未经许可，不得转载。

Looking for Xiao Fang
寻找小芳

目录

第一章 韩秋很像小芳 / 1

第二章 彭辉和他的女人们 / 21

第三章 情和欲谁也说不清 / 39

第四章 春心开始萌动了 / 61

第五章 心理防线解除了 / 83

第六章 枫叶红了的时候 / 101

第七章 偷尝了禁果以后 / 125

第八章 告别以前的女人 / 141

Looking for Xiao Fang
寻找小芳

目录

第九章 金丝鸟的幸福生活 / 155

第十章 瑞雪未必兆丰年 / 177

第十一章 物欲横流的世界 / 191

第十二章 爱是否可以重来 / 209

第十三章 从迷茫走向死亡 / 229

《寻找小芳》后记 / 249

第一章 韩秋很像小芳

在彭辉的眼里，女人只是一件衣服，喜欢就穿，不喜欢就随手扔掉。自从一猛子扎进商海以后，彭辉就从来没把哪个女人放在心里过，他觉得现在的女人都太认钱，太认钱的女人都不干净，都散发着一股令人作呕的味道。彭辉曾不止一次对别人说过，要是有哪个女人能打动他，除非她是个仙女或者是个妖精。

可是自从昨晚遇到那个酒店服务员以后，彭辉就像着了魔一样，真可谓心旌荡漾、魂不守舍了。就连彭辉自己都觉得有些不可思议，有些荒唐可笑："我他娘的这是怎么了？我他娘的不会是在做梦吧？"

近几年，彭辉接触过的、睡过的女人连他自己都数不清了，其中也不乏有姿色、有韵味的，可是还没有一个能让他如此魂牵梦绕，还没有一个能让他如此废寝忘食，还没有一个能让他把生意抛在脑后而昼思夜想、醒时梦里都是她。

彭辉一向很敬业，从没为女人分过心，否则他的装饰公司不会像滚雪球一样迅速发展起来。

彭辉的装饰工程公司已经成立五年了，三年前接了一个写字楼的装修工程以后，他就把公司从京郊迁到了城郊结合部。彭辉租了一座独立的三层小楼，一楼经销装饰材料，二楼办公，三楼是员工宿舍。后面的院子也充分利用了起来，组织自己的工人盖了两排平房，分做车间和库房。彭辉讲究脸面，上上下下里里外外都进行了装修和粉刷，给人的感觉这是一家很有实力的公司。

彭辉的装饰公司与楼外楼酒楼只有一楼之隔，因为经常招待衙门口和工程的甲方人员，彭辉很快就成了那里的常客。楼外楼酒楼是私人承包的，承包者是个姓梁的北京人，据说是区里某位领导的小舅子。有靠山就有客源，所以，那里的生意一直很红火。一楼是潮州风味的酒店，彭辉喜欢潮州菜的清淡爽口；二楼是夜总会，三楼是桑拿洗浴中心，二三层的小姐加起来有一百多，她们大都是江南妹子，彭辉觉得南方小姐比北方小姐娇柔；四楼至八楼都是客房，其中五楼六楼装修得最豪华，彭辉在那两层常年包房，图的是安全、方便和清净。

近两年，彭辉每年都得在楼外楼酒楼消费百八十万，在那里被他拉下水的官员和甲方也以三位数为计了。彭辉没有过硬的后台，他一步步发起来就靠两块敲门砖：一块是金钱，另一块是女人。两块砖一起砸出去的时候，显然作用就更为明显了。

昨天晚上，彭辉在楼外楼酒楼宴请的是区文化局崔副局长和具体负责区文化活动中心装修工程的行政科长老魏。依旧和前几天一样，一请就是一个系列，两位七品都不到的官员显然已经上瘾了。

崔副局长生得清瘦白皙，戴一副很考究的金丝眼镜，说起话来咬文嚼字、引经据典，总以文化人自居。老魏则生得虎背熊腰，面色黑里透红，一看就是个实干家。老魏虽然比崔副局长大三岁，再过两年就该知天命了，可他对崔副局长一直都是毕恭毕敬，因为他是行政科长，崔副局长是主抓行政的副局长。官场历来都一样，是官大一级压死人，九品官的老魏在八品官的崔副局长面前就跟个三孙子似的。

在酒店包房里服务的女服务员是个新手，始终有些手忙脚乱，上汤的时候手一抖，汤便撒了出来，弄脏了崔副局长崭新的皮尔·卡丹西装。这身西装是彭辉前不久送给崔副局长的，崔副局长甚是喜欢，还是第一次上身，不夸张地说，这身皮尔·卡丹起码让他年轻了五六岁。望着衣袖和前襟上营养丰富的高级靓汤，崔副局长居然一反往日的儒雅，立马儿把他那对智慧的眉头拧成了两个愠怒的肉疙瘩，把原本清秀的脸拉得比驴脸还长。崔副局长不仅连连喷出了几句不儒雅的话，还张牙舞爪地非要把酒店经理叫来不可。

彭辉很在乎崔副局长当晚的情绪，自然也是一脑门子心思，因为第二笔工程款是再拨六十万，还是再拨八十万，全凭崔副局长的一句话。彭辉站起身刚要发火，却见那个一脸惶恐的服务员已经在抹眼泪了。彭辉这才仔细瞧了她一眼，这一瞧不要紧，心里顿时"咯噔"了一下，因为那个服务员抹眼泪的样子，太像一个人了。

太像小芳了！简直就是一个模子刻出来的！

小芳是彭辉喜欢的第一个女人，不，确切地说，小芳是彭辉唯一真正爱过的女人。彭辉总觉得自己同小芳的那段感情应该算是他的初恋。

彭辉在二十年前与小芳分手的时候，小芳当时一句话也不说，只是不停地抹眼泪，就如同眼前这个服务员可怜兮兮的样子，而且，也是这样紧紧地咬着嘴角，大概是怕自己哭出声来。

彭辉把顶到嗓子眼的脏话咽回肚子里，扭曲了的国字脸也倏然恢复了原有的形状。一般的男人都是看不了女人流泪的，彭辉也一样。彭辉的身材和相貌可以用英武二字形容，属于挺有阳刚之气、挺有魅力的那种男人。但他有时又是个心软的人，之所以说有时，是分对谁，或说是对什么样的女人。彭辉眯起双眼再次端详那个服务员，太像了！实在是太像了！身材、脸盘和眉眼，简直就是二十年前的小芳。如果她留的不是短发，而也像小芳那样梳两条过了腰的大辫子，彭辉一定会失态地喊将出来。

"你，哪儿的人？"彭辉的语气既不生硬，也谈不上柔和。

"山东临清。"服务员没敢抬头，怯怯地从嘴里挤出几个字，的确带有很重的山东味儿。

彭辉的心一下子凉了大半截，因为小芳是河南商丘人，也没听说小芳家有山东亲戚。即便这样，彭辉依旧忍不住又看了她几眼，怎么看怎么像小芳，尤其是那几粒不太明显的雀斑，其分布情况几乎都与小芳无二。

"再给我们加一瓶法国干红。"为缓解眼前的尴尬，彭辉把这个像小芳的服务员支走了。

"待会儿给她一百小费。"彭辉悄悄吩咐自己的工程师李彤。

"我知道了。"李彤点点头，然后出去了。

李彤是清华建筑系毕业的，已经在彭辉的手下干了三年。李彤之所以放弃国营设计单位来彭辉的个体公司打工，一是李彤不满足挣有数的工资，二是李彤觉得彭辉为人仗义，三是李彤坚信在彭辉的公司更能发挥他的才能。三年前彭辉装修的那栋写字楼是李彤设计的主体，装修过程中有的地方要动结构，彭辉得征得李彤的认可，这样两人就打了几次交道，在一次畅饮之后，两人都有了相见恨晚的感觉。彭辉动员李彤跟他一起干，李彤毫不犹豫就答应了。

李彤来到彭辉的公司以后，使工程设计和施工质量很快上了一个档次，彭辉的买卖也就越来越顺了，每年的利润都呈几何级数增长。文化活动中心的装修工程之所以能够顺利中标，除了彭辉私下拼命活动之外，主要得益于李彤的装修设计方案。区长和区委书记看了几家的装修设计方案之后，都对李彤的那几张效果图非常赞赏，说很气派，也很超前。其他人都或多或少地得到了彭辉的好处，见区长和书记一满意，自然也都随之附和，于是彭辉便中了标。

"你叫什么名字？"李彤在账单上签过字之后，问那个服务员。

"我叫韩秋。"女服务员低声答道。

"拿着吧，委屈你了，这是我们彭老板给你的小费。"李彤从手包里拿出一百元钱，塞到韩秋的手里。

"不，我不要。"韩秋把钱还给李彤，连连后退了几步。

"你要是不要的话，我们彭老板会不高兴的，而且，我们彭老板也会责怪我的。"李彤走近一步，再次把钱塞到了韩秋手里。

"不……"韩秋仍在拒绝。

李彤很诧异地望着韩秋，他感到有些不可思议，因为他已经替彭辉发过无数次小费，无论是小姐还是服务员，这还是第一次被拒绝。李彤忍不住端详起韩秋，坦率地说，韩秋长得并不漂亮，甚至有些土气，可是她很耐看，越看越觉得有一种味道，羞涩、腼腆和胆怯。现如今，这样的女孩儿似乎很少见了。

李彤是个很清高的人，除了彭辉，在他接触的人中，还没有让他佩服的。李彤在大学期间就曾被很多漂亮的女同学追求过，因为无论从相貌还是学识，他在同学中都是出类拔萃的，后来他选择了一个与他的家境差不多的，他觉得门当户对比较稳妥。然而，就在毕业前夕，那个女同学跟他分手了，原因很简单，女同学要求和他一起出国深造，而他却拿不出那笔出国费用。从那以后，李彤就暗暗立下誓言：不干出个样来，就坚决不考虑婚姻问题。这也是李彤选择彭辉公司的缘故之一，他认为自己在彭辉的公司一定可以干出名堂来，而且他跟彭辉明确说过，在彭辉的公司最多干上五六年，到那时他就到了而立之年，他有可能去建立自己的公司。

正在李彤为难之际，一名叫小慧的服务员走了过来。

小慧笑着说："韩秋，拿着吧，你就别让李哥为难了。"

见韩秋依旧不肯接受，小慧便把钱接在手里，然后笑嘻嘻地对李彤说，"谢谢李哥，我替她收下了。李哥还不知道吧，这是我妹妹，刚来没几天，往后您得多关照呀！"

小慧已经在这里干了两年，跟彭辉和李彤很熟。小慧的嘴很甜，见了谁都哥哥长哥哥短的叫得很亲。

李彤也笑笑说："哦，原来是你妹妹呀？怎么长得不太像啊？"

小慧挤眉弄眼地笑着说："不是亲妹妹，我俩是老乡，是干姐妹儿。"

李彤说："哦，我说呢。放心吧，回头我跟彭老板说一声，彭老板一定会好好关照她的。"

小慧说："李哥，你们也别忘了关照我哟！我这个月的任务还没完成呢，你们是不是也该订两次我的包房了。"

李彤拍了拍小慧的肩膀说："没问题，包在我身上！"

李彤并非在说大话，因为无论是吃饭唱歌还是蒸桑拿，一般都是由他提前替彭辉做安排，实际上他还充当着秘书的角色。刚才吃饭的时候，李彤上了趟二楼，就是提前安排夜总会包房和小姐去了。

回到酒店包房，李彤悄悄对彭辉说："老板，那个服务员叫韩秋，今年十九岁。她的确是山东的，是小慧的老乡，才来这儿三天。"

彭辉表情很平静地点点头说："小慧的老乡？哦，我知道了。走吧，咱们陪着崔局和魏科长去夜总会。"

他们几人走出包房的时候，韩秋拘谨地站在门口，脸上带着歉意。彭辉目光柔和地冲韩秋笑了笑，没有说话。李彤停下脚步，也冲韩秋笑了笑。

"谢谢你！"李彤低声说。

"对不起，我……"韩秋没敢看李彤。

"没事儿，没事儿。"李彤又端详了韩秋一眼。

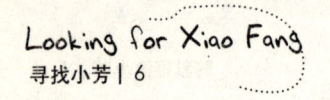

他们几个上了二楼，韩秋的表情才轻松下来。

自从文化中心的装修工程一开工，彭辉就几乎天天陪着崔副局长和老魏泡在这里。崔副局长的老婆和老魏的老婆都已经是残花败柳，自然没有这些正值妙龄的小姐们有魅力，用崔副局长的话说，"人生得意须尽欢，莫使金樽空对月。咱们得抓紧时间把咱们失去的青春找补回来。"

崔副局长总是感叹自己早出生了十年，倘若能年轻十岁，他一定会尽情地享受这二十世纪末的潇洒时光。每次见到新小姐，崔副局长都让人家猜他的年龄，谁要是说他过了四十，他马上就会把脸沉下来。谁要是说他不到四十，发小费的时候他准让彭辉多给人家一百。崔副局长还挺喜欢玩感情，对前几次陪他的那个东北小姐总是恋恋不舍，每次来这里都点名道姓地找她，还答应给人家买新款手机。老魏也对陪他的那个河南小姐念念不忘，今天还特意给人家带来了一条精美的镶了钻的白金项链。

对于泡小姐，彭辉早有些腻了，甚至有些麻木了。彭辉要小姐纯粹是为了应酬，纯粹是逢场作戏，当然偶尔也为了泄欲。彭辉刚满四十，按说在性功能方面不该有什么大问题，可是由于他的女人实在太多，所以他这方面的欲望已经大不如前了。

楼外楼的小姐都认识彭辉，都知道彭辉出手大方，彭辉一露面，就都围拢过来甜腻腻地叫着"彭哥"、"彭总"、"彭老板"。彭辉一向对她们很随便，摸摸这个的脸蛋，拍拍那个的屁股，夸这个会打扮了，赞那个减肥有了成效。彭辉的确对那些小姐很亲热，可他的亲热里又夹杂着明显的轻蔑，给人的感觉，他是高高在上的皇上，是上帝。他习惯把泡小姐说成参与"扶贫活动"，说成是赞助"希望工程"。

可是，今天晚上彭辉却没心思同她们调侃煽情，甚至连唱歌、跳舞和亲昵的情绪都没有了。尽管陪彭辉的川妹子很漂亮很活泼也很风骚，可彭辉的兴致就是提不起来。彭辉不是闷头喝酒就是闭目发呆，他还在琢磨那个很像小芳的叫韩秋的服务员。那个服务员勾起了彭辉一直不愿回忆的、尘封已久的往事，让他再次怀念起那个叫小芳的人。

小芳是彭辉内心永远无法消逝的痛。所以，他现在一听到当下很流行的那首叫《小芳》的歌，就一阵阵揪心地疼，仿佛那首歌就是为他写的。

彭辉父亲家是富农出身，文革初期，彭辉的父亲就被轰回了老家河南商丘彭家庄，而且还带上了彭辉，那年彭辉才八岁。当时彭辉的母亲正闹病，加之母亲家是下中农出身，母亲就没有被遣送。母亲和三岁的妹妹留在了北京，从此一家四口以合并同类项的方式一分为二，两地分居了。

彭辉的父亲虽然出自富农家庭，自幼却跟他家雇的那个短工学了一手好木匠活儿，解放后就一直靠自己的木匠手艺自食其力。解放前夕，父亲家迁到北京，父亲家和母亲家是街坊，父亲为母亲家做了一张八仙桌，一对太师椅，母亲便看上了父亲的手艺并嫁给了父亲。文革前，父亲已经是建筑公司的六级木工了，六级工养个四口之家还是蛮宽裕的，所以彭辉的童年比一般的孩子甜美滋润。

彭辉的记忆里，有一次父亲多喝了几杯酒后感慨地说："要不是因为家庭成分高，说不定我也能做个一官半职的了。"这话不假，彭辉的父亲也参加了人民大会堂的建设，也是青年突击队长，而且父亲还读过五年私塾，在他们那一代人里，尤其是在建筑行业里，那点儿墨水也算是百里千里挑一的秀才了。

彭辉一到老家就傻了眼，因为老家比他想象的还要贫穷。没有澡堂子，只能在村头的池塘里洗凉水澡；没有自来水，只能喝池塘边那口老井里带蚊子卵的苦涩混浊的水；没有电灯，点的是呛得人流眼泪的只有一丁点亮光的煤油灯；住的就更惨了，村里把两间废弃了的牲口棚分给了他们父子俩。

幸好隔壁的大山叔家是一户好邻居，大山叔家那个长得很好看的独生闺女就是小芳。

小芳比彭辉小一岁，虽然到了上学的年龄，可大山叔和大山婶就是不让她念书，说女孩子早晚是泼出去的水，念书屁用也没有。在彭辉的心目中，小芳是村里最好看的女孩子，大大的眼睛，圆圆的脸蛋儿，白白的皮肤，就像年画里那个抱着大南瓜的童女。小芳心灵手巧人又勤快，早就开始做家务活了，而且做什么像什么。彭辉的父亲总感叹地说："穷人的孩子早当家呀！她才多大个人啊，这要是在城里头，还躺在爹娘的怀里撒娇呢！"

　　小芳毕竟还是个孩子，忙里偷闲总爱往彭辉家跑，她喜欢找彭辉玩耍，喜欢听彭辉给她讲北京的新鲜事。时间一久，彭辉和小芳的友谊就牢固起来，用两小无猜、青梅竹马形容他们最恰当不过了。

　　白天，彭辉跟着父亲下田耕作，尽管他不喜欢农活，但正如父亲所说不干就得饿死；夜晚，彭辉跟着父亲读书写字，他倒是很想多学点知识，只可惜父亲的肚子里只有五年私塾的内容；余下的时间，彭辉跟着父亲学木匠活，木匠活他既不喜欢也不反感，因为每逢有人请他们干活，他们都能吃上几顿饱饭，遇上富裕点儿的人家儿，还能沾点儿白面和荤腥。

　　彭辉始终忘不了北京，不仅仅是因为北京有妈妈和妹妹，他毕竟在北京长到了八岁，北京优越的生活条件在他幼小的心灵中留下了无法磨灭的烙印。初到老家的那几年，彭辉时常问父亲啥时候能回北京，父亲总是说，等你长大以后咱们就回去。后来，随着年龄的增长他逐渐懂事了，他从父亲那无奈而忧伤的眼神里看出父亲心中有着某种歉疚，于是他就不再问了。但是他的骨子里有着强烈的欲望，他迟早要回北京，而且要把小芳一起带走。这时的彭辉，已经把小芳当成相依为命的伙伴了。

　　有一次小芳问他以后会不会走，他咬牙切齿赌咒发誓地说："你看着吧，我早晚得回北京，我决不会在老家待一辈子的！我要当大官儿，发大财！"彭辉一说这样的话，小芳的脸上就会显露出一种失落，于是彭辉又忙安慰小芳说："小芳你放心，我不会说走就走的，得等我长大了才走。小芳，你别怕，我要是走的话，也一定会把你带走的，我哪能扔下你不管呢。"这时候，小芳的脸上就会重新换上那种轻松的表情，并掩口笑着说："没羞，俺又不是你啥人，你走不走关俺啥事？"

　　在彭辉的眼里，小芳就像小人儿书里那个勤劳善良的七仙女，而他就是那个有艳福的董永。那本小人儿书是彭辉偷偷带回老家的，天仙配的故事也是他给小芳讲的第一个故事。

　　昏暗的灯光，轻柔的音乐，包房里的气氛又进入到了"温馨一刻"。崔副局长和老魏早顾不上唱歌跳舞了，只恨自己没有多生一张嘴，没多长两只手。两个人的嘴和手都不停地忙活着，陪他们的两个小姐发出的娇嗔和淫笑声交织在一起，让人感到窒息和厌烦。

"彭老板，想什么呢？怎么好意思把人家小姐晾在一边儿呀？"崔副局长从洗手间回来后，用手捅了彭辉一下。

"没……没想什么。"彭辉从回忆中醒过神来，苦苦一笑，应付差事似的把川妹子搂在了怀里。

"彭哥心里的女人多，哪里顾得上疼我呀！"川妹子很大方地在彭辉的脸上嘬了一口，然后贱兮兮地把头扎在了彭辉的怀里。

彭辉没心思跟川妹子打情骂俏，却又不能不逢场作戏，因为他不想让崔副局长扫了兴。只要崔副局长玩儿爽了，明天他就能多拿到二十万，而且那几十万的洽商协议（工程改动只要甲方认可就可以得到追加款）也一准儿能顺利签下来，那可是不拿白不拿的钱。

正在唱歌的李彤停了下来："彭老板这几天有点儿累，工程刚开工，事情实在太多了。"

彭辉点点头："是啊，是啊，这个工程区领导那么重视，马虎不得啊！"

文化活动中心的装修工程，是迄今为止彭辉承接的最大的工程，为了拿下这个工程，彭辉使出了浑身解数，仅打点各方面的关系就花出去二十五万。老魏是彭辉一个朋友的表哥，是崔副局长的嫡系部队，彭辉就是通过老魏与崔副局长搭上关系的。第一笔工程款到账的当日，彭辉把十万现金交给了那个朋友，那个朋友和老魏按三七开分成。老魏曾经暗示过彭辉：崔副局长的儿子正在办出国留学的手续，手头不宽裕。彭辉让魏科长您放心，一切包在他身上，当晚彭辉就带上二十万现金去了崔副局长家。二十万分装在两个滋补品包装盒里，彭辉说我侄子这一段温习功课得好好补一补。次日，崔副局长便把二十万现金还给了彭辉，说："彭老板你的礼也太重了，我实在不能要。彭辉说咱们是朋友，朋友遇到难处我岂能袖手旁观。"崔副局长坚决不要，并说以后有用钱的地方再找彭辉。这种情况彭辉还是第一次遇到，颇感意外。

虽然拒收了二十万，崔副局长却跟彭辉成了莫逆之交，而且崔副局长还叮嘱老魏，在施工中尽量不要难为彭辉，老魏当然乐意做这样的中间人。彭辉做工程一向不黑，一直都把纯利的百分之四十拿出来打点中间人和甲方，所以他和大多数工程甲方人员结成好友，这些年他的工程源源不断。

彭辉之所以把楼外楼酒楼作为根据地，因为这里可以"走系列"，餐饮娱乐住宿不用换地方。现在有的官员太好腐蚀了，一两个"系列"走下来，都他娘的乖乖地听凭彭辉的摆布了。彭辉做工程有着深切的体会，用金钱和女人这两块敲门砖可以敲开大大小小、形形色色的衙门。在彭辉眼里，崔副局长就算是难得的清官了，他愿意交这样的朋友。既然人家不要钱，这笔钱也不能省下，尽量花在崔副局长身上就是了。

最初的时候，彭辉还是很检点的，给别人安排好，他就躲到一边去了。他觉得那些出台小姐都不干净，他怕惹上什么性病或艾滋病。可是几乎所有的甲方都用一样的口气嗔怪他说："彭老板，你怎么能这样呢？要爽咱们就一块爽，你要是不干，我们哪好意思干呀？"彭辉于是只好也要一个，慢慢也就习惯了。常在河边走，肯定得湿鞋，彭辉已经多次轻重不同地染上过性病。好在如今有的是好药，只要舍得花钱，一般的性病都是不难治愈的。

这一晚，李彤早就按彭辉的要求做好了小姐们的工作，并开好了房间。四个标准间都在六层，唱完歌就把几个小姐带了上去。临睡前，彭辉又特意对陪崔副局长和老魏的那两个小姐叮嘱了一番："你们俩可得好好表现啊，只要你们把我这两位哥哥伺候爽了，我保证给你们多发奖金。"

一切安排妥当，彭辉带着川妹子到李彤的房间聊了一会儿，临走又叮嘱陪李彤的小姐好好服侍李彤。

彭辉在这方面一直很照顾至今孑然一身的李彤，他知道，李彤虽然清高，但毕竟是精力旺盛的年轻人，自然有正常的生理要求。李彤也很感激彭辉，彭辉不仅不让他自己花钱，还尽量给他安排比较文静、比较单纯的小姐。彭辉还叮嘱李彤不要在这种场合动真感情，以后他会给李彤物色一个本分的女孩儿。在彭辉看到韩秋的时候，他就想到了李彤，他觉得韩秋和李彤很般配。李彤看到韩秋的第一眼内心也怦然一动，因为他幻想中的女友，就是韩秋这个样子。所以，在唱歌的时候，他点的那些歌，都是那种很缠绵、很煽情的。

彭辉带着川妹子来到自己的房间，川妹子先伺候彭辉洗澡。洗澡的时候，川妹子就开始了对彭辉的挑逗。川妹子是个职业杀手，一上床就施展出自己的看家本领。由于一直想着小芳和那个很像小芳的服务员，彭辉的情绪说什么也提不起来。彭辉见川妹子忙得上气不接下气，便有些不忍地说："妹子，算了吧，这几天我实在太累了，就不勉强你了。"

不知川妹子是怕少得小费，还是别的什么缘故，不甘心地说："彭哥，我要是连这点儿本事都没有，以后就别吃这碗饭了。"

功夫不负有心人，在川妹子的百般努力之下，彭辉最终还是亢奋起来，但行事依旧很勉强。事毕之后，川妹子伺候彭辉冲了澡，然后很快就睡着了。彭辉却翻来覆去怎么也睡不着，他又在琢磨那个叫韩秋的服务员，我不会是在做梦吧，她实在太像二十年前的小芳了。

十八岁的时候，彭辉的木匠手艺就已经达到了出师的水平。

有天晚上，父亲拍着彭辉的肩膀说："辉儿，我可能是得了不好治的病，以后恐怕就不能再带你了。听我的话，你不是干农活的料儿，还是想办法离开老家吧。好在现在不割资本主义尾巴了，你现在的手艺可以独自出去揽活了。等过了今年大秋，你就去北京找你妈吧。"

彭辉还没来得及去找母亲，母亲却突然来了。

彭辉还以为是母亲知道了父亲的病特意赶来探望的，却没想到母亲是来跟父亲办离婚手续的。母亲离婚的理由很简单：母亲病弱的身体已经无力抚养彭辉的妹妹，母亲得带着妹妹改嫁，而且，不离婚彭辉的妹妹就入不了共青团，那样会影响妹妹的前程。尽管父亲一再叮嘱彭辉不要记恨母亲，尽管母亲在离婚的当天也曾流着泪对彭辉说："辉儿，别怪妈，妈永远是妈，你也永远是妈的儿子。"但是彭辉依旧不能原谅母亲，因为父亲已经被确诊得了胃癌，几天后就做手术。父亲不许彭辉把他患病的事告诉母亲，彭辉看到父亲在离婚协议书上签字的时候，手一直在抖。

彭辉开始憎恨母亲，彭辉觉得父亲很伟大，母亲太渺小了。

一个月后，父亲死了。

父亲死后，彭辉并没有离开老家，因为他不想回北京去面对陌生的继父。彭辉只是给妹妹发了电报，是发到妹妹学校的，他觉得应该让妹妹赶来，妹妹毕竟是父亲的女儿。妹妹来了，妹妹不会像老家的人那样边哭边数落，只是默默地抹眼泪，妹妹从小就不爱说话。妹妹参加完父亲的葬礼就匆忙回去了，因为妹妹是瞒着母亲和继父来的。

　　彭辉之所以打消了回北京的念头，主要还是他舍不得小芳，那时小芳是彭辉唯一的伙伴和知己。没有小芳，彭辉的少年和青年时代会更加单调和郁闷，而未来的生活，若失去小芳将会变得毫无意义。

　　小芳虽然没上过学，可小芳却认识了不少字，小芳的字都是跟彭辉学的。小芳还喜欢看彭辉做木匠活，常常是看得忘了吃饭忘了睡觉。好在两家的关系处得不错，大山叔和大山婶并不反对小芳到彭辉家串门。小芳手巧又勤快，彭辉和父亲的棉衣被褥拆洗都是小芳的事。小芳还经常帮助他们父子烧火做饭，小芳做得饭菜就是比他们父子做的香甜。当然彭辉和父亲也不欠小芳家的情分，小芳家的那对箱子和那个碗柜就是他们父子俩起早挂晚做的，不仅不要工钱，而且还搭上五金件和油漆。

　　彭辉最乐意做的事情是在夜幕降临以后到池塘边钓青蛙，这也是彭辉唯一可以孝敬父亲的方式——用青蛙腿给父亲熬汤喝。大山叔是个酒腻子，炸青蛙腿是他最喜欢的下酒菜，所以小芳每次陪着彭辉夜钓他都不反对。小芳起初不敢吃青蛙腿，第一次吃还是彭辉硬塞到她嘴里的。打那以后小芳就吃上了瘾，而且她还发明了新的吃法，如剁成馅包饺子、切成丝炒韭菜等等。

　　彭辉和小芳的感情就是在这样的平凡生活中渐渐培养起来的，虽然没有海誓山盟，也不那么波澜壮阔，却是相当美妙而又纯真的。

　　次日上午，彭辉如愿以偿地拿到了八十万的转账支票。按照惯例，拿到进度款以后是要对甲方有所表示的。彭辉问崔副局长和老魏是不是还去楼外楼酒楼潇洒一下，崔副局长和老魏都说陪他们的小姐挺会伺候人。崔副局长还说陪他的东北小姐简直就是个小妖精，不仅脸蛋漂亮，身上的每一个部位都勾人魂魄，言下之意是想重温一下昨日的销魂梦。

彭辉自然乐意成全他们，因为洽商协议还没签呢。

彭辉也很想再见一见那个叫韩秋的服务员，他想尽快弄清一个问题，看看那个服务员究竟与小芳有没有血缘关系，说不定会是小芳的亲戚呢。倘若韩秋与小芳没有血缘关系，就不可能与小芳那么相像。彭辉真是有些魔怔了，昨晚一宿没睡，光想这件事了。

载着崔副局长和老魏的桑塔纳车走在前面，载着彭辉和李彤的宝马车跟在后面。彭辉喝了酒或缺了觉一般都不动车，由李彤驾驶。李彤是去年考的车本，车开得比较稳。彭辉有在车上睡觉的习惯，可是今天彭辉说什么也睡不着，一闭上眼就是小芳和那个叫韩秋的服务员，两个人就像一对双胞胎似的在他的眼前晃来晃去。两人唯一的不同就是发型和装束，小芳是地地道道的农家女，韩秋则是个城市姑娘。两人如果不是相差了二十年，即便有这样的区别，彭辉也会把她们当成一个人。

李彤见彭辉很反常地没有睡觉，又不便打断他的深思，只是尽量把车开得平稳一些。离楼外楼越来越近了，李彤的脑海里也开始闪现着韩秋的身影。李彤昨晚虽然睡了，但是半夜从梦里惊醒了，他梦到了韩秋，梦到韩秋被一个强烈的飓风卷到了空中，韩秋在空中大喊救命，而且还喊了李彤的名字，飓风过去了，韩秋急速地从空中落下来。李彤想跑过去，他想用自己的双手接住韩秋，可双脚却像被什么东西钳住了，一步也迈不动，韩秋从空中哀怨地望着他，就在韩秋落地的一刹那，李彤惊醒了。醒了以后，李彤就再也没睡着，他很纳闷儿，自己为什么会梦到了韩秋。

彭辉离开老家快二十年了，他离开老家的时候，小芳也不满二十岁。当时小芳已经出落成一个水灵灵的大姑娘，一双会说话的大眼睛镶嵌在红扑扑的鹅蛋脸上，微微一笑就有俩酒窝。整齐的牙齿若隐若现，高高的鼻子，尖尖的下巴，长长的粗辫子，细细的腰肢，处处透着一种朴实的古典美。尤其是小芳那对丰满的乳房，尽管被衣服遮掩着，却最能吸引彭辉的视线，彭辉在没有真正看到它们以前，曾动用自己的全部智慧和思维想象着它们的颜色和形状。彭辉甚至多次在梦中观赏它们、抚摸它们、吸吮它们。彭辉第一次遗精，就是因为他偷看到小芳乳房的缘故。

那年彭辉才十七岁，那是一个夏天的晚上，小芳去村边的池塘洗澡，让彭辉给她放风。彭辉实在管不住自己的眼睛，躲在树丛后面借着月光偷看，唯一能看清的就是小芳的那对丰满而白皙的乳房。当晚，彭辉就梦到了小芳，梦里的他仅仅是摸了一下小芳的乳房，就无法遏制地一下子爆炸了，崩溃了。彭辉从梦中惊醒以后，十分的惶恐不安，他倒不是怕坏了自己的童子之身，而是觉得自己很卑鄙、很龌龊、很下流，也很不道德。

也就是在那一晚，彭辉一下子想到了自己的婚姻大事，但是，一想到婚姻他就陷入了悲哀与绝望，因为像他这样的狗崽子很难有那个福分。虽说小芳不嫌弃他，可是大山叔和大山婶都已经明确表示过了，他们只有小芳这么一个女儿，以后还得指望小芳呢，说啥也要在县城里给小芳说个婆家。彭辉觉得他和小芳的未来注定只能是一个无法实现的梦，即便小芳愿意和他长相厮守，大山叔和大山婶到死也不会答应的。而村里的青年男女都像躲瘟疫似的疏远他，尤其是那些待嫁的姑娘更是离他远远的，他是不会有任何希望的。

那时，彭辉就盼着过夏天，就盼着天尽快黑下来，因为夏天的夜里小芳要去池塘里洗澡，小芳在池塘洗澡的时候就得找个人在一旁放哨，小芳说她谁都信不过，只有彭辉给她放哨她才洗得踏实。小芳还说彭辉老实，彭辉是不会偷看她洗澡的。小芳哪里知道彭辉也有不老实的时候，彭辉不仅偷看过，而且还在梦中摸过她的乳房。后来彭辉总想做那样的春梦，他希望每天晚上都能梦到小芳，都能摸一摸小芳蜜桃般诱人的乳房。彭辉的确多次梦到了小芳，而且一次比一次卑鄙无耻，他梦到自己脱得光光的和同样被他脱得光光的小芳缠绕在一起。那时彭辉还没见过女人的那个地方，只能在梦里想象着小芳的那个神秘地方，怪得很，每次梦中见到的都不一样。那些日子彭辉频繁地遗精，严重的时候隔一两天就会有一次，他甚至有些害怕了，因为他看过《红楼梦》，知道那个瑞大叔是怎么死的。有一次，小芳给他拆洗被褥的时候指着几块污渍问他："小辉，这到底是菜油还是灯油？怎么俺打了好几遍肥皂还是洗不干净？俺就纳了闷儿啦，你怎么会把油洒在被窝儿里呢？"

小芳不知道其中原委，问得坦然，问得大大方方。彭辉则心中有鬼，弄得满脸通红，一句话也说不出来。单纯的小芳还不肯罢休，又说："以后你要是再这么粗心大意，俺可不给你洗了，回头人家该笑话俺干活粗心了。"彭辉这才结结巴巴地说，"小芳，求求你别说了。你现在不懂，等你结了婚你就明白了，你就什么也别说了。"小芳的脸虽然有些红了，但依旧坦然地说："结了婚俺就更得管着你了，俺要不管你，人家不得笑话死俺呀！"小芳此话的潜台词是说：以后不仅要嫁给彭辉，而且还要好好伺候他。可是彭辉只能在心里暗暗哭泣，因为他觉得自己没那个福分。小芳早晚得嫁人，小芳所嫁的人决不可能是他，小芳肯定是要嫁给一个城里人的。

其实彭辉原本是有希望跟小芳结婚的，因为在彭辉的父亲死后，小芳就把自己的身子主动献给了彭辉。当时彭辉就像是在做梦一样，甚至偷偷地用力掐自己的大腿，即便是感觉到了疼，依旧不相信那是真实的。彭辉对于小芳的以身相许一点儿思想准备也没有，难免有些不知所措，手忙脚乱。如果不是小芳那般的不容质疑，那般的不可抗拒，彭辉真有可能会选择逃脱。

从那一天起，彭辉又有了人生的希望，觉得自己不再孤独，因为小芳已经属于他了，小芳会永远和他相伴在一起了。可是，就在彭辉跟小芳私订终身不久，彭辉的母亲带着妹妹来了，她们是来接彭辉回北京的。

母亲又离了婚，而且是因为彭辉离的婚。

父亲虽然离开了人间，但是父亲的单位并没有忘记父亲这个全国劳模，不仅在拨乱反正中补发了父亲十年的工资，还赔偿了抄家造成的损失。母亲捧着那一万八千块钱，首先想到了在老家受苦受难的彭辉。这笔钱在当时可以称得上是笔巨款了，母亲在领到这笔钱后便和继父吵了一架。母亲认为这笔钱的支配权和继承权应属于彭辉，应该把钱给彭辉存起来。继父则大发雷霆，说："你要不说，你的儿子永远也不会知道。"继父还威胁母亲说："你要是敢把这笔钱给你儿子，从此就别再进这个家门。"母亲不想再跟继父理论了，简单地收拾了自己的东西，领着妹妹离开了继父家。母亲并没有太多的泪水，因为她这次是为了自己的儿子，她觉得以前亏欠了儿子。

在父亲的坟前，母亲长跪不起，母亲的泪水浸湿了坟头好大一片土。起初彭辉冷冷地站在一旁，并倔强地把头扭到了一边。后来是小芳悄悄拧了彭辉一把，尔后强行把彭辉按倒在地说："快跪下！你咋这么不孝呢？哪有娘跪着你站着的理儿？"

当晚，母亲把存折交给了彭辉，母亲说："辉儿，这钱是你的，你自己收着吧。你的苦日子终于熬到头了，你可以回北京接你爸的班儿了。"

彭辉的确有喜从天降的感觉，有了这笔巨款，大山叔和大山婶就不会再反对他和小芳的婚事了。他们不就是怕没人给他们养老送终吗？有了这一万八千块钱，足够他们老两口后半辈子花的了。的确，在那个时候，全中国没几家有这么多钱，有了这笔钱都可以娶县委书记的女儿了。

在彭辉眼里，县委书记就是天大的官儿了，县委书记也的确是他见过的最大的官儿。那一年他和父亲到县委书记家做家具，县委书记给了他们父子一盒恒大烟，他们真是受宠若惊，一直没舍得抽，后来彭辉把那盒发了霉的恒大烟放进了父亲的棺材里。县委书记的女儿和彭辉同龄，别提多娇贵了，就从没见她进过厨房，从早到晚都是保姆伺候她。她一从彭辉的身边过，就捂鼻子，说彭辉身上的汗味难闻死了。彭辉心里这样骂过她："放你妈个屁！是你小丫挺的鼻子有问题！小爷我身上的汗是香的，是小芳最爱闻的。"小芳的确喜欢闻他身上的汗味，一走近他就忍不住猛吸几口，说特别好闻。

彭辉拿着存折向小芳报喜，小芳却说："你真是越大越不懂事了，这笔钱你咋能独吞呀？你娘和你妹子也该有份的！"

彭辉觉得小芳的话有道理，虽说母亲改嫁了，可妹妹依旧姓父亲的姓，更何况母亲现在又是为了他被继父轰出来的。

"我不能全要，您和妹妹也该有份儿。"彭辉在小芳的陪同下回到屋里，低着头说。彭辉虽然没叫妈，可他已经在心里原谅母亲了。因为这个世界上除了小芳，只有母亲和妹妹是他的亲人了。

"我和你妹妹不该要这钱，我们已经……"母亲含着眼泪，脸上露出了悔愧之色。

"妹妹上学也得用钱。"彭辉看了眼即将上高中的妹妹，妹妹正用陌生的眼神看着他，妹妹还像小时候一样不爱说话。

"我这次是来给你办返京户口的，你爸单位同意你回去接班，你回去就是正式工了。"母亲的眼神里又换上了喜悦和希望。

"可是……可是我不想回去。"彭辉想到了小芳，因为他觉得他一走就把小芳坑了。

"为什么？"母亲异常惊讶。

彭辉紧紧咬着嘴唇，任凭母亲怎么问，始终不再开口，他不能向母亲说出实情。在那个时候，谁也没有勇气坦白那种事情，那种事在那个时候是见不得人的事，是属于流氓行为的。

父亲的丧事能凑合办下来，真得感激小芳家，大山婶组织人帮着做的装老衣裳，大山叔找人借的棺材板。最让彭辉感动的是小芳，她用自己的私房钱买了一匹黑布，连夜赶制了一百多个黑箍儿，然后她又流着泪哀求村里的年轻人都戴上。小芳说彭辉的爹是外边的人，外边的人时兴这个。正是这个"时兴"，彭辉父亲的丧事才显得与众不同，彭辉才觉得没有委屈了父亲。

彭辉与小芳干那种事是在彭辉的父亲入土以后不久，那是一个凉爽的仲夏之夜，那种事就发生在池塘边的那片草坪上。说来，彭辉也算不孝了，因为当时还没过"五七"，还属于重孝期。记得当时是小芳自己先脱掉衣服的，小芳深情地望着彭辉说："小辉，只要你能高兴起来，只要你不再难受，只要你吃好了睡好了，俺什么事情都乐意跟你做。"

当时他们在那方面都很无知，因为那时候没有那方面的书，也没有那方面的电影和电视节目，所以他们做的时候很慌乱，很笨拙，也很不成功，但毕竟还是做成了。小芳当时很天真地说："小辉，打今天起俺就是你的人了，谁也拆不散俺俩了，你说对不？"

一弯新月悬在半空，穿透垂柳把凌乱的月光撒在他们的脸上和身上，稀疏的星星瞪大了眼睛肆无忌惮地望着他们，池塘里偶尔响起几声蛙鸣，越发显出夜的温柔和静谧。村里微弱的灯光越来越稀少了，可是彭辉和小芳谁都不忍心最先说出"回家"两个字。彭辉仰面躺在地上，小芳把头伏在他的胸前，彭辉双手紧紧抱着小芳，小芳静静地听着彭辉的心跳。小芳的脸上爬满了愉快与灿烂，彭辉的脸上却显露着茫然与慌乱，这时，彭辉想到了以后，因为他不知道后面的事能不能如愿。

　　为了抒发心中的郁闷和悲苦，彭辉那时候喜欢上了写诗。彭辉不知道他写的那些东西能不能算做诗，反正小芳说它们是诗，而且小芳非常喜欢。彭辉总把自己写的诗念给小芳听，他也只能念给小芳听，那些诗要是传出去，彭辉肯定会被当做反革命抓起来游街示众。小芳的记忆力好极了，只要彭辉的诗给她念上两三遍，她保准能背下来。在小芳的眼里，彭辉就是大诗人大文豪，就是天上的文曲星下凡，因为彭辉的诗可以让她心里激动、可以让她的全身发热或发冷，可以让她两眼止不住流泪。其中有一首《车船路》是这样写的：

　　　　我乘的是一条小船，
　　　　无桨无舵也无帆。
　　　　左手捻着稀疏的胡须，
　　　　右手插在羸弱的腰间，
　　　　哼着儿时的歌谣，
　　　　在浩海里越漂越远。

　　　　我坐的是一辆破车，
　　　　缺灯缺制动也缺方向盘。
　　　　左眼望着被狗咬了的月，
　　　　右眼寻找着地平线，
　　　　弹着缺根弦的吉他，
　　　　在夜幕下上颠下颠。
　　　　我走的是条崎岖的小路，
　　　　没目的没方向也没欲念。
　　　　左脚踢着山丘，

右脚淌着泥潭，

吟诵着远古的诗句，

在迷蒙中飘飘欲仙。

小芳听了这首诗之后说："小辉，你别害怕，无论你乘什么样的船，俺都愿意和你做伴，漂到哪里俺都心甘情愿；无论你坐的车有多破，俺都敢坐在你的身边，撞得头破血流俺也没有怨言；无论你走的路有多难，俺都陪着你走，你就是做了和尚，俺也要在你的和尚庙旁边修一个尼姑庵。"

彭辉当时冲动地说："小芳，你也会做诗了！"

小芳红着脸说："俺哪会做诗呀，俺只是想让你放心，到啥时候俺都不离开你。"

彭辉当然信小芳的话，并把小芳的这段话看成是小芳的爱情宣言。

最后彭辉还是决定跟着母亲回北京，彭辉做出这个决定完全是小芳苦苦相劝的结果。

小芳说："你咋这么傻呀？你先别管俺，你要是心里有俺，等你安顿好了再来接俺不成吗？"

彭辉说："除了你，我还能有别人吗？"

小芳说："俺也喜欢大城市，俺做梦都想跟你去北京。"

彭辉搂着小芳发誓说："我要是忘了你，我这辈子就不得好死！"

小芳捂住了他的嘴说："俺不许你咒自己，俺相信你。"

那一晚，依旧是在池塘边的那块平坦的草坪上，彭辉和小芳第二次做了那种事，这次是彭辉主动的。这次就比上次的感觉要好许多，因为彭辉已经没有任何顾虑了，因为彭辉觉得小芳完完全全、彻彻底底属于他了。彭辉让小芳得到了极大的快乐和满足，小芳红着脸说："俺忘不了今天，俺永远也忘不了！"

彭辉说："小芳，我会天天想你的。你放心，我会很快回来的，只要我的户口和工作有了着落，我就马上回来接你。"

然而，彭辉却违背了自己对小芳的承诺，从此一去不复返，彭辉一直为自己的一去不复返自责痛悔着。尽管彭辉后来又有了许多女人，可是他再也没有领略过和小芳在一起的那种感觉，他一直怀念着心爱的小芳，他一直觉得小芳的死与他的食言有直接关系。

第二章 彭辉和他的女人们

依旧是昨晚就餐的那个包房，依旧是那个酷似小芳的服务员在包房里为彭辉他们服务。酒店经理知道昨晚洒汤之事，想换个服务员替韩秋当班，彭辉却摆着手说不用换，我们今儿个就是冲她来的。经理忐忑不安地望着彭辉，以为彭辉是要报复昨晚的事。

酒店经理叫谢伟亮，今年三十出头，虽然长得仪表堂堂，却是个公认的好色之徒。谢伟亮仗着自己是酒楼梁老板的表弟，总是近水楼台先得月，对有姿色的女服务员从不放过。眼下，谢伟亮跟好几个女服务员不明不白，对初来乍到的韩秋早就萌生了觊觎之心，只是顾忌小慧的缘故才没有马上下手，因为他和小慧睡了没多久。小慧是酒店领班孟雅萱的表妹，而孟雅萱又是谢伟亮表哥梁老板的情人，正是顾忌到了这层关系，谢伟亮对小慧才不敢像对待别的女孩子那样玩儿过之后就甩掉。

谢伟亮在睡过小慧以后，很快就对小慧失去了往日的热情，尤其是韩秋出现以后，谢伟亮便觉得韩秋这样的本分女孩才是他选择的目标。其实，谢伟亮也不完全是出于玩弄的目的，他一直想找个人结婚，可偏偏找不到一个可心的人。别看他只是个打工崽，择偶的条件还是蛮高的，就因他生就了一副漂亮的皮囊。他原本是想和小慧正儿八经搞对象的，却没想到小慧不仅谈过好几个男朋友，而且还和那几个男朋友都有过性关系。谢伟亮也嫌小慧的嘴茬子太厉害，认为这样的女人是不可以做老婆的。谢伟亮已经把小慧列入被淘汰之列，只是还没有找到适当的时机和理由。不甩掉小慧就不能光明正大地向韩秋发动进攻，而且他也很清楚，像韩秋这样的女孩子，很快就会被别人惦记上。

谢伟亮觉得韩秋不仅很纯，而且性情也温柔，长得虽然不是很出色，却是很受看的那种女孩儿。自从韩秋来面试的那一刻起，谢伟亮就把她记在了自己的帐下。没经过培训就把韩秋安排在包房服务，也是他的主意。

谢伟亮还冠冕堂皇地对孟雅萱说，既然韩秋是你和小慧的关系，就不必让她实习了，咱们多关照一下就是了。所以在韩秋上班的时候，谢伟亮和孟雅萱，包括小慧，都时不时地去韩秋的包房看一眼。

"你叫什么名字？"酒菜上齐后，彭辉轻声问韩秋。

彭辉记住了韩秋的相貌，却忘记了韩秋姓名。

"我叫韩秋。"韩秋的声音很低，带着明显的胆怯。

"姓韩？是秋天生的？"彭辉随便地问。

"嗯。"韩秋没有多说话，一直低着头，这一点她也很像小芳。彭辉愣住了，显得有些慌乱。

"你真是山东人？"彭辉咂了口五粮液。

"嗯，山东临清的。"韩秋依旧没敢抬头。

"你家有没有河南的亲戚？"彭辉问这话的时候，显得有些不自然，这样问显得有点唐突。

"没。"韩秋不假思索地答。

"家里都有什么人？"彭辉又问。

"爸爸、妈妈和弟弟。"韩秋抬了下头。

韩秋说完给众人满了酒，然后就出去了，她是给崔副局长取汤勺去了，崔副局长嫌他那个汤勺破了边。崔副局长是个很挑剔的人，碗筷碟勺使用前都要仔细检查。

"彭老板，我看你对这个服务员蛮感兴趣哟，怎么，想换口味了？"崔副局长与彭辉碰了下杯。

"瞧您说的，我哪能干那种缺德事儿呀！看上去她比我的儿子大不到哪儿去。"彭辉的儿子十五，在一所区重点中学就读。

其实，彭辉儿子的成绩差十几分才够录取线，是彭辉托了很硬的门路，又花了五万赞助费才让儿子进了那所中学。彭辉把自己的一切希望都寄托在了儿子身上，他常说自己饱尝了没文化的苦，决不能再让儿子走他的老路了。自从有了钱以后，彭辉就告诫儿子："儿子，你得给咱老彭家争口气啊，咱老彭家祖宗八辈虽然不愁吃穿，可就是没出过一个秀才。现在你小子赶上好时候了，爸爸供得起你，别说大学，就是出国留学也没问题！"为了让学校的老师对他的宝贝儿子另眼看待，彭辉无偿地为儿子所在的学校粉刷教室、铺设水泥操场。儿子刚一入学，彭辉就租了六辆豪华大客车，让六个班的新生去了趟天津新港，连出海的船票（每人二十，共六千多元）都是他出的。

通过儿子进重点中学一事，彭辉更体会到了金钱在当今社会的重要。教育局的领导也好，校长也好，班主任也好，谁都没有拒绝他送去的厚礼。班主任甚至拍着胸脯说："彭总您就放心吧，我们一定尽心尽力，保证让您孩子的学习成绩迅速赶上去。"彭辉打听到校长和班主任要搬进新楼房，便把装修的事提前应承下来。两户的装修没有七八万是下不来的，为了儿子的前程，彭辉是不会在乎这点钱的。

老魏连壳带肉嚼着一只螃蟹腿撇着嘴说："还别说，这个韩秋还真是个美人儿坯子。"

崔副局长细致地剥着一只基围虾戏谑地说："彭老板，依我看你就把她收编了吧。一个也是养，一群也是哄，你也不在乎多一个少一个，不就是多添一双筷子的事吗？"

李彤突然停下了筷子，表情复杂地看着彭辉。

彭辉一本正经地说："你们快别逗了，我哪有那个精力呀？其实我对她感兴趣只是觉得她特像一个人，真的，你们不知道，别提多像了！"

"肯定是你的老相好了，快告诉我们她是谁！"老魏特别热衷别人的隐私，尤其是关于女人的。

"给我们说说。"崔副局长似乎也很感兴趣。

"那是很遥远的事情了，大概快二十年了……"彭辉说到这里突然停了下来，一是韩秋拿着账单进来了，二是他觉得崔副局长和老魏理解不了他和小芳的那段恋情。

彭辉在这里押了张支票，在账单上签个字就行了。彭辉把签过字的账单递给韩秋后说："韩秋，服务得不错。"

韩秋腼腆地一笑说："谢谢老板的夸奖。"

没等彭辉吩咐，李彤就拿出一百元小费递给韩秋说："拿着吧，这是彭老板奖励你的。"

韩秋忙摇着头拒绝："不行不行，我们经理说了，不许我们要小费。"昨天李彤给小费的事，谢伟亮已经批评过韩秋。

彭辉笑着说："这不是你要的，是我们主动给的。"

韩秋依旧摇着头说："那也不行，那我也不能要。"

彭辉当即让李彤把谢伟亮叫了过来。彭辉挺蛮横地对谢伟亮说："兄弟，你告诉韩秋，我给的小费必须得收下！"

谢伟亮点头如捣蒜地说："是是是，我让她收。"说着，谢伟亮表情很不自然地对韩秋说："彭老板是咱们这的名誉董事长，不是外人，你就收下吧。"

韩秋这才犹犹豫豫地把钱接过去，看得出她的内心很不安也很慌乱，竟然连谢都忘了说了，她不知道事后谢伟亮会不会再批评她。

彭辉出门的时候，忍不住又瞅了韩秋一眼，并拍了拍韩秋的肩膀说："好好在这里干，我们会经常来给你捧场的。"

韩秋的肩膀敏感地痉挛了一下，对于彭辉的这个动作，她显然不太适应，她甚至觉得彭辉的动作有些轻浮。韩秋最讨厌男人对她动手动脚，尤其是这些有钱人。不过韩秋的脸上并没有显露出不快，还勉强做出笑容来说："谢谢，谢谢您彭……彭老板。"

昨天晚上睡觉前，小慧曾教育过韩秋，让她往后学着嘴甜一些，来这里的都是有钱人，多叫两声好听的没亏吃。韩秋说："我就是叫不出来嘛，我不像你有哥哥，叫得惯，我实在张不开嘴。"韩秋的确想学小慧把"哥"放在嘴边上，可是"哥"字在喉咙里含了半天，临到嘴边又改成了"老板"。

昨晚崔副局长和老魏同各自的小姐几乎鏖战了一个通宵，都有些疲劳过度了，午饭后本应睡一会儿觉。可是他俩都蛮有精神头，非要玩会儿麻将。彭辉知道他们的心思，刚拨了工程款，自然是想从他这里赢走个万儿八千的。因为李彤下午得去工地，彭辉便让人把酒楼的梁老板叫来凑一手，梁老板也是个麻将迷，大都是召之即来。

彭辉悄悄对梁老板说："兄弟，这两位可是我的上帝，今儿个你得手下留情才是，就算帮我个忙吧。"

梁老板笑笑说："放心吧彭哥，我懂，不就是让我当牌架子吗？不就是让两位老哥赢点儿钱吗？兄弟一定好好配合你！"彭辉是这里的大主顾，梁老板自然得听彭辉的。

到了棋牌室，老魏说："还是有小姐陪着玩有意思。"

崔副局长也说："言之有理！言之有理！有人陪着不容易犯困。"

彭辉笑笑说："请两位哥哥稍安毋躁，我已经让李彤安排了那两个小姐，一会儿她们就过来啦。"

没过五分钟，那两个小姐就上来了。梁老板见彭辉耍单儿，便问彭辉是不是也找个人陪着。彭辉想了想说："如果你要是不反对的话，就让酒店那个叫韩秋的服务员过来吧。"

梁老板还不知道酒店有个叫韩秋的服务员，更没想到彭辉这样的大老板竟然会对一个酒店服务员感兴趣，赶忙给谢伟亮打了个电话。

不一会儿，谢伟亮就把韩秋带了过来。

梁老板态度和蔼地对韩秋说："彭老板点名要你上来服务，这可是你的荣幸哟！你一定要好好伺候彭老板。"

彭辉无所谓地一笑，然后对谢伟亮说："现在是韩秋的休息时间，你得给她记个加班啊！"

谢伟亮连连点头称遵命，其实他心里很不是滋味，他担心彭辉看上韩秋，那样的话他就一点儿希望也没有了。

梁老板讨好似的说："彭老板说话好使，没问题。"梁老板见谢伟亮时不时地用色迷迷的眼神看韩秋，目光停留在彭辉身上的时候又充满了嫉妒和敌意，便猜出了几分，于是他皱着眉头冲谢伟亮挥挥手说："你该干吗干吗去，这儿没你的事儿啦。"

谢伟亮极不情愿地走了出去，临出门还回过头来看了韩秋一眼。彭辉是何等聪明的人，自然看出了谢伟亮对韩秋的那种特殊眼神，心里说：你小子也敢跟我抖机灵？看我以后怎么收拾你！彭辉在这方面是很霸道的，只要是他感兴趣的女人，决不允许别人再染指，谁要是不知深浅地跟他叫板，肯定不会有好果子吃。彭辉手底下一直养着几个亡命之徒，一是彭辉做装修工程经常遇到赖账的，好说好商量不见效的话，他就会动用这些人替他去要账；二是彭辉经常出入娱乐场所，难免遇到找茬挑衅的，这时候就用得着他们了。

有钱人之所以财大气粗，就是因为他们大都用钱豢养着鹰犬，为他们"保驾护航"。他们舍得出钱，自然就有人舍得为他们卖命。彭辉在公安局就有不少朋友，所以他的打手们几次出手伤人都没惹什么大麻烦，花上一些钱再请人家潇洒几次就过去了。彭辉敢明目张胆地养着好几个女人，敢肆无忌惮地用色情贿赂政府官员，就仗着公检法部门都有他的朋友。几次遇到查抄娱乐场所，他和他请的客人，包括为他们"服务"的那些小姐们，都是有惊无险。

麻将已经打了两圈儿，战局比较平稳，几个人互有输赢。两个小姐分别依偎在崔副局长和老魏身边，不时地和他们打情骂俏。韩秋拘谨地站在一旁，显得有些不自在，因为她看不惯那两个小姐的放荡举止。彭辉几次让韩秋找地方坐下，梁老板也发话让她不必像在酒店服务那么正规，可韩秋除了给他们点烟斟茶外，始终乖乖地站在那里一动不动。

彭辉只要一看韩秋，立马就会想起小芳。时光容易消磨人的记忆，近二十年的四季轮回，小芳在彭辉的脑海中虽然不能完全忘怀，确实有些模糊了。彭辉认为与小芳的那段恋情已经成为年轻时的一个梦，尽管这个梦曾长时间撕扯他的心、吞噬他的灵魂，可毕竟已经过去了二十年。彭辉总提醒自己说，小芳已经死了那么多年，死了的人不可能生还，别总让那个梦缠绕着自己了，还是尽量忘记小芳吧。

可是生活就是这样捉弄彭辉，偏偏让彭辉的生活中又出现了一个酷似小芳的韩秋，彭辉的心很难再静下来了。彭辉竟然有了一个很荒唐的想法，他想把韩秋当成小芳，他要尝试着在韩秋身上做某种补偿。

结婚前，彭辉的确很想回一趟河南老家，他准备给小芳一笔钱或是帮小芳家开个买卖。可是他又始终鼓不起勇气，他觉得小芳肯定不会原谅他，弄不好还会惹出麻烦来。他和小芳的事一直是他心中的隐痛，他曾多次在梦中惊醒，因为每一次做梦都梦到小芳死了，而且都是为他而死。

由于小芳的缘故，彭辉对自己的妻子一直爱不起来，他觉得妻子不如小芳漂亮，不如小芳勤快，也不如小芳贤惠。所以在五年前，彭辉终于跟妻子办理了协议离婚，他给了妻子一笔钱，并为妻儿买了一套豪宅。但是每逢休息日和节假日他都要过去看望儿子，并对妻子说，只要她独自带儿子，所有开销都由他出。即便后来有了别的女人，彭辉也都不说自己已经离了婚。彭辉也始终没跟任何人讲离婚的事，包括李彤。也就是在他离婚不久，他终于下决心回了老家一趟。

彭辉没想到小芳真的死了，而且的确是为他而死的。自从得知小芳离开人世之后，彭辉就像变了个人似的，他开始放纵自己，经常在外寻花问柳。在彭辉的潜意识里，总幻想着能再遇到一个像小芳一样的女人。

现在出现了一个很像小芳的韩秋，韩秋就站在离他很近的地方，他有一种释然，一种解脱，一种轻松，一种莫名其妙的新鲜感，同时也有一种不可名状的慌乱和恐惧。他的目光时不时地扫向韩秋，越看越觉得韩秋就是小芳。韩秋那朴实无华的表情，那天真无邪的眼神，还有那圆润的脸盘和那细软的腰肢，简直就是克隆出来的小芳。

彭辉的心思始终没在牌桌上，他又开始回忆二十年前的小芳，回忆他和小芳在一起的那些往事。

小芳没吃过一样山珍海味，小芳没戴过一件金银饰品，小芳没坐过汽车火车，小芳甚至连县城都没有去过。

这些都是小芳的梦，是小芳的追求和向往，是小芳说嫁给彭辉以后一定都能够实现的愿望。可是小芳最终没能嫁给彭辉，所以这一切都成了泡沫，就像彭辉和小芳用麦秸秆蘸着肥皂水吹出来的泡泡一样，没飞多高就破灭了。

那时，小芳和无数农村姑娘一样，过年能吃上一顿一咬一个肉丸的饺子，能在集上看一场县豫剧团演的样板戏，年节能有一件花衣裳穿就是最大的满足了。彭辉只是在离开老家前的那个春节，才让小芳得到了这些满足。那时彭辉的父亲还活着，当时父亲已经知道自己得的是什么病了。父亲把仅有的一点积蓄都交给了彭辉说："该过年了，你明天带着小芳赶趟集吧。你和小芳一人扯块衣服料子，再看场戏，剩下的钱买几斤肉，咱们两家吃一顿像样的饺子。"彭辉不知道父亲已经重病在身，高兴得一蹦老高。

就是在那次集市上，彭辉和小芳手拉着手看了场戏，好像是革命豫剧《红灯记》。他们并不在乎剧的内容，他们只想听一听标准的豫剧唱腔。那一天，小芳别提有多高兴了。小芳说真过瘾，这个年俺算没白过。

彭辉在后来的十九年里穿过无数套新款衣服，回北京后就穿上了劳动布的工作服，后来又穿过涤卡中山装、化纤休闲服和毛料西服，可是他始终保留着小芳用手工给他做的那件中式上衣。在身体发福之前，每年春节彭辉都要穿几天，他说只有穿上它才有过年的感觉。那件衣服是小芳用了两个晚上一针一线做成的，就连彭辉的母亲后来都赞叹着说："的确是好针线，我都做不了这么好。"

可是现在小芳已经死了，虽然大山叔说小芳是得急病死的，彭辉却一直持怀疑态度。彭辉总觉得小芳的死与他有关，他要是及时把小芳接到北京，小芳决不会生病，即便生了病也不会死的。

那年回去的时候，彭辉在小芳的坟前哭了很久，恨不得把小芳的尸骨扒出来带走。彭辉怪大山叔不该把小芳的坟安在那里，彭辉实在不忍心把小芳一个人留在那里——池塘边他们做过爱的那片草坪上。让小芳孤孤单单地躺在那里，是件多么残忍的事啊！

韩秋给彭辉点烟的时候，彭辉习惯性地用手指轻轻敲了敲韩秋的手背。韩秋的身子却抖了一下，忙把手缩了回去，她显然不明白彭辉的这个动作是表示感谢的意思。彭辉便又说了句"谢谢你韩秋"。韩秋赶忙说"不用谢"。韩秋说话的时候，脸上的红晕依旧很明显，还是为刚才彭辉敲她手背的那个动作。

彭辉觉得韩秋纤巧细腻的小手也很像小芳的手，小芳的那双小手他太熟悉了，那双小手为他缝衣纳鞋，为他烧火做饭，他头疼时为他掐过额头，他悲伤时为他揩过眼泪。

玩牌时间过得快，不知不觉就到了饭点。几个人对了下账，崔副局长赢了八千，老魏赢了六千，梁老板输赢不大。崔副局长和老魏都说彭辉是心静才输了钱。彭辉说是手太潮，不是两位哥哥的对手。彭辉在这种场合一直称他们哥哥，因为他们也不愿当着小姐的面暴露自己的真实身份。彭辉输了钱，依旧抢着付小费，韩秋和两个小姐一样，也是二百。

韩秋不敢接，并向后退了两步。梁老板说："快拿着吧，你能为彭老板服务是你的福气。"

彭辉把钱硬塞到韩秋手里，然后又像中午那样拍了拍韩秋的肩膀说："我们还在你的包房用餐，你先下楼安排一下吧。"

这次韩秋的脸没红，还微笑了一下。韩秋一笑便露出了两颗虎牙，彭辉心里又是一震，韩秋那两颗虎牙跟小芳的那两颗简直是一模一样，他对小芳的那两颗虎牙太熟悉了，他觉得就因为那两颗虎牙，小芳才那么招人喜欢和疼爱，彭辉认为只有长着两颗虎牙的女孩子才是最美的。

韩秋跟着梁老板出去后，老魏问彭辉是不是也叫个小姐陪着进餐，彭辉笑着摇了摇头。崔副局长瞪了老魏一眼说："你怎么这么没眼力见儿呀？难道你没看出彭老板有新目标了吗？"

老魏笑着说："咱们都是灯红酒绿中熏陶出来的人，岂能看不出彭老板的心思，我是故意逗彭老板玩儿呢。"

彭辉既不承认也不否认，他的确对韩秋有了浓厚的兴趣。

李彤接到彭辉的电话，很快就从工地赶到了楼外楼，工地离楼外楼不到十公里，开车也就是十多分钟的工夫。去年李彤拿下车本后，彭辉就给他配了部切诺基吉普，为的是跑工地方便。有李彤在工地盯着，彭辉心里就踏实，因为李彤的责任心很强。彭辉很会做人，每到饭点都想着李彤，无非是多添一双筷子的事。而且今晚彭辉还要交给李彤一项任务，就是让李彤进一步摸清韩秋的来历，并了解一下韩秋有没有男朋友。

李彤只喝了一扎啤酒就提前告退了，说是去二楼夜总会订包房，其实他是找小慧去了。

小慧负责隔壁的房间，李彤出去的时候，小慧正在送客人。李彤冲小慧招了招手，小慧就过来了。

"李哥，有什么好事？"

"想跟你了解一下韩秋的情况。"

"你是不是看上我妹妹了?"

"我可不敢,我是受命于人。"

"先说有什么好处?"

"自然不会白了你。"

小慧用右手的拇指和食指捻了捻,嘻嘻一笑说:"你先得对妹妹我表示表示才行。"小慧喜欢看美国警匪片,这个要钱的动作肯定是从那里面学来的。

"你呀,就认钱,早晚得让钱把你害了。"李彤说着从钱夹里抽出一张百元钞递给了小慧。

"嘿嘿,多谢李哥。"小慧鼻子眼睛都笑了起来,接过钱很麻利地塞进了自己的前胸。酒店服务员的工作服大都没有衣袋,服务员得了小费一般都塞在胸罩或袜子里。

当晚,李彤就在夜总会的包房里把从小慧嘴里得知的情况汇报给了彭辉。

据小慧说,韩秋的父母是从孤儿院一起长大的,后来都做了普通工人,父亲是长途汽车站的调度员,母亲在家属缝纫厂工作。韩秋的母亲几年前得了风湿性关节炎,基本上失去了生活自理能力,韩秋便退了学在家照顾母亲。母亲的工厂倒闭,没有退休金,更没人给报医疗费。自从母亲病了以后,韩秋一家就生活在贫困线以下了。屋漏偏遭连夜雨,船破又遇顶头浪。个体长途汽车把国营长途汽运挤得苟延残喘,只能以不断裁员维持,没有什么文化的父亲终于在今年春节前下岗了。韩秋有个上高中的弟弟,全家人都把未来的希望寄托在弟弟身上,因为弟弟的学习成绩总保持在班里前十名。为了减轻家里的负担,为了不让弟弟中途辍学,韩秋便跟着小慧一起出来打工了。

李彤还从小慧那里得到了一条很重要的信息,韩秋不仅没交过男朋友,而且百分之百是个黄花闺女。

彭辉在了解了韩秋的情况之后,不禁动了恻隐之心,叹了口气对李彤说:"看来她还真是个苦命的孩子,往后咱们能帮她一把就帮她一把。"

之所以说彭辉动了恻隐之心,就是因为彭辉在得知了韩秋的家境之后,确实想放弃内心深处的不良念头,他觉得自己不该对这样一个不幸的女孩儿有什么非分之想。天下的女人有的是,花上几百就可以睡一个,没必要去骚扰这样一位不幸的良家女孩儿。不看僧面看佛面,就冲她长得像小芳,也该放她一马。彭辉说能帮韩秋一把就帮一把,说的也是心里话。彭辉也有善良的一面,他毕竟也在贫困的境遇里挣扎了十几年,所以他一向同情弱者。

"嗯,是个苦命的孩子。"李彤充满同情地说。

"以后你多关照她一下,别心疼钱。"彭辉意味深长地说。

自从富有了以后,彭辉做了不少救弱扶贫的事情。只要遇到老弱病残的街头乞讨者,彭辉都会慷慨解囊,而且往往还给大票子。看到行乞者那副感激涕零的样子,彭辉不仅有一种满足感,甚至有一种救世主般的自豪感。彭辉说过这样的话:"我要是成了亿万富翁,首先要把街头的那些行乞者收容起来,他们也是人,他们理应活得像人一样。"

此外,彭辉对一些北京人歧视、欺负外地人的行径一向深恶痛绝,每逢遇到外地人受北京人的欺辱,他都会挺身而出站在外地人一方。一次,有个蹬三轮车的外地人给一辆出租车让路慢了一些,出租司机张口就骂,外地人只说了一句你凭什么骂人,出租司机下了车就打,坐出租车的那个小伙子也下车帮着打。外地人被打得头破血流,满地打滚,可出租司机和那个小伙子依旧不肯罢手。彭辉把车停在路边过去阻拦,那两个人反而骂彭辉狗拿耗子多管闲事。彭辉在老家生活了十几年,口音一直带着河南味,尤其是着急上火的时候,河南味就更重了,那两个人显然也把他误为外地人了。

彭辉马上打电话把自己工地上的民工叫了过来,他大手一挥,说了声给我狠狠地打,十几个民工就把那两个北京人按倒在地一顿臭揍。直到那两个人跪地求饶,彭辉才让民工们罢手。彭辉把那个外地人叫到跟前说:"他们得赔你的医药费、营养费和误工费。"见外地人不敢开口,彭辉便又冷笑着说:"那我就替你做主了。"说着,彭辉冲跪在地上的两个人说:"我也不多要，你们俩凑一千块钱给人家吧。"那两个人刚一申辩，彭辉的脚就上去了。两个人的腮帮子上各挨了一脚，再也不敢说不了。外地人拿了一千块钱，跪在地上千恩万谢。彭辉却瞪着眼说："你他娘的也是七尺高的汉子，人家这么欺负你，你他娘的怎么连手都不敢还呀？记住了，往后谁要是再敢欺负你，你就跟他玩命。看着，现在我就教给你怎么玩命。"说着，彭辉从路边捡起一块半头砖冲着出租司机的脑袋比划了一下，"看见没有？你就照着这地方砸！你要是怕溅一身血，也可以这样……"话音未落，彭辉手里的半头砖已经冲着出租车飞了过去，只听"咣当"一声，出租车的前挡风玻璃粉碎了。

　　对于韩秋，彭辉首先想的是她是个外地人，而且是一个家境贫寒的外地弱女子。虽说韩秋生长在城市，可照李彤述说的情形，韩秋比当年的小芳也强不了多少。彭辉觉得自己不仅不应该对这样一个弱女子有非分之想，反而应该想办法帮她一把，就看在她很像小芳的份上。都说男人有钱就变坏，这一点彭辉也从不否认，但他仅仅承认自己在泡女人的问题上坏。彭辉一直认为自己的良心还没有完全泯灭，否则他就不会在听了韩秋的家庭境况以后，放弃刚刚萌生起来的邪念了。金钱让彭辉变得很放纵，甚至放纵得出了格，可是他的放纵一向是有尺度的，迄今为止，除了小芳，他从未碰过一个处女，这就是他决定放过韩秋的重要缘故。彭辉一直认为，倘若不是他破了小芳的处女之身，小芳决不会那么早地离开人世。

　　当天晚上，韩秋和小慧在临睡前谈起了彭辉和李彤。
　　韩秋并没有意识到自己很快就要被卷入感情的漩涡之中，见多识广的小慧则有了明显的预感。小慧觉得无论是李彤还是彭辉看上韩秋，韩秋的人生命运都有可能发生巨变。
　　小慧对彭辉和李彤垂涎已久，用小慧自己的话说，这两个人是她接触过的最出色的男人。彭辉有钱，李彤有才，傍上谁都不委屈自己。可是当她分别向他们暗送了几次秋波后，都没有得到令她满意的反馈信息，最后她只好委身于谢伟亮了。谢伟亮虽然从相貌上胜过彭辉和李彤，可现如今没有哪个女人过分看重男人的长相。小慧是个很讲究实际的人，她对谢伟亮根本没动心思，只不过是在一起玩儿一玩儿而已。

"你可真够幸运的哟！"小慧说这话的时候并没有看韩秋，因为她对韩秋多少有了一些妒意。

"我咋了？"韩秋揉了揉眼睛，本来她已经迷糊了。

"别跟我装傻了，如果我没猜错的话，彭老板和李哥都看上你了。"小慧扭过身，并把上半身高高翘起来。小慧睡觉总脱得干干净净，一说话，那对丰满的乳房就上下颤动着。

"你快别瞎说了，咱是啥人？人家是啥人？人家咋会看上咱？"韩秋说完又闭上了眼睛。

"真是当局者迷呀！"小慧索性坐起身来，表情有些夸张地看着韩秋。

"天不早了，快睡觉吧。"韩秋打了个哈欠，然后把头扭向床里。

韩秋的确还是个很单纯的女孩子，她的思想远没有小慧那么复杂，对于男女之事甚至都没有认真想过。如果说她对男女之事有了一些了解，也是最近从小慧嘴里听说的。小慧是个心里藏不住事的人，而且什么都敢说出口，就连她和谢伟亮做那种事的细节也不瞒着韩秋。起初韩秋不好意思听，可小慧不管她听不听都要说，韩秋也就渐渐适应了。韩秋的年龄正是青春萌动的花季，也有好奇心，听了小慧的故事以后，韩秋居然也做过几次春梦。

"说心里话，彭老板和李哥都比谢伟亮强。"小慧继续说着，"我跟谢伟亮纯属瞎混，其实我根本不喜欢他。唉，也就是图他是咱们的经理，能得到一点儿关照，得到点儿实惠就是了。"

"哦……"韩秋已经进入了半睡眠状态。

"你先别睡，你听我说！"小慧又把韩秋叫醒了。

"我真困了。"韩秋没有睁眼。

"听姐的话，你一定要抓住这个机会！这样的机会对咱们来说可是千载难逢的哟！"小慧一脸严肃地说，"你知道不？彭老板可不是一般的老板，他起码是个百万富翁啊！要是能傍上他，你这辈子，包括你们那个穷家，就啥都不用愁啦。还有那个小白脸儿李哥，你也别小瞧了他啊！别看他是个文弱书生，本事可大着呢！谢伟亮和我表姐都跟我说过他，彭老板赚钱全仗着他了，人家是清华毕业的高材生，清华，知道吗？那可是全国数一数二的大学哟！我可听说过，拿着清华的文凭往深圳的大街上一站，马上就有人过来把你接走，工资都是明码标价，月薪在五千以上。五千！知道吗？一年就是六万呐！"

"哦……"韩秋又睡着了，而且还发出了微弱的鼾声。

"我可告诉你，想傍彭老板的人得用大笸箩撮，你的脑袋瓜子可得活泛着点儿啊！"小慧见韩秋不理睬她了，只好收住了嘴巴。

彭辉一直不缺女人，现如今有钱的人最容易获得的就是女人，甚至不用你去寻找，主动送上门的就够你忙活的了。眼下，长期与彭辉保持性关系的女人就有三个。

一个是十年前彭辉离开建筑公司独立搞装修时认识的，她叫尧淑君，是个离了婚的女人。

尧淑君的丈夫因贪污公款被判了十五年，与丈夫离婚后，尧淑君就带着三岁的女儿在装饰城租柜台卖涂料，一来二去就跟彭辉熟识了。彭辉觉得她们母女挺可怜，就一直购买她的涂料，也算是业务关系吧。尧淑君现在自己经营着一家装饰材料商店，这个店最早是彭辉跟她合伙开的，走入正轨以后彭辉就撤了股。尧淑君是个知恩图报的人，在商店开张的当晚，就把自己的身子主动给了彭辉。时至今日，只要彭辉一说去她那里，她就仔细安排一桌彭辉爱吃的饭菜，待彭辉酒足饭饱之后，她把自己洗得干干净净地献给彭辉。尧淑君知道彭辉在后来又有了别的女人，但她从不追问，依旧和彭辉保持着和谐的性关系，只是借口怕怀孕，坚持让彭辉戴避孕套行事，其实尧淑君戴着环儿呢。

另一个是五年前彭辉在美容美发厅认识的，是个叫红霞的湖南姑娘。

认识红霞的时候，彭辉已经成立了自己的装饰公司，兜里钱一多，生活就变得腐化堕落了。彭辉隔一天得洗一次头，后来就跟专给他洗头的红霞姑娘睡到了一起。睡了觉就是自己的人了，就不能再让她给别人打工了，可彭辉又不愿白养着红霞，就给红霞包了个发廊。红霞虽然不如尧淑君漂亮，却比尧淑君年轻了十岁，年轻就是优势，就有自身的魅力。彭辉有了红霞以后并没有冷落尧淑君，因为尧淑君是个明事理的女人，又很会体贴人，而红霞毕竟太孩子气了。还有一点红霞不如尧淑君，那就是红霞还总爱说假话。尧淑君生意上的事从不对彭辉有任何隐瞒，无论赔赚都实话实说，红霞则不然，每次彭辉问发廊的生意情况，红霞都摇头叹气说不太好。彭辉认为红霞报忧不报喜的目的，无非是想从他这里多要些钱，他就是不惯红霞的这个臭毛病，自从红霞承包了发廊以后，就再也没给红霞花过钱（过生日和过年除外）。

第三个女人叫方晓瑛，方晓瑛是一家夜总会的主持人兼歌手，人们都管她叫瑛子。

彭辉是在三年前认识瑛子的，当时彭辉已经把丰田车换成了宝马车，天天陪着甲方去瑛子所在的那个夜总会潇洒。瑛子气质高雅一直很孤傲，自称自己属于"卖艺不卖身"之人，谁要是想请她吃顿宵夜都很难。起初瑛子并没有把彭辉放在眼里，她整天接触的都是高官富贾，彭辉的宝马车对她并没有多大的吸引力和诱惑力。瑛子私下说过："这里不过是有钱人花钱找乐的场所，我决不会在这种地方交朋友。"后来是一件偶然的事情让瑛子对彭辉有了好感，使一向高傲的瑛子向彭辉屈服了。事情发生在前年圣诞夜的后半夜，几个日本客人喝高了，非让瑛子陪他们去客房。瑛子不从，他们就把经理叫了过来。经理不想得罪那几个日本常客，便动员瑛子陪他们去一趟。瑛子死活不从，还把几个小鬼子挖苦了几句。几个小鬼子觉得丢了面子，便开始无理取闹，又摔杯子又砸桌子，还不许瑛子为其他客人唱歌。在座的国人许是考虑到自己的身份和利益，大都敢怒不敢言。彭辉却无法忍受他们的嚣张，当几个小鬼子端着啤酒走过他身边的时候，他故意脚下使了绊，几个小鬼子相继跌倒，啤酒也溅到了彭辉的身上。彭辉抄起茶几上的酒瓶就砸，几个小鬼子立马酒醒了一半，几个人同时向彭辉反扑过来。彭辉仗着自己身强力壮竟无丝毫怯意，与几个小鬼子对打起来，居然把几个小鬼子都打趴下了。事后，瑛子主动请彭辉吃了顿饭，再后来就跟彭辉上了床。用瑛子的话说，彭哥像个男人，跟了他这样的人不吃亏。现在瑛子在一家保险公司工作，瑛子之所以在保险公司站住了脚，主要业绩就是有彭辉这个大户和彭辉一些朋友的支持，彭辉在圈子里人缘好，一呼百应。

同时要满足三个女人，放在别人身上，身子累不垮，心也得累塌了架。彭辉却一点也不觉得累，因为他自己有一套对付女人的办法。首先，他是个喜新不厌旧之人，并没有因为有了后者而忘了前者，反觉得自己在前者手里有短，对前者比以前还要好一些，这样前者也就不觉得太委屈了。其次，他没有给这些女人惯出毛病，尤其是在金钱上。他很少为她们花钱，所以她们也都不敢在物质上有过分的要求。矛盾的产生大都有经济原因，彭辉不给她们提供滋生矛盾的土壤。彭辉有句口头禅："谁要是只认钱不认人，趁早躲我远着点儿！"再者，他对几个女人采取的原则是"瞒前不瞒后"，什么事都得讲个"先来后到"。也就是说，后结识的女人可以知道前面的女人，不仅要承认这个现实，还不许后面的女人与前面的女人争宠。

　　彭辉对这三位各有所长的女人也都是喜欢的，觉得跟她们睡觉比跟前妻睡觉有味道。但是彭辉又不真心爱她们，所以从不对她们做任何承诺，除了基本的生活费，额外的钱决不多花一分。彭辉也不因有了这么多女人而受约束，照样陪着崔副局长和老魏这样的官员或甲方在夜总会潇洒，他把这种放纵行为说成是逢场作戏，是一把一清的钱肉交易，都是过眼烟云。彭辉的确不把那些卖淫女放在心上，事前事后大都连人家的名字都不问一声。彭辉习惯了这样的生活，却又厌烦这样的生活。

　　睡了数不胜数的女人，包括他的前妻在内，彭辉觉得没有一个女人能让他感到是真正的享受，没有一次能让他得到在池塘边的草坪上与小芳做爱的那种感觉。没钱的时候，他为金钱忙碌，甚至忘却了男女之欢。后来有钱了，他想尽情地宣泄，可又感到没有一个是合适的宣泄对象，因为走近他的女人几乎没有一个不是因为他的富有，包括他的前妻。当初，只要他给妻子一个存折，妻子就会表现出少有的温情，就会说他心里有这个家。他深信，要是没有钱，哪个女人也不会跟他这么长时间。

　　所以彭辉时常怀念小芳，只有小芳和他是患难见真情，只有小芳和他没有令人作呕的金钱关系。韩秋之所以能够让他心动，除了韩秋的外貌与小芳惊人的相似之外，还在于韩秋那种天然的、纯朴的，还没有被世俗熏染的心灵。这也正是小芳所具备的至今让他留恋的在韩秋身上可以找到的东西。

　　彭辉经常莫名其妙地想，倘若时光真能倒转，他宁愿退回到在商丘老家生活的岁月。他宁愿整日守着一亩三分地，日出而作，日落而息；他宁愿在农闲之时背着工具筱子走街串巷，招揽木匠活。当然，前提得是小芳做了他的妻子，最好再给他生个一男半女。有时候彭辉甚至想到了死，他觉得人活着实在太累，实在没什么意思，忙来忙去不知在他娘为谁忙活。假如没有儿子，彭辉真想离开这个城市，这个城市实在他娘的没有什么值得留恋的，物价最高，到处塞车，空气污染，冬天冷夏天热，春秋还有沙尘暴。

首都的人就高人一等吗？彭辉觉得根本就不是那么回事，越是大城市，人情就越冷淡。城市人有什么值得美的？就像一窝一窝的耗子似的，无聊地蜷缩在憋屈的楼房里，住在对门竟然不知道彼此他娘的姓甚名谁。在自家的猫眼镜里明明看到有人撬邻居的门锁，却连个屁都不敢放。人民警察来询问情况，还睁着眼说瞎话，说睡觉死，什么动静也没听见。彭辉觉得还是在商丘老家的日子好，跟小芳家只隔一道篱笆墙，有事不用喊，咳嗽一声小芳就过来了。那年有个贼进了小芳家的院子，大山叔一敲墙壁，彭辉和父亲拎着斧子凿子就冲了过去，贼人当时就跪地求饶了。那晚，小芳特意给彭辉和父亲煮了面条，还卧了鸡蛋。那是彭辉有生以来吃得最香的一顿饭。这些年，彭辉哪天吃的不是美味佳肴，可没有一样能赶得上小芳做的鸡蛋面。

其实，彭辉知道为什么活着没劲，就是因为生活中缺少小芳，缺少商丘老家那种虽然清贫却是有滋有味的日子。假如当时他不听母亲的话，在户口和工作稳定之后就坚持把小芳接来，而不是跟母亲同事的女儿——他现在的前妻结婚的话，他决不会像现在这样整日纸醉金迷、花天酒地，决不会像现在这样腐化堕落。有人说钱是王八蛋，真是一点不假，人有了钱就容易空虚，就容易乱性，就容易失去追求，就找不着北了。

彭辉富有之后也做过一些有意义的事情，比如，他多次解囊捐助灾区，他也热衷希望工程，尤其是对河南老家的失学儿童格外关注。他做这些决不是因为他的觉悟有多高，也决不是出于人们常说的那种广义的爱心，而是因为他还念着他的小芳。彭辉想的是，假如小芳活着，假如小芳有孩子，未必能交得起学费，未必买得起书本。

韩秋的出现令彭辉的眼前一亮，他似乎又回到了从前，又有了在月色明媚的池塘边与小芳钓青蛙时的那种青春萌动、那种惬意和那种亢奋。这就是他迫切地想走近韩秋的缘故，他把韩秋想象成了小芳，他要从韩秋身上延续自己那断了许多年的梦。

尽管他知道韩秋就是韩秋，韩秋起码要比他的小芳小二十岁，但是他依然要欺骗自己，他就是要把韩秋当作小芳来对待。

第三章 情和欲谁也说不清

倘若没有风，北京春天的黄昏是很美的。一层层晚霞从西山的顶部向东边倾泻过来，给城市的上空涂抹上梦幻般的光泽。各种生机勃勃的树和五颜六色的花点缀着街道的缝隙，让忍受了一整天喧嚣的人们感到了些许轻松和释然。唯一令人沮丧和烦躁的就是那拥挤的车流，汽车、摩托车、人力三轮和自行车都在拼了命地争抢着空间，争分夺秒地奔向不同的目的地。

十公里的路，彭辉的宝马车被堵了好几次，还把崔副局长和老魏的桑塔纳跟丢了。彭辉让李彤开快点，并伸过手去也像别人那样时不时地按车喇叭。法不责众，交通警察现在都在忙于疏导，根本没工夫管这些起哄架秧子的不法之人。后来，彭辉让李彤驶入了便道，便道上的单车族投来嫉妒的眼神和狠毒的骂声，这时彭辉只能选择忍耐，否则定会招来众怒。现在，普通老百姓或多或少都有这样那样的怨气，尤其对豪华车有着本能的反感，认为坐豪华车的没几个好人，不是奸商就是贪官。

彭辉一到下午就惦记着往楼外楼酒楼跑，心情之急迫甚至超过了崔副局长和老魏。

连续半个月，彭辉每天晚上都在楼外楼宴请他的朋友及崔副局长和老魏这样的甲方，而且每次都提前订下韩秋服务的包房。楼外楼有规定：包房服务员每个月至少要有两次上千元的订餐，否则就没有奖金；包房服务员订餐超过两次奖励一天休假，每桌超过一千元还有五十元的提成。

由于彭辉的缘故，韩秋在领班、经理和老板的眼里一下子由笨拙的丑小鸭变成了白雪公主。其他服务员也开始对韩秋刮目相看，争着跟韩秋套近乎。尤其是那些完不成任务的包房服务员，甚至哀求韩秋把超额的订餐匀给她们一两次。韩秋自然也是喜忧参半，喜的是，没想到自己初来乍到就能有这么好的运气，竟然得到一位有钱的大老板如此照顾；忧的是，彭辉显然是为了她才如此挥霍的，正如小慧所说，彭辉肯定对她有了非分之想。

女领班、小慧的表姐孟雅萱说："你个小东西使了什么鬼把戏，居然把彭老板这样的大款给套住了？这下你可行了，奖金恐怕比工资高多了！"

韩秋谦虚地摇摇头说："人家哪是冲我来的，人家就是客饭多嘛。"嘴上这么说，韩秋的心里却也有几分得意。

小慧羡慕而又带有几分嫉妒地说："哼，让我猜对了吧？就是彭老板喜欢上你了，恐怕用不了多久你就得被他挖走啦！"

韩秋红了脸，因为她明白"被挖走"的意思。小慧跟她说过，这两年酒店有点姿色的服务员大都被有钱人养起来了。

临离家时，父母曾再三提醒韩秋说："大城市赚钱是容易，可坏人也多啊，尤其是那些有钱的人，你可得多长个心眼才是。"韩秋对父母下保证说："你们就放心吧，我一定会多留个心眼的。"韩秋知道，若不是家境实在太艰难，父母是舍不得放她出来的。韩秋也不愿离开父母，可是她又必须替父母分忧，出来打工实在是迫不得已。

韩秋并没有太高的奢求，只要每个月能挣四五百，家里的日子就没有那么艰难了。如果说她有什么良好愿望的话，那就是等将来有了富裕钱，把爸爸妈妈接到北京玩儿几天。别说北京了，爸爸妈妈连省会济南都没去过。韩秋觉得爸爸妈妈这辈子活得太冤了。妈妈特别向往北京，妈妈说过，北京是皇帝待的地方，皇帝待的地方可不是一般的地方。妈妈还说，皇帝咱们这辈子是看不上了，可咱们兴许还有机会看看毛主席他老人家，毛主席不是就躺在水晶棺材里吗？毛主席可比皇帝还皇帝，毛主席就是个神哪！韩秋总想着妈妈的这个心愿，觉得妈妈的这个心愿并不是多么难以实现的。

有一次彭辉问起韩秋家里人的情况，韩秋便信口跟彭辉谈起了妈妈的这个心愿。彭辉当时就笑着说："这有什么难的，你现在就可以把你父母接来嘛，我派车去接也行，当天就可以打个来回。"韩秋当时没敢点头，彭辉派车去接？那可不成。一不沾亲二不带故的，父母肯定会产生疑惑和不安的，她对父母也无法解释和彭辉的关系。但是，韩秋记住了彭辉的这个承诺，她想再做进一步的观察了解，假如彭辉对她的确没有恶意的企图，也许她将来会向彭辉求助的。韩秋曾想象过平生没坐过小卧车的妈妈一旦坐上豪华的宝马车会是一副什么样子，妈妈肯定是一副魂不守舍的样子。

小慧也曾专门跟韩秋聊过李彤，因为小慧看出李彤也对韩秋有了好感。李彤先后几次找小慧了解韩秋，虽说是打着彭辉的幌子，但是他瞒不过小慧。韩秋对李彤的印象明显好于彭辉，李彤文雅又有分寸，从没见李彤对哪个女服务员动手动脚，说话总是很有礼貌。上次谈起楼外楼要重新装修，李彤提出的方案让梁老板佩服得五体投地，李彤的方案不仅省钱、实惠，而且既时尚又环保，甚至连防火都考虑到了。最让韩秋佩服的是李彤当场画的图，不用圆规不用尺子，居然画得方框是方框，圆是圆，画什么像什么，难怪小慧总说他有才。不过，韩秋觉得李彤近来变得有点儿怪，只要彭辉不在场的时候，李彤跟她说话无拘无束，侃侃而谈，一旦彭辉在场，李彤就很少跟她说话，甚至都很少看她。

韩秋并没有梦到过彭辉，却有几次梦到了李彤，几乎每次都是梦到李彤开车陪着她回了临清。韩秋不敢把自己的梦告诉小慧，因为小慧嘴快，韩秋怕传到李彤的耳朵里，那样的话，以后就无法面对李彤了。梦里的李彤开车的样子也很潇洒，韩秋从没坐过豪华车，有一次在大堂外看到了彭辉和李彤的车，她只是往车窗里看了一眼，她觉得车里的所有东西都是高档的。小慧说那辆宝马车得一百多万，她听了直嘬牙花子。

临清是个小城市，小城市没有几辆豪华车。小城市的人收入低，坐三元钱的面的都算是高消费了。

记得上高一时，韩秋在一个雪后的早晨陪妈妈去看病，当时人多车少，韩秋搀扶着妈妈等了一个小时也没挤上公交车。韩秋想叫辆出租车，妈妈马上皱着眉头说："那是咱们这样人家坐的吗？三块钱？三块钱够咱们一家四口吃上两三天的啦！"后来韩秋搀着母亲走着去了医院，一路上娘俩摔倒了无数次，韩秋手上的那块疤就是那次摔的。

彭辉曾问起过韩秋手上的那块疤，韩秋如实对彭辉讲了。彭辉当时什么也没说，只是摸着她手上的疤痕轻轻叹了口气。那是彭辉第一次摸韩秋的手，韩秋对彭辉的那一声叹息很有些不解。韩秋上高中以后，手就没有让任何男人摸过，就连父亲都没摸过。韩秋当时并没有拒绝彭辉的这一举动，因为她觉得彭辉不仅没有恶意，而且对她挺同情的。

彭辉摸韩秋手的这个细节恰恰被谢伟亮看到了，谢伟亮经常站在韩秋负责的包房门外往里窥探。下班以后，谢伟亮把韩秋叫到僻静处说："没想到你也是工业酒精——甲醇（假纯）呀！想挣钱干吗留在这里？直接去夜总会或桑拿干小姐不就得了！"

韩秋没有申辩，韩秋嘴笨，不知道该如何申辩。韩秋哭了，韩秋觉得谢伟亮侮辱了她。小慧为此和谢伟亮吵了起来，谢伟亮正想抛弃小慧，就为这么点小事，谢伟亮就不再让小慧去他的单身宿舍了。小慧找表姐孟雅萱诉委屈，说就这么了结太亏了。孟雅萱便去找梁老板为小慧鸣不平，梁老板把谢伟亮臭骂了一顿，逼着谢伟亮给了小慧五千块钱才算彻底了结。

此事很快传到了彭辉和李彤的耳朵里，彭辉对李彤说："你找机会警告一下姓谢的，小兔崽子要是再敢欺负韩秋和小慧，我就废了小丫挺的！"李彤很快把此话转告了谢伟亮，谢伟亮嘴上说不敢不敢，心里却一百个不服气。

谢伟亮并不是省油的灯，他是在东北老家惹了麻烦逃到北京的。

谢伟亮仗着自己有一副好相貌，到处拈花惹草、骗钱骗色。三年前，谢伟亮在沈阳勾搭上一个开酒吧的女子，却不知道那个女子是当地黑社会团伙老大的情妇。这下麻烦大了，那个老大放出话来说，早晚得把他骗了。吓得谢伟亮不敢在东北混了，跑到北京投靠了表哥梁老板。

梁老板是生意人，生意人图的是和气生财。梁老板总跟谢伟亮说，咱们是坐店经营，尽量别招惹是非，有些事情能忍就忍。梁老板还警告谢伟亮说，泡女人也得有个分寸，不能眼逮着谁都敢泡，北京这地方可是藏龙卧虎之地，保不准就会惹着哪一方神圣。

梁老板听说谢伟亮得罪了彭辉，毫不客气地把谢伟亮臭骂了一通："你他妈是缺心呀还是少肺呀？彭总也是你可以随便叫板的人吗？你知道他的道儿有多深吗？你知道他每年在咱这消费多少钱吗？实话跟你说吧，就是不考虑咱的买卖，我也不敢得罪他呀！你小子给我听好了，打今儿起，你要是再敢打韩秋的主意，我立马就把你轰回东北老家去！"

谢伟亮不敢得罪这位表哥，只好连声说记住了记住了。

从此，谢伟亮更加怨恨彭辉，好几次都想趁人不备的时候拿砖头把彭辉的宝马车砸了。谢伟亮总在心里暗骂：有他妈什么了不起？不就有俩臭钱吗？老子要有钱的话，决不让韩秋伺候你！哼，咱们骑驴看唱本——走着瞧！

谢伟亮虽然没敢再对韩秋有过分的言行，但也不像先前那么照顾韩秋了，而且还经常给韩秋派一些脏活累活。韩秋是个吃过苦受过累的人，倒也没跟谢伟亮计较，只要谢伟亮不再找她的麻烦，她就知足了。

韩秋是带着巨大的压力来到这里的，所以她的脸上总挂着一种阴郁，即便是出于工作的需要强颜欢笑，笑意里也夹杂着一种苦涩。彭辉一看到韩秋这种苦涩的笑，就会想起小芳。

小芳就常常用这种苦涩的笑面对彭辉，因为小芳也有自己的苦衷。

大山叔和大山婶一直不许小芳对彭辉直呼其名，总强迫小芳管彭辉叫小辉哥。小芳清楚得很，这是父母害怕她和彭辉往那方面发展。父母总说彭辉的确是个好孩子，只可惜这辈子投错了娘胎，这年头，谁家也不会把自家的闺女嫁给他的。在那个年代，小芳不可能对父母讲出自己的心思，所以只能把苦水往肚子里咽，可她又怕自己的情绪影响处于悲哀和孤寂中的彭辉，便尽量在彭辉面前装出一副无忧无虑的样子。

在那个疯狂的年代，黑五类的子女是相当受歧视的。呆傻残疾之人未必都打光棍，却没人敢为阶级敌人的后代提亲。因为小芳与彭辉来往密切，村团支部几次发展团员都把小芳甩下了，说小芳阶级阵线不分明。村里的年轻人也因此疏远了小芳，都说小芳鬼迷了心窍，一朵鲜花插在牛粪上了。小芳一直顶着巨大的压力和彭辉来往，也曾悄悄流过眼泪，可是在彭辉面前她还要尽量装得无忧无虑，她不想再给彭辉增添烦恼。

在彭辉的老家，女孩子订婚早，一过十六就开始相亲了。大山叔和大山婶为阻止小芳和彭辉往那方面发展，很想早点儿给小芳说个婆家，他们硬逼着小芳见了几个，可小芳一个都看不上。其实小芳答应见面只是为了应付父母，她心里早有了彭辉，她不可能看得上别人。每次相亲之后，小芳都要跑去向彭辉汇报，都无一例外地把人家贬一通。彭辉当然明白小芳的心思，喜悦的同时也十分焦虑，躲得了初一，躲不了十五，随着年龄的增长，小芳迟早拗不过她的父母。小芳倒是总给彭辉吃定心丸，说你就放心好啦，只要俺不同意，俺爹娘也没啥办法。俺爹娘再狠心，总不会把俺捆起来送出去吧。

那时彭辉十分的迷茫，除了木匠手艺之外他几乎一无所有，没有钱不说，连间像样的房子也没有。彭辉怎么忍心让小芳跟他一起背黑锅，怎么忍心让小芳跟他过一穷二白的日子，怎么忍心让小芳跟他睡牲口棚呢！彭辉那时甚至想到过自杀，若不是看到父亲留在世上的日子不多了，说不定他真会一走了之的。父亲大概是看出了彭辉的绝望情绪，所以才在弥留之际的那个夜晚再次劝彭辉回北京去找母亲，父亲含着泪说："辉儿，你还就走吧，你妈会认你的。"

彭辉不能离开父亲，他不忍心把病入膏肓的父亲一个人留在老家。彭辉也不能离开小芳，因为他的心已经被小芳牢牢地锁住了。彭辉想好了，他一定要陪着父亲走完最后一段路，他还要给父亲守孝，按老家的习俗，起码得守上三年。他还想好了，即便自己不能娶小芳为妻，他也不离开老家，即便哪一天小芳嫁给了别人，他也要守在这片土地，要是有人敢欺负小芳，他一定会挺身而出为小芳拼命的。

那时候，彭辉最需要的就是钱，有了钱就能让父亲住进医院，住进医院父亲的疼痛就可以减轻，父亲的生命就可以延续。有了钱就可以打消大山叔和大山婶的顾虑，就可以让小芳过上幸福的日子，就可以满足小芳那些并非遥不可及的心愿。所以，从那个时候起，彭辉就一门心思想着赚钱，可那时根本就没有赚钱的道儿。那时候彭辉还不能拿到满工分，无论他多么玩命，一天也只能拿到八个工分，而一个工分才五分钱。也就是说他一天只能挣四毛钱，一年下来也就是一百多元。如果不是农闲时做点木匠活，连自己的吃喝穿用都不够。

按当时的情形，彭辉就是不回北京，跟小芳也成不了夫妻。用当时的时髦话说，无论从政治的角度讲，还是从经济的角度讲，彭辉都是不可能和小芳结合的。除非他们不顾一切地私奔，可是他们又没那个勇气，在那个年代，没户口就找不到工作，流亡就意味着冻死饿死。

自从彭辉离开了老家，自从生活中没有了小芳，自从得知小芳离开了人世，彭辉的心就渐渐地死了。

韩秋的出现的确让彭辉死了的心复活了，他渴望自己能够从迷茫的梦境里回到现实中。彭辉已经明显地意识到韩秋将要改变他的生活，尽管他不知道韩秋的出现是福还是祸，但他不管是福是祸都不想回避，他不想让自己沉寂多年的心继续沉寂下去，这对于正值不惑之年的他来说的确令人感到费解。

彭辉每晚陪着崔副局长和老魏这样的甲方在夜总会或洗浴中心消遣，他自己却越来越没兴趣找小姐了，因为他的脑子里装的全是小芳和小芳的化身韩秋。更确切地说，他觉得小芳又复活了，小芳又显灵了，小芳几乎每晚都出现在彭辉的梦里。而现实中的韩秋，就像一块巨大的磁铁吸引着彭辉这个钢铁般的硬汉，他的确有些身不由己了。彭辉已经连续二十天没有回家吃晚饭了，也有二十天没去前妻那里看儿子了，也有二十天没去关照他的三个女人了，楼外楼酒楼几乎成了他的家。

前妻几次在电话里表示了不满，并一再拿儿子说事，说儿子期中考试的成绩很不理想，说儿子整天迷恋游戏，说儿子近来花钱很冲。彭辉听烦了，终于没好气地说："他的成绩不好我他娘的有什么办法？我他娘的只是高小水平你不知道吗？""别他娘的小题大做，迷恋游戏总比惹是生非强吧?""花钱冲还他娘的不是你惯的!一要就给,现在想管还他娘的有个屁用?"彭辉也曾找宝贝儿子谈过一次,儿子满有理地说:"老爸,你的思想也太落后了,现在讲究素质教育,素质教育懂不懂?不能只看分数,要看一个人的综合能力,我现在一分钟可以打一百二十个字,也就是说每秒钟可以打两个字。知道吗?这就是能力!"彭辉哑口无言了,他给了儿子一脚就又回到了楼外楼酒楼。当然,他那一脚踢得一点儿力量也没有,他根本舍不得。

彭辉一离开前妻家门就想到了小芳,他想,儿子要是跟着小芳长大,决不会是现在的样子。小芳肯定很疼爱孩子,但是小芳决不会这么惯着孩子。小芳曾经说过,她和彭辉要是有了儿子,一定让他好好念书识字,一定让他把彭辉的木匠手艺继承下来,一定让他做个既懂事又孝顺的好孩子。

彭辉在外人面前很少提及儿子的不争气,在他的心目中儿子毕竟还是个孩子,他不认为儿子已经定型。他觉得反正儿子进了区重点中学,成绩再差也能考上高中,大不了考高中的时候再多花上几万。只要能上重点高中,大学也就有门儿了,到那时儿子就该知道深浅了。

彭辉这样一想,心情就平静下来了,心情一平静,又可以专心去想小芳和韩秋了。

尧淑君很少给彭辉打电话,婚姻的失败使她的性格更趋于内向。尧淑君喜欢隔几天发一次问候性短信,她觉得彭辉心里要是有她,接到短信后就会给她回电话或是过去看看她。红霞则不然,每天都要给彭辉打一两次电话,几乎都是一个内容:"老公,我想你了……今天能不能过来陪我呀……哼,你肯定又有了别的女人,不然你不会这么多天不来看我的。"方晓瑛与红霞又有不同,方晓瑛大都是深夜打电话,上来就问:"亲爱的你在哪儿?用不用我过去陪陪你?你肯定又在夜总会泡妞呢,听话,可不许对她们动真格的哟!对了,要是控制不住自己,千万得注意保护自己,要是染上病,既害你自己,也害我……"

以前,彭辉对这几个女人从没烦过,时不时地换换口味,还觉得挺开心。可是自从生活中出现了韩秋，他就对这几个女人没了往日的兴趣，甚至觉得她们的存在是多余的了。其实，此刻的彭辉仍然没有占有韩秋的欲望，他只是带有某种幻想，幻想有一天韩秋果真变成小芳，因为他有许多话要向小芳倾诉。这就是他想走近韩秋的缘故，这就是他对韩秋不像对别的女人那么轻浮的缘故。

彭辉甚至希望有人每天都约他去楼外楼潇洒，倘若没人相约，他自己还不好意思单独前往。

不知是体谅彭辉，还是被各自的小姐迷住了，崔副局长和老魏始终没提更换活动场所的事。崔副局长比老魏心细，多次撺掇彭辉把韩秋带到夜总会去，他们还跟谢伟亮和梁老板先后打过招呼。谢伟亮虽然不高兴，但也不敢反对。梁老板则高兴地说："只要韩秋乐意我才不干预呢。"彭辉却一直犹犹豫豫，总说："韩秋是酒店服务员，又是个挺纯洁的孩子，我还真不忍心把她往染缸里带。"

彭辉既不想在韩秋面前毁坏自己的形象，也不想让韩秋去那种乌烟瘴气的环境。那种地方是名副其实的染缸，男人在那种地方最容易暴露他们见不得人的那一面，女人在那种地方则竭力展现自己最不该暴露的方面。

彭辉倒是很想带韩秋去逛逛公园或去看看展销会什么的，因为韩秋说她来北京好几个月哪儿都没去过。彭辉也很想给韩秋买点实惠的东西，可一直找不到机会。彭辉知道韩秋已经有了好多天的奖励假，也知道这里的经理和老板都不敢阻拦他带着韩秋出去，可他依旧绷着，他觉得时机还不太成熟，觉得韩秋对他还存有戒心。

彭辉征服女人并不完全依仗兜里的银子，他还有着比别人更高明的手段和谋略。他就像非洲草原上潜伏的狮子和猎豹，就像北美荒野上空盘旋的兀鹰，就像海洋深处游弋的巨型章鱼，彭辉具备所有掠食者所具备的优势。掠食者只有在饥饿的状态下才会偷袭猎物，而像彭辉这样的男人，只有在特定的场合才会展露或放纵自己的兽性。彭辉是个纵欲过度的人，他对女人早已失去了兴趣，起码在眼下他并没有把韩秋当成自己泄欲的对象。

尽管彭辉睡过的女人很多，可是他从不沾二十岁以下的女孩子。彭辉习惯把不满二十岁的女子称为女孩子。小芳跟彭辉做那事的时候就不满二十岁，彭辉觉得那时的小芳就是个女孩子，是一朵天真无邪的鲜花。彭辉总这样安慰自己："当时我太年轻，太容易冲动，我是由于无知和迷茫才践踏了那朵稚嫩的小花。"

熟识以后，彭辉已经问过韩秋的年龄，韩秋说她还不满十八周岁，但是他们老家都习惯说虚岁。当时彭辉与小芳做那种事的时候，小芳也未满十八周岁。韩秋说她是中秋节的后半夜出生的，母亲说她落地时正是月亮最亮的时候。彭辉离开老家已经快满二十年了，他算了算，他跟小芳要是有孩子也应该在中秋节前后出生，但是要比韩秋大一岁。

虽然韩秋跟小芳一样也透着淳朴和善良，但由于韩秋受家庭的拖累，显得不如小芳活泼，其忧郁的眉宇总让人产生一种怜惜，这也是彭辉不忍心下手的一个原因。

李彤看出了苗头，彭辉显然已经把韩秋当成新的追求目标了。

一想到韩秋有朝一日会成为彭辉的女人，李彤的心里就有一种说不出的滋味。李彤甚至不太愿意去楼外楼了，他不想看到韩秋一步步走近彭辉，更害怕彭辉看出他的心思，彭辉让他警告谢伟亮的那番话，好像也是在警告他的。李彤借口工地离不开，几次谢绝了彭辉，他把心思尽量用在工地上。崔副局长和老魏不知道他的心思，还在彭辉面前夸赞李彤责任心强，说有李彤在工地，彭辉根本不用走心思。彭辉心很细，只要李彤不来楼外楼吃饭，他都要为李彤点两个可口的菜让酒店派人给李彤送到工地去。

李彤的确对工程很上心，因为活动中心是面子工程，这个工程做好了，无论是对公司还是对他个人，都是最好的广告。所以，对每一道工序，哪怕是一个很小的细节，他都严格要求，不允许有半点儿马虎。活动中心使用大量天然石材，天然石材有色差，纹路也很难统一，李彤却一点也不将就，对每块石材都要亲自过目，对不符合要求的，坚决淘汰。彭辉很赞成这一点，他觉得李彤对工程的要求比他还要高。崔副局长和老魏自然也很高兴，因为这个工程做好做坏直接关系到他们在官场的命运。崔副局长已经明确表态了，对于淘汰的石材，可以适当给一些补偿。

只要工地加班，李彤就守在工地，因为要在收工后给工人安排夜宵。这是彭辉公司的传统，李彤很赞成这一很人性的做法。其实就是一大锅稀饭，每人两个煮鸡蛋，馒头随便吃，偶尔还有水果。花不了多少钱，却赢得了人心，所以彭辉的工人几乎没有跳槽的，只要来到彭辉的公司，基本上都成了"长期工"，而不像别的装饰公司大都是铁打的营盘流水的兵。李彤相信彭辉的公司会越做越好，会越来越有竞争力，所以他自信自己选择对了，他在这里是大有作为的。李彤在装修界已经小有名气，这两年有不少公司想把他挖走，都被他婉言谢绝了，他觉得很难再遇到彭辉这样的老板。李彤来自小城市，虽然出身书香门第，家境却并不宽裕，父母的主要收入都用来买书了，父母至今还住在一套很平常的两居室里，而且没有暖气，冬天，二老还要把取暖的蜂窝煤搬到五楼上去。李彤很清楚，靠父母自己，是很难改变这种现状的，所以他要奋斗，只有他成功了，才能在北京买套房，把父母接来。彭辉知道李彤的这个心愿，曾表示可以先借钱给李彤，李彤谢绝了，李彤不想背上巨额债务，更不想欠彭辉那么大的人情。

彭辉每年都给李彤长工资，每个工程结束都给李彤一笔丰厚的奖金，李彤自然很感激，工作起来也自然更加卖力气。李彤既然已经意识到韩秋迟早得是彭辉的人，所以他不能再对韩秋有非分之想，他觉得那样不道德，也会因小失大。他现在得以事业为重，他的事业离不开彭辉。李彤依旧时常梦到韩秋，而且依旧都是噩梦，但他很理智，他觉得要想把自己的非分之想扼杀在萌芽状态，就必须少接触韩秋，尽量不让韩秋进入自己的视线。李彤甚至有点儿厌烦楼外楼了，他觉得韩秋不该出现在那里，如果不是韩秋的出现，他不会如此心绪不宁。

这天是周五，午饭后崔副局长就给彭辉打了电话，说下午他和老魏过组织生活,让彭辉先到楼外楼酒楼等他们。彭辉在建筑公司时虽然当过三次先进工作者,却因家庭出身不好始终没人动员他向党组织靠拢,但他却知道组织生活是怎么回事。因为他师傅是党员,每次过组织生活前都让彭辉给他提意见,他好在组织生活会上做自我批评。彭辉觉得崔副局长和老魏挺滑稽的,下午过组织生活做自我批评,晚上就搂着小姐过夜生活,天知道他们向组织汇报活思想的时候会不会脸红,会不会心跳过速。

彭辉来到楼外楼的时候,韩秋正在包房摆放餐具,彭辉在餐桌前坐下后点了枝烟,然后跟韩秋聊了起来。

"韩秋,最近跟家里通电话了吗?"

"没有,总打长途太浪费钱。"

"用我的手机打吧,总不打电话家里人会惦记你的。"

"不啦,用手机打更贵。"

"没事,打个电话也用不了多少钱。"

"谢谢您彭总,我真的不想打,总打电话爸爸妈妈会说我的。"

彭辉怜惜地望着韩秋,心里有一股说不出的滋味。现在谁还计较块儿八毛的电话费呢?儿子每个月的电话费就好几百,儿子说买手机是为了和同学们联系方便,儿子的确经常用手机和同学探讨"学习问题"(问作业怎么做)。儿子只不过比韩秋小三四岁,可儿子至今没做过一件家务事,就如同当年那个县委书记的女儿,韩秋却早早地挑起了家庭的重担,而且还要一直挑下去。彭辉曾感受过生活的不公平,但地位发生了变化,现在是他和儿子站在了生活的高端,而韩秋和韩秋的家庭就如同当年的彭辉。

"韩秋,你爸爸妈妈舍得让你出来吗?"

"舍不得,我离开家的时候妈妈都哭了。可是舍不得又有啥办法,妈妈没有劳保,爸爸又下了岗。"

"可你挣的那点儿钱也解决不了问题呀,几百块钱够干吗的?"

"我们那里消费低,几百块钱够一家人的吃喝了。"

"让你爸爸出来吧,我可以在我的公司给他安排个事。"

"他是想出来,可是我妈离不开人。"

"可以给你妈雇个保姆嘛，雇个保姆也就三四百块钱。"

"雇保姆？我妈那一关就过不去。您是不了解我妈，她可古板了。况且我们家还吃着街道的救济，哪有吃着救济雇保姆的道理呀？"

彭辉的确很想帮一帮韩秋，这对他来说是件很容易的事。一个装饰材料商店不是已经让尧淑君进入小康了吗？一个发廊不是让红霞的腰包鼓起来了吗？方晓瑛不是也加入了白领的行列了吗？彭辉始终觉得是自己帮了这三个女人，没有他的帮助，这三个女人都还处在水深火热之中。当然了，她们都是跟彭辉睡过觉的女人，彭辉应该帮助她们。可是彭辉还睡过许多女人，彭辉为什么不一一相帮呢？彭辉有自己的原则，那就是他要帮的女人必须是真心喜欢他，而又让他有一定好感的女人。

韩秋并没有跟彭辉睡过觉，彭辉甚至还没往男女之事上想过，那他干吗想帮韩秋呢？主要还是因为韩秋长得像小芳，在彭辉的潜意识里，已经把韩秋当成了故去的小芳。

彭辉进入韩秋负责的包房以后，就有一双冒着妒火的眼睛一直盯着那扇雕花玻璃门，透过玻璃门可以看到彭辉坐在餐桌前的背影和韩秋站在一旁的侧影。谢伟亮已经开始抽第三支烟了，他想好了，如果第三支烟抽完韩秋还不出来，他就让人把韩秋叫出来。

第三支烟刚抽了一半，谢伟亮就耐不住性子了，他让一个服务员去叫韩秋，说吧台有韩秋的电话。

韩秋很快出来了，并疾步向吧台走去。韩秋内心很是不安，因为除了彭辉和李彤给她打电话订餐，就没有别人给她来过电话。难道是家里来的电话？难道是家里出了什么事？韩秋盼家里来电话，又害怕家里来电话，她知道没有大事家里人是舍不得打长途电话的。

韩秋拿起电话就"喂"，竟然没注意电话是挂着的。

谢伟亮皱着眉头不阴不阳地说："根本就没有你的电话，是我找借口让你出来的。"

韩秋愣了一下，脸一红，挂好了电话，然后拘谨地说："经理，您找我有什么事？"

谢伟亮把半截烟狠吸了几口，尔后用力在吧台的烟灰缸里捻灭，继续板着面孔说："知道不？酒店有规定，上班时间不许跟客人聊天！我可给你看着时间呢，你们已经聊了二十五分钟了！我告诉你，你这个月的奖金没了！"

韩秋的脸吓白了："经理，我……"

谢伟亮见韩秋一副可怜兮兮的样子，便有些心软了："我可是一片好心，你要是再这样与客人不明不白地发展，我可就不能再让你盯包房了。"

韩秋的脸色更红了："经理，我……"

谢伟亮表情复杂地说："听不听在你，我可是……"

韩秋不想失去盯包房的工作，包房服务员不仅可以拿小费，而且还有酒水提成，包房客人的消费要比散台高多了。韩秋此时顾不上多想，忙说："经理您别生气，我一定注意，一定改！"

谢伟亮把目光移向韩秋负责的包房，用一种阴阳怪气的语调说："我劝你还是有点儿自知之明为好，别以为人家真会看上你。人家可是大老板，什么女人没尝过，你最好还是踏踏实实干你的服务员吧！"

韩秋不敢申辩，只好连连点头道："我知道，我知道。"

此时，谢伟亮有一种满足感，显然韩秋被他震慑住了。谢伟亮见小慧向这里走来，便说："好了，别的话我也不多说了，记住了，我跟你说的话最好别让别人知道。"

韩秋说："我知道，我不会说的。"

于是谢伟亮换上一副笑脸说："大厅有两个服务员请假了，人手紧张，你先在大厅帮着摆台吧。"

韩秋答应一声"是"，转身离开了。

好在这时李彤到了，韩秋倒不必担心把彭辉一个人晾在包房了。李彤见韩秋在大厅忙活，感到有些纳闷，便随便问了韩秋一句。韩秋说大厅人少，她临时帮帮忙。韩秋是个不愿招惹是非的人，她很清楚，要是彭辉和李彤知道了谢伟亮说的那些话，肯定饶不了谢伟亮，所以她不能对李彤说出实情。李彤又问彭总到了没有，韩秋指了指包房说在里面，您进去陪他吧。

李彤看着韩秋，似乎想跟她说点什么，话到嘴边又咽了回去，苦笑了一下，转身进了包房。

李彤走后，小慧便走了过来。刚才小慧已经看到谢伟亮训韩秋，又见韩秋的情绪不高，估计谢伟亮又找韩秋的麻烦了。

"那小子又说你什么了？"小慧低声问韩秋。

"没说什么。"韩秋摇摇头，她也不能跟小慧说出实情，因为小慧正跟谢伟亮赌着气呢。

"你不用怕他，有什么委屈你跟我说，我找他兔崽子算账！"小慧说着朝谢伟亮那边瞪了一眼。

"没有，谢经理只是让我在大厅帮帮忙。"韩秋边干活边低声说，"你别瞎琢磨了，去忙你的去吧！对了，你先去一下我的包房，替我给李哥沏杯茶，告诉他们我一会儿就过去。"

"你的包房有客人，你就不该在这里忙活！走，回你的包房去。"小慧说着近前拽韩秋。

"我得跟谢经理说一声。"韩秋脚步迟疑。

"跟他说什么？县官不如现管，回头我跟我表姐说一声就是了。"小慧仗着孟雅萱的关系，并不把谢伟亮放在眼里。

孟雅萱是学酒楼管理的，是梁老板几年前从别的酒楼挖过来的。孟雅萱还真帮了梁老板的大忙，因为梁老板在酒楼管理上是个外行。梁老板一直对孟雅萱相当器重，不仅让她当酒店领班，实际上还兼着他的秘书，整个酒楼的事情孟雅萱都可以插嘴。小慧自然也跟着沾了光，梁老板私下里总叫她小姨子，小姨子哪有白当的，逢年过节都可以得到一份礼物。小慧又是个爱显摆的人，所以酒楼上下都知道她有后台，没人敢招惹她。韩秋和小慧是老乡，小慧又口口声声说韩秋是她的妹妹，自然也就没人敢明着欺负韩秋了。

韩秋来了整一个月了，在已过的一个月里，除了谢伟亮的骚扰，韩秋没遇到过什么不顺心的事。韩秋很庆幸自己结识了彭辉这样的大老板，不仅可以时不时地拿小费，而且听小慧说开工资的时候还能有奖金和提成。韩秋虽然担心彭辉对她心怀不轨,但是有小慧在一旁保护她,她并不十分害怕。

　　领工资那天,韩秋的嘴角始终流露着难抑的喜悦,除了四百元基本工资,她还得到二百元的奖金和五百元的提成。在此之前,韩秋已给家里寄过五百元,那是彭辉给她的小费中的一部分。

　　韩秋本想把工资和奖金都给家里寄回去,可她又怕爸爸妈妈多想,爸爸妈妈肯定会对她在这么短的时间内挣这么多钱产生疑问的。韩秋没进过银行,不知道怎么存钱,晚上临睡前她央求小慧说:"小慧姐,明天上午,你能不能陪我去趟银行?"

　　小慧说:"你傻不傻呀?放着现成的人你咋不用呢?明天中午彭老板不是订餐了吗?吃了饭你让他开车带你去多好呀!"

　　韩秋说:"我可不好意思麻烦人家,还是你陪我去一趟吧?"

　　小慧打了个哈欠说:"明天再说吧。"小慧的话音拉得很长,话音还没消失就已经睡着了。

　　次日韩秋早早起了床,从八点就叫小慧起床,直到九点她才下床。等小慧梳洗打扮就绪,去银行的时间已经没有了。韩秋嘴上没埋怨小慧,心里却着实有些不高兴,秀美的嘴角一上午都没怎么往上翘。

　　小慧跟彭辉两年前就相识了,曾热烈地追过彭辉,只是彭辉一直没把她放在眼里。小慧倒也没什么伤感,因为她看中的是彭辉的钱,只要时不时地能从彭辉那里挣点儿小费,她也就不觉得委屈了。自从彭辉瞄上了韩秋,小慧自然也跟着沾了光,彭辉每次给韩秋小费的时候,小慧总会找个借口凑过来。所以小慧不仅不嫉妒韩秋,反而希望韩秋能跟彭辉走得更近一些,那样的话,她肯定能得到不少实惠。

　　午餐进行到一半,李彤从包房出来去洗手间,小慧拦住李彤说:"李哥,我跟你说个事儿。"小慧对客人总是甜腻腻的。

　　"什么事儿?"李彤问。

　　"嘿嘿,当然是好事儿啦!"小慧眨巴着一双笑眼。

"快别卖关子啦,到底什么事儿?"李彤显然没兴趣与小慧调侃。

"你答应谢我,我才告诉你。"小慧酸溜溜地一笑,并放肆地用肩膀顶了李彤一下。

"好好好,说吧,我答应你!"李彤有些不耐烦地说。

小慧这才凑到李彤的耳边说:"韩秋吃了饭要去银行,她想让你陪她去,可她又不好意思麻烦你。"

李彤先是一愣,然后搪塞说:"不行,吃了饭我还要去工地呢。"

小慧噘嘴道:"人家好不容易张回嘴,您就给点面子嘛。"

李彤摇摇头:"真的不行,对不起。"

小慧又说:"那你跟彭哥说一下好吗?"

李彤犹豫了一下说:"还是你自己说去吧。"

说完,李彤便转身去了洗手间。

小慧站在包房门口往里面看,韩秋正在给彭辉满酒。

小慧转了转眼珠,冲里面的韩秋招手,韩秋没有看到,而是彭辉看到了,彭辉示意韩秋出来。

韩秋出来后,小慧问韩秋跟彭辉说了没有,韩秋说那样不好,还是不要说了。小慧又说韩秋傻,然后就回自己的包房了。

李彤回到包房,见韩秋不在,便悄悄告诉彭辉小慧刚才跟他说的事情。李彤刚才思考了一下,觉得这件事情还是要跟彭辉说一下,他不说,小慧也会跟彭辉说的。如果彭辉知道他知道,又不跟彭辉说,彭辉肯定会多想的。李彤并没有说韩秋让他陪着去,而是说韩秋想用一下车。

彭辉说:"那你就陪她去一趟吧。"

李彤说:"没时间了,刚才我去洗手间的时候工地来了电话,有几个技术问题得我去解决。"其实李彤并没有接到电话,他是以此为借口。

彭辉点点头:"哦,一会儿我带她去吧。"

说着,李彤跟崔副局长和老魏告辞。彭辉借口上洗手间,送李彤走出包房,他让李彤把小慧从隔壁叫了出来。

李彤走后,彭辉问小慧:"韩秋要去银行?"

小慧高兴地说："嗯，她想让您陪着去，又不好意思麻烦您。"

彭辉笑着说："这有什么麻烦的，你跟她说没问题，吃了饭我就带她去，你去找领班给她请个假吧，就说我说的。"

小慧说："好的，一会我就去跟我表姐说。对了彭哥，韩秋还想去趟天安门广场，我想你肯定也乐意带她去吧？"

彭辉点点头说："呵呵，没问题。"

小慧放肆地用肩膀撞了下彭辉说："彭哥，是不是该谢谢我？"

彭辉连连点头说："一定一定，你说怎么谢就怎么谢！"

彭辉一直想单独跟韩秋接触，只是苦于没有合适的借口，现在终于有了这样的机会，彭辉自然很高兴。而且他断定小慧肯定是先求的李彤，李彤找借口拒绝了小慧，肯定是李彤故意把这个机会留给了他。对此，彭辉也颇感欣慰，因为李彤完全可以带韩秋去了银行之后再去工地。彭辉本想趁着高兴多喝几杯，一想到得动车，只好克制住了。

李彤开着切诺基吉普缓慢行驶着，他不知道把这个机会让给彭辉是否是明智之举，看似十分简单的一件事，但从某种意义上讲，这件事对他和彭辉而言都是一个很好的契机，这个契机或许就决定了韩秋今后的命运。后来事情的发展的确印证了这一点，李彤对此十分懊悔，甚至时常痛骂自己的怯懦，因为他错失了这个契机之后，就再也没有机会了。而且，李彤没有想到事情会发展得那样快，快得让他无法理解、无法承受。

这一段时间，彭辉的心情很好，文化活动中心的工程进展顺利，区里的主要领导都很满意。几个商洽协议崔副局长也都愉快地签了字，无形中又增加了几十万的纯利润。另外几项工程也有了眉目，尤其是崔副局长帮助牵线的那家娱乐城的装修工程，一旦拿下来，赚个百八十万没有问题。开办娱乐城得有文化局核准的经营许可证，否则就不能办营业执照，崔副局长还真够朋友，跟那个娱乐城的老板暗示了一下，那个老板当即就表态说："文化局的装修工程都交给彭老板做，我还有什么不放心的。"彭辉十分感激崔副局长，尤其让他感到意外的是，崔副局长明确表示，他不要一分中介费，彭辉要是实在过意不去的话，就在楼外楼押一张支票，他来消费可以签字就行了。崔副局长还说，现在装修行业竞争这么激烈，彭辉挣点儿钱也不容易，这话让彭辉很是感动。

现在装修行业竞争的确越来越激烈，许多装修公司都接不到大工程，为了生存只好把重点转到了家庭装修。彭辉的生意则一直处于良性循环状态，别说家装了，就是十几万的小工程他都不感兴趣。彭辉已经总结出了经验，那就是舍不得孩子套不住狼，要想挣大钱就得舍得花大钱。彭辉觉得自己在崔副局长身上下的功夫还不到位，他儿子出国留学原本是个机会，可崔副局长不仅不接受，还主动为他介绍工程，而且明言不要中介费，这反倒让彭辉十分过意不去。彭辉给美国的一个朋友打了电话，要那个朋友为崔副局长的儿子提供优越的吃住条件，当然了，一切费用都由彭辉支付。对此，崔副局长颇为感激，几次表示交定了彭辉这个朋友。

彭辉觉得，崔副局长作为工程甲方就算很不错了，崔副局长不仅不像别的甲方那样狮子大张口，在他拿到第二笔工程款之后，彭辉给崔副局长和老魏准备现金，老魏那三万毫不客气地收了，崔副局长的五万说什么也不收。崔副局长真心实意地说："你为我儿子出国帮了很大忙，这一段在楼外楼花销也挺大，我这份就免了吧。"这样的甲方真是千里难寻，彭辉已经想好了，一定要给崔副局长物色一个固定的小情人，小情人的所有费用自然不会让崔副局长自己出。

崔副局长对钱不是很在意，他只有一个爱好，那就是泡小姐，而且在认识彭辉之前就养成了这个爱好。娱乐场所归崔副局长管辖，哪里开张都得请他莅临指导一下，指导之后自然少不了有姿有色的小姐陪着玩，这样一来二去的就上了瘾。但是他始终不敢太放纵自己，因为他不想在那些老板手里留下短处。他觉得彭辉就不同了，彭辉是搞工程的，是一锤子买卖，工程完了以后就没有什么利害关系了。关键还是他觉得彭辉为人仗义，有了事敢于为朋友扛着。上次有个甲方在别的地方玩现了，彭辉知道后，立即花了十几万把那个甲方捞了出来。

今天中午是崔副局长主动提出请彭辉的，上午区领导又视察了文化活动中心工地，对工程进度和工程质量都十分的满意。

韩秋本不想让彭辉陪着去银行，可小慧不容分说地把她推上了车，并说你就不要扭扭捏捏的啦，让别人看到不好。韩秋还真怕谢伟亮看到，谢伟亮要是看到了，肯定又得找她的别扭。

上了彭辉的蓝色宝马车，韩秋的脸上依旧泛着红晕。这毕竟是她有生以来第一次坐这么高级的卧车，又是第一次单独与除家人外的异性在一起。彭辉的内心虽然十分兴奋，但是他的表情却很坦然，因为他不想让韩秋感觉到他的激动。不知有多少女人坐过彭辉的车，每一个上了彭辉车的女人都无一例外地和彭辉上过床，彭辉此时却没有想这些。

车子缓缓启动，几乎没有什么声音，而且异常的平稳。韩秋一直拘谨地低着头，既不好意思看彭辉，也不好意思看车内的豪华装饰。韩秋觉得自己就像做错了什么事似的，心里扑通扑通地跳个不停。车子驶出一段以后，还是彭辉率先开了口。

"去工商银行行吗？前边儿不远就有一家。"彭辉斜睨了韩秋一眼。

"行。"韩秋依旧没好意思抬头。

"小慧说你还没去过天安门广场，是吗？"彭辉笑着问。

"我哪儿都没去过，北京太大了，我一个人不敢出门儿。"韩秋腼腆而尴尬地一笑。

"待会儿我带你去广场兜一圈儿，看看天安门，看看人民大会堂，看看毛主席纪念堂和历史博物馆，有时间的话，我再带你到故宫转一转。"彭辉很随便地说着。

"您那么忙，还是以后吧。"韩秋显然还有几分警觉。

"我没事儿，崔哥和魏哥一进桑拿，没有四五个钟头是出不来的。"彭辉是把崔副局长和老魏安排好以后出来的。

"可……可是我四点半就得上班。"韩秋不完全是搪塞。

"我已经跟你们老板打了招呼，他说你有好几天假，随时都可以休。"

彭辉显然提前做了准备。

"可我……"韩秋抻了抻自己的工作服,意思是自己连衣服都没换。

"没事儿,你穿这身儿工作服挺好看的。如果你觉得别扭,待会儿我陪你到服装店买一身就是了。"彭辉依旧很随便地说。

"不啦,就穿这身吧。"韩秋已经找不出推托的借口了。

现在银行的工作效率很高,几分钟就办完了存款。

重新回到车上以后,韩秋仍然激动不已地看着那个紫色的活期存折,因为这是她第一次有了自己的存款,是她自己用劳动挣来的第一笔钱。韩秋开始盘算用它们干些什么:应该给妈妈买一双皮鞋,妈妈这辈子还没舍得买过皮鞋穿;应该给爸爸买一箱二锅头,爸爸说二锅头是他喝过的最好喝的酒;应该给弟弟买一支派克笔,弟弟说他的同学几乎都有派克笔;还应该给家里买一台洗衣机,哪怕是半自动的呢,因为妈妈的病沾不得凉水,爸爸和弟弟都不会洗衣服。韩秋甚至想得更远,那就是再挣些钱把家里简单装修一下,尤其要把向阳的窗子打大一些,那样的话屋里就能多一些阳光,病中的妈妈需要阳光。

"想什么呢韩秋?"彭辉把车拐上长安街以后,笑着问。

"没……没想什么。"韩秋的脸上又重新爬上红晕。

"我能理解你的心情。"彭辉收起脸上的笑,一本正经地说,"想当年,我拿到第一个月工资的时候,也是一宿没睡觉。"

"您……"韩秋疑惑地看着彭辉,"您也给人家打过工?"

"说来我也是苦出身哟!我八岁就跟着父亲回到了河南老家,到了二十岁才回到北京有了正式工作。"彭辉苦笑了一下又说,"我在建筑公司干了好几年木工,风吹日晒,披星戴月,也算是吃过苦受过累的人呀!"

"可我一点儿都看不出您当过农民和工人。"韩秋抬起头看了彭辉一眼。

"不像吗?可我确实当过。"彭辉凄然一笑,陷入了短暂的沉思。

彭辉忘不了刚回到北京时的情形,那时他满口的河南腔,无论在家属院还是在单位都没少受气。

"那您后来怎么成了大老板呢?"

"我是因为对大锅饭深恶痛绝才辞职的,论我的技术,论我卖的力气,我应该拿别人几倍的工资和奖金,可在国营单位那是不可能的。后来我就私下包活儿干,尝到甜头以后,我就不想再偷偷摸摸地干了,于是我拉上几个要好的同事成立了一个包工队。干出名堂以后,就成立了现在的装饰公司。"

　　彭辉说得比较轻松,其实他在创业初期是很艰难的,因为他当时既没有资金也没有门路。

　　彭辉简单地给韩秋讲了艰苦创业的故事,讲了自己遇到过的那些尴尬和窘迫,说当时他就跟三孙子似的,受尽了欺侮和歧视。彭辉不知道自己为什么要对韩秋讲这些,而且还夹杂着唉声叹气。韩秋听得很专注,并投以同情而又敬佩的目光。

　　后来韩秋又问起了李彤,彭辉毫不掩饰地说,是他把李彤挖过来的,还说李彤是难得的人才,一个清华大学的高材生能扔掉铁饭碗,到他的私营公司来闯天下,的确是需要勇气的。彭辉坦言,如果没有李彤,他的公司不会在近几年迅速发展壮大起来,没有李彤,他就得整天泡在工地上。韩秋听得入了迷,甚至忘了欣赏街道两旁的景致。从此,韩秋加深了对李彤的好感,她甚至想到了自己的弟弟,她希望弟弟将来也能像李彤一样成为清华大学的高材生,到了那个时候,父母就能过上无忧无虑的生活了。

第四章 春心开始萌动了

说话间,到了天安门广场。

初次来到天安门的人都会被这里独特的景色弄得眼花缭乱,都会对这里的一切惊叹不已。为了满足韩秋的好奇心,彭辉特意围着广场转了两圈。强烈的新鲜感让韩秋暂时忘记了羞怯和紧张,她左顾右盼地浏览着广场内外的宏伟建筑和壮观景色,此刻她才明白为什么人们都向往这个地方了。彭辉不停地向韩秋做着介绍,韩秋的脸上一直洋溢着惊喜之色。

彭辉把车停在纪念堂南面的停车场,先带着韩秋看了看毛主席纪念堂和前门楼子。韩秋只是从烟盒上和电视里见过前门楼子,再有就是从一首歌里对前门楼子有了一些了解,知道前门有大碗茶,那首歌好像是刘晓庆唱的。在韩秋的意识里,北京除了天安门就数前门楼子名气大了。韩秋仿佛记得有部电影里有一句台词:"你不是有钱吗?那你怎么不把前门楼子买下来呀?"

韩秋问彭辉:"怎么就孤零零的一个门楼子呀?"

彭辉说:"以前两边儿有城墙,北京城还有许多这样的城门楼子,城门楼子都是由城墙连在一起的。我小的时候还有呢,后来都拆了,实在可惜呀!这也不知道是他妈谁的馊主意,一夜之间就都拆没了。唉,那可都是名胜古迹呀!要是留到现在该多好,我领着你沿城墙转上一圈儿,那该是个什么劲头儿啊?"彭辉对拆除城墙和城门楼子一事一直耿耿于怀,这是他对北京最感失望的一件事,因为他童年记忆中的北京城才是最完美的。

彭辉告诉韩秋,自己知道的都是皮毛,没什么价值,韩秋要是想知道北京城建筑方面的问题,以后可以问李彤,李彤是学建筑的,对北京的建筑研究得很深很透,比他这个北京人知道的还多。韩秋点点头,她喜欢彭辉夸赞李彤的口气，一个大老板贬低自己抬高部下，说明他这个人很大度。

彭辉嘴上说带着韩秋逛逛前门大街，却把韩秋领进了一家时装店。

彭辉让韩秋自己选一身衣服，韩秋悄悄瞅了瞅衣服的标价，最便宜的也不下五百元，便要退出去。

彭辉拉住韩秋说："你不要看价钱，只要你喜欢就先试一试。"

韩秋面露难色说："这些衣服都不适合我，还是不试了吧。"

彭辉说："你看那身套装怎么样？我觉得你穿上一定好看。"

彭辉指的那套衣服是米黄色的三件套，上衣是圆领翻口紧腰斜兜的短款职业装，配相同颜色的一件短裙和一条筒裤，无论是配长裙还是配筒裤，都显得很上档次。韩秋也觉得那套衣服既好看又大方，可价码也高得惊人，上衣八百，筒裤六百，短裙四百八，共计一千八百八。韩秋在已过的十八个春秋里穿过的所有衣服的价码全加起来也凑不够这个吉利的钱数。

"不行，我不配，还是……"别说穿了，韩秋连试的勇气都没有。

"小姐，给我们拿一套试试。"彭辉微笑着对服务员说。

"别……别……"韩秋语无伦次，一脸的慌张。

服务员打量了一下韩秋，微笑着对彭辉说："大哥您真是太有眼力啦！这位小姐身材苗条，皮肤白皙，这套衣服最适合她穿了！"说着，服务员便拿出了一套，然后又客气地对韩秋说，"走，我带您去试衣间。"

"我……"韩秋为难地看了彭辉一眼，她的脸一下子变得通红，因为她身上除了那个九百元的活期存折，连一百块钱都不到。

彭辉用鼓励的眼神望着韩秋说："去吧，买不买的先穿上试试。"

人在衣着马在鞍，无论是配短裙还是配筒裤，穿在韩秋身上都特别合适特别好看。彭辉赞不绝口地左右端详着，他不顾韩秋的一再阻拦，也不跟服务员讨价还价，给了服务员两千块钱。还大方地说，多余的一百二是给服务员的小费，乐得服务员千恩万谢。

韩秋知道再争执也没用了，便悄声对彭辉说："彭总，我不能花您的钱，我回去就把钱还给您。"韩秋想好了，回去跟小慧借一千块钱，再加上自己的存折就够了。

彭辉笑笑说："你可真逗，你伺候我们都快一个月了，难道你就不能给我一个表示谢意的机会吗？"

韩秋的内心是慌乱的，她觉得自己没有理由接受彭辉这样的厚礼。在韩秋看来，两千块钱可不是个小数了，她若是平白无故地接受，将来……韩秋此时还顾不上细想将来。在彭辉的一再劝说下，韩秋最终还是穿上了这身套装，而且彭辉执意让她穿裙子。

彭辉说："韩秋，你还是穿短裙更漂亮一些。"

韩秋说："我从没穿过这么短的裙子。"

韩秋十分拘谨地跟着彭辉走出服装店，她觉得穿上这身衣服以后，走路都不大自然了。彭辉时不时地瞥一眼拘谨的韩秋，忍不住又想起了小芳，他觉得小芳要是穿上这身套装肯定也会变个人的。

回楼外楼的路上，彭辉给李彤打了个电话。

彭辉先是询问工程的几个技术问题解决了没有，李彤说都已经解决了，让他放心。尔后彭辉告诉李彤，晚饭还在楼外楼韩秋负责的包房，让他尽量过来，李彤说看工地的情况，他尽量过去。李彤问彭辉是不是在开车，彭辉告诉他正在去楼外楼的路上，李彤说那就不多聊了。

其实李彤已经给小慧打过电话，知道彭辉带韩秋出去了，而且出去的时间已经不短了。挂断电话，李彤的心绪更乱了，他坐在活动中心的舞台上，感到一种从未有过的失落和怆然。他提醒自己，从今以后不要再琢磨韩秋，可是韩秋的影子总在他脑海里闪现，而且比以前更加清晰了。从理智上讲，李彤从没有想过要跟彭辉争什么，他也争不过彭辉。但是从感情上讲，他为自己感到悲哀，这种悲哀里还含有自卑的成分。李彤承认彭辉是个真正的男人，而且是个有能力的男人，如果彭辉能多上几年学，各方面的知识再丰富一些，任何男人都不是他的对手。有本事的男人，如果再有钱，是可以征服任何女人的。李彤一直把彭辉当做自己的楷模，包括彭辉的思维、为人和魄力,都是他目前还不具备的。

尽管彭辉说过韩秋很适合李彤,李彤当时只是笑笑,没有表态,但是李彤还是动心了。他的确幻想能有那么一天,彭辉对他说:李彤,我对韩秋根本没那个意思,你可以向韩秋进攻了。如果真有那么一天,李彤自信他一定可以让韩秋倾心于他,他将来也一定有能力帮助韩秋的家庭走出困境。然而,此刻的李彤却彻底绝望了,他知道,韩秋只是他眼前的一道美丽的彩虹,是在遥远的天际,看得见摸不着。

李彤从舞台上站起来,望着那些正在劳作的民工,仿佛他们都是台下等待他演讲的观众。他的确想跟他们倾诉点儿什么,可是他的眼眶湿润了,喉咙也有些发热,他觉得自己此刻更想大哭一场。为自己,也为韩秋。李彤并不是那种爱哭的人,当他的初恋跟他说分手的时候,他不仅没有哭,而且笑着告诉她,他不会消沉和绝望的,他会加倍的努力,让自己成为一个真正的男人。若说他此刻对彭辉一点怨言也没有,那是不客观的,他觉得彭辉占有谁他都能理解,惟独不该占有韩秋这样的人。韩秋太单纯娇柔了,像一朵原野上的小花,经不起风吹雨打。韩秋不是小慧,尽管她很需要钱,可金钱并不是她唯一的追求。李彤跟韩秋聊过一次,韩秋说,她从没想过自己的将来,她现在只想治好母亲的病,只要母亲的病好了,就是他们全家最大的幸福。但是以后呢,她母亲的病好了之后呢?韩秋毕竟要过自己的生活,彭辉可以给她物质上的满足,可是彭辉不可能娶她,不可能给她任何名分,让韩秋做尧淑君、做红霞、做方晓瑛那样的人,对韩秋实在太不公平了,那样就等于毁了韩秋的人生,那无疑是一种摧残,是一种扼杀。彭辉不该如此,彭辉本不是那种残忍之人。彭辉可以像爱护自己的兄弟一样爱护他李彤,爱护他的那些民工,怎么就不能对韩秋动点儿恻隐之心呢?民工病了,彭辉会亲自熬鸡汤,并整夜守在身边;民工出了工伤,彭辉可以让民工住进昂贵的特护病房,并照样发放工资和奖金;民工的家属来了,彭辉可以让他们住四星级的宾馆,并亲自开车带着他们游览北京。对民工及其家属尚且如此,对韩秋怎么就不能宽大为怀呢?你彭辉并不缺女人,何必非要对韩秋这样的女孩子起歹念呢?李彤不愿往下想了,如果再往下想,有可能会动摇他对彭辉的崇拜和信赖，甚至有可能让他产生离开彭辉公司的念头。

已经是后半夜了，韩秋依旧辗转反侧不能入睡。

皎洁的月光从窗外投射进来，床头上挂着的那套衣服，在月光的照射下格外刺眼。韩秋一直目不转睛地望着那套衣服，觉得那套衣服有无数双眼睛，都齐刷刷地注视着她。

小慧的鼾声越来越匀称，偶尔还发出喃喃的梦语，小慧一直有说梦话的毛病。听到小慧的梦话，韩秋把目光从床头的衣服上转移到小慧的脸上，无奈地发出了一声叹息。半个小时以前，韩秋犹豫再三还是向小慧张了嘴，小慧不仅没答应借给她钱，还像教训孩子似的把她数落了一顿。小慧说："要我说呀，你要是没发烧就是吃错药了！告诉你吧，你觉得两千块钱是钱，可对人家彭哥来说简直就是毛毛雨！我说你傻不傻呀你？人家彭哥真心实意地送给你，你要是给人家钱那不是骂人家嘛！"

韩秋当然知道这套衣服是彭辉诚心诚意送给她的，可她不能白要人家的东西，何况这套衣服又是如此的昂贵。

整个下午韩秋都在想着这件事，以至于连人民大会堂和历史博物馆都没看仔细。后来彭辉还要带她去故宫，她也借口太累没有去。回来的路上，韩秋的脑子依旧乱得很，一直没怎么开口。韩秋感觉到彭辉多次用眼角的余光在看她，她就更不敢抬头了。韩秋只想着赶快回去跟小慧借钱，把钱给了彭辉，她的心才能踏实下来。

可今晚小慧偏偏请了假，去给孟雅萱的母亲——小慧的姨妈过生日。小慧是过了十点回来的，小慧回来的时候，彭辉已经陪着崔副局长和老魏去了楼上的客房。韩秋没想到小慧不借给她钱，也没想到小慧会对她说那样一番话。

韩秋觉得人家有钱是人家的事，爸爸妈妈总教育她和弟弟，"人穷不可怕，可怕的是穷得没骨气。"尤其是妈妈，无论日子多么艰难，从没向任何人张过嘴。妈妈的腿不能下地以后，就全靠两只手挣钱，妈妈的针线活好，妈妈专门给街坊四邻的老人们做鞋做衣服。街坊四邻都知道她家艰难，便都主动给妈妈揽活。妈妈常跟韩秋说:"人只要还有两只手,就不能吃闲饭,就不能向别人伸手。"

韩秋总觉得月光里有妈妈的眼睛,妈妈的目光一直在谴责她。

妈妈的眼睛虽然很漂亮也很柔和,一旦生起气来还是很严厉很可怕的。韩秋十分惧怕母亲生气时的眼睛。还是在韩秋很小的时候,韩秋吃了街坊给的一块点心,妈妈的眼睛一个礼拜失去了往日的温柔,吓得韩秋一个礼拜没敢正眼看母亲的眼睛。还有一次,弟弟见许多人都从旁边的菜店往家里偷白菜,他也抱回了一棵,母亲揪着弟弟的耳朵给人家送了回去。倘若知道她要了别人一套价值两千元的衣服,母亲还不得一年不给她好脸儿。

这一宿,韩秋几乎彻夜未眠,最后她决定把这身衣服退掉,哪怕是赔一点钱也行。韩秋要是不把钱还给彭辉,她的心就永远静不下来。而且,韩秋觉得自己实在不配也不该穿这么高级的衣服。

韩秋最终没有退掉这身套装,因为她说了几次小慧都不陪她去。小慧说,别说你已经穿过了,就是没穿过人家也不会退的。韩秋自己又不敢去,去了恐怕也找不到那家时装店。

那一晚,彭辉的心情则格外好,不仅多喝了几杯,主食也比往日吃得多一些。彭辉没想到韩秋能跟他一起出去,更没想到韩秋收下了他买的衣服。虽说彭辉看得出韩秋仍对他存有戒心,但他已经感觉到韩秋并不反感他。坦率地讲,此时的彭辉依旧没有对韩秋有那方面的意思,尽管他在男女问题上很随便或说很放纵,可他不忍心对韩秋这样的女孩子起歹心。彭辉宣泄的对象只限于夜总会小姐和桑拿小姐,他觉得她们是挣那份钱的,与她们睡觉是公平的钱肉交易。即便是找夜总会小姐或桑拿小姐,彭辉也从不找二十岁以下的,因为一面对这个年龄段的女孩子他就会想起他的小芳,因为他跟小芳第一次做那事的时候,小芳就不满二十岁,他不想再作孽了。

彭辉对韩秋感兴趣,仅仅是因为韩秋太像小芳了。他执意要为韩秋买一身衣服,也是为了了却自己的一个心愿——他一直想给小芳买一身像样的衣服。他十八岁生日那天，小芳用自己的私房钱给他买了一身涤卡中山装，当时大城市里刚刚时兴中山装。小芳说："你是大城市出来的人，你应该赶这个时兴。你成人了就该穿中山装，你穿上中山装就跟电影里的大干部似的。"小芳还鼓励他说："你聪明又勤奋，俺相信你以后会出人头地的。"当时彭辉对小芳许愿说："我一定想办法赚钱，等你成人那天，一定也给你买一身套装。"可是，第二年彭辉没有赚到什么钱，那一年大旱，整个公社都没收成，没收成就没人做家具了。小芳并没有怪怨彭辉，可彭辉却一直为此事内疚着，他觉得自己是个骗子，为此他的良心一直得不到安宁。

　　有了钱之后，彭辉就总想了却这个心愿。那年彭辉回商丘老家，就是为了却这个心愿，他带去的钱足够给小芳买一百套衣服。

　　那是一个中秋之夜，彭辉自己开车回到了彭家庄。进村时已是月悬半空，彭辉借着皎洁的月光向小芳家走去。彭辉真希望小芳能在中秋之夜回到娘家（彭辉认为小芳肯定早嫁人了），那样他就可以与小芳见上一面了。彭辉和小芳一起栽种的那棵葡萄树仍在，葡萄架下只有小芳的父亲——大山叔，大山叔一个人独自喝着闷酒。彭辉在大山叔身边坐下后，问大山婶是不是睡下了。大山叔面无表情地说："哦，她睡了，她已经睡了很多年了，她永远也不会再醒过来了。"彭辉这才知道大山婶死了。大山婶怎么会死呢？她的身体多棒呀！她可是村里唯一能赶大车的妇女呀！

　　大山叔对彭辉不仅没有半句责怪，还给彭辉贴了饼子熬了粥。吃饭的时候，彭辉才向大山叔询问小芳的情况。大山叔长叹了一口气说："小芳也是个短命鬼呀，你走后不到一个月就得急病死了。"彭辉先是一愣，很快就无法控制自己的眼泪了。彭辉非要去小芳的坟上看一眼，大山叔说："算了吧，我连她的坟头都找不着了。"彭辉坚持要去，大山叔便带他去了。

　　小芳的坟就在池塘边上，彭辉知道一定是小芳临死前留下了遗嘱，坚持把自己埋在那里的。彭辉在小芳的坟前不停地流着泪，一直坐到天亮。大山叔像个傻子，竟然一句也没劝，就那么默默地在一旁呆坐着。

　　走的时候，彭辉给大山叔留下了两万块钱，说是让老人家把那几间土坯房修一修，那几间房子实在太破旧了。彭辉不希望那几间土坯房子过早地从这个世界上消失，因为那毕竟是小芳住过的房子。

在镇上，彭辉遇到了村里的一位老人，老人说小芳不一定是病死的，很可能是被她爹扔到池塘里淹死的。老人还说，有人在池塘里捞出了小芳的那件花衣裳，就是那件蓝底红花的，村里人都知道那件衣裳是小芳最喜欢穿的。那件花衣服就是当年彭辉花钱买的布，小芳自己做的那件。老人最后说，小芳他爹在逼死小芳她娘以后就神经了，看着跟正常人一样，其实一点也不正常。他要是正常，能在小芳死后一声也不哭吗？他能说小芳压根儿就没有死，小芳是被龙王爷收去做干女儿了吗？

从那以后，除了把母亲的骨灰弄回去与父亲合葬那次，彭辉就再也没回过老家，只是在每年中秋节的那天找个没人的地方给小芳烧点儿纸。彭辉近几年的放纵与他内心的空虚有很大关系，他觉得自己已经变成了行尸走肉，自己的灵魂早就被小芳带走了。彭辉也想把小芳忘掉，却始终做不到，他在与别人做爱的时候，还常常把人家当成小芳。当他意识到她们不是小芳的时候，会立马变成泄了气的橡皮人。

如果不是韩秋的出现，彭辉肯定还会继续浑浑噩噩地放纵下去，他必须麻醉自己，因为只有在麻醉后的梦境里他才有可能与小芳相会。

韩秋的确太像小芳了，而且越琢磨越像。彭辉觉得这也许是老天爷的特意安排，就是想让他有个了却心愿的机会。彭辉给韩秋花钱，并非是想用物质诱惑韩秋，而是真心实意想给韩秋花点儿钱。彭辉甚至开始动员韩秋把母亲接到北京来治病，说他愿意帮助韩秋了却这个最大的心愿。彭辉是个孝子，所以他乐意接触和帮助孝顺父母的人。彭辉给韩秋讲过自己的母亲，说自己一直很后悔曾经错怪过母亲。彭辉的确怨恨过自己的母亲，认为母亲不该背叛父亲，尤其是在父亲最需要她的时候。但自从得知母亲是为了他被继父抛弃的，他就原谅了母亲。彭辉最终选择下海，很大程度也是因为母亲的死，他当时没钱把母亲的遗体弄回老家与父亲合葬，他有了钱之后，就把母亲的骨灰放进父亲的坟墓，并风风光光地重新出殡，让父母的灵魂在天堂里不再分离。

彭辉今晚心情好，牌打得也相当顺，四圈牌下来只有他一个人是赢家。见崔副局长和老魏的眉头越皱越紧，彭辉这才意识到自己有些忘乎所以了。不能再赢了，再赢的话，崔副局长和老魏又该骂娘了。于是，彭辉用脚踩了踩李彤的脚笑着说："你别总像看贼似的，四圈牌崔局长就没怎么吃你的牌。"

李彤马上点头说："是是是，我是该喂几张好牌了。"

李彤并非有意不让崔副局长吃牌，而是他自己的牌一直很烂。玩牌讲究有个好心境，心境好了，牌便顺，上停就快，上了停，抓什么牌打什么牌，自然就有好牌打出。可是今晚李彤的心境很糟糕，心思根本没在牌桌上，打出的牌不是风头就是边张。吃饭的时候，彭辉告诉李彤，他带着韩秋去了天安门广场，韩秋整个下午都很开心。彭辉还告诉李彤，韩秋的确太单纯了，单纯得让人不忍心对她有什么非分之想，只能让人怜惜和疼爱。只是彭辉没说为韩秋买衣服的事情，或许彭辉认为不值得一说。说者无心，听者有意，李彤心里总是酸溜溜的，他真的不想听，可他看到彭辉兴致勃勃的样子，就不能打断，只好硬着头皮听。

刚才的就餐过程中，李彤几乎没有跟韩秋说话，只是不时地看一眼韩秋。韩秋似乎跟往常不一样，总是在躲避大家的目光，偶尔跟谁的目光对上，赶忙红着脸低下头去，就好像她做错了什么事情。李彤猜不出韩秋害羞的原因，他也没有心思去分析，他觉得韩秋今后的一切都与他无关。这样想又觉得自己很可笑，难道韩秋以前的一切就与他有关吗？没有，一点也没有，其实韩秋就是一个很普通的服务员，一个曾给他留下一点儿好感的女孩子。如果说有什么关系，也是因为他替彭辉了解过韩秋的情况，帮着彭辉带过话而已。

"李哥，酒还满吗？"韩秋轻柔的声音。

韩秋知道李彤一向不多喝，白酒一般不超过二两，啤酒最多两瓶。今天李彤大概喝了有三两了，所以韩秋才那样问他。

"满上吧。"李彤面无表情地说。

彭辉插话说："他晚上不去工地了，就让他多喝点吧。"

副局长也说:"是啊,李工很少尽兴,今天就痛痛快快喝吧,来,我先陪李工走一个。"

李彤苦笑了一下说:"好的,我听你们的。"

待李彤和崔副局长干了,老魏随后也端起了酒杯:"李工辛苦了,我也陪你走一个。"

李彤没有拒绝,爽快地碰杯干了。

彭辉开玩笑地说:"李彤,悠着点喝,崔哥和魏哥是想把你灌晕了,一会儿打牌好赢你啊!"

李彤笑了笑:"没关系,都是自家人,输给两位哥哥我高兴。"

在对待甲方的问题上,李彤一直很好地把握着分寸,这是他来到彭辉的公司以后跟彭辉学的。他一直很佩服彭辉对待甲方的态度,不愠不火,不卑不亢,既让甲方高兴满足,又不失自己的风度。李彤迟早要独立干一番事业,他必须学习和掌握彭辉的处世哲学。

半个月里,崔副局长和老魏已经换了好几个小姐,今晚陪他们的是两个新来的湘妹子。她们才来这里三天,原本是梁老板留给彭辉享用的。彭辉见她们都只有十六七岁,便把她们转让给了崔副局长和老魏。玩儿牌之前,崔副局长和老魏见彭辉没要小姐,曾劝彭辉把韩秋叫上来。彭辉很想让韩秋陪着他打牌,可他犹豫了一下还是没叫韩秋。彭辉自信韩秋不会拒绝他的邀请,可他觉得那样不大好,因为他下午才给韩秋买了衣服,他不想让韩秋觉得他给她买衣服是有目的的。

在彭辉提醒了李彤之后,崔副局长和老魏便开始渐渐和牌了。

崔副局长连着和了几把牌,心情顿时愉悦起来,话也开始多了。崔副局长知道彭辉近来最喜欢的话题是韩秋,便有意识地把话题往韩秋身上扯。崔副局长边洗牌边说:"彭老板,依我看你最好是趁热打铁,我可听说那个酒店经理也在打韩秋的主意呢。今晚我们在酒店等你的时候,那个酒店经理听小慧说韩秋是跟你出去的,马上就把脸拉长了。"

彭辉笑了笑说:"就他那副德行也配惦记韩秋?哼,那才叫癞蛤蟆想吃天鹅肉呢！"

崔副局长掷出色子后说："他可是近水楼台哟！你千万别大意，他有年龄上的优势，又是韩秋的顶头上司。"

彭辉点上一支中华香烟，缓缓地吐出一串烟圈后说："您就放心吧崔哥，凡是我看上的女人，就决不会让别人抢走。"

李彤没有插话，现在一涉及到韩秋，李彤就很少说话。他一再告诫自己不要这样，这样会让彭辉感觉到什么，他不能让彭辉感觉到什么，那样他会尴尬，彭辉也会尴尬。幸好彭辉没让韩秋陪着打牌，韩秋要是在场，李彤肯定更没有心思打牌了。

彭辉虽然长相很一般，浑身上下却透着一股强烈的阳刚之气，正是他的这股阳刚之气让许多女人心甘情愿地臣服。当年的小芳就曾说过："最喜欢他闷着头拉大锯、挥斧头、推刨子的样子；最爱看他光着膀子拔麦子、割玉米秸、赶大车的架势；最乐意听他扯着大嗓门吆喝猪羊、哼唱豫剧、高喊劳动号子的嗓门。"小芳很少当面夸赞他，唯一的一句就是："你真有男人味儿。"

彭辉也是个很自信的人，他觉得自己已经给韩秋留下了比较好的印象，自己在韩秋的心目中已经占据了很重要的位置。韩秋在参观人民大会堂的时候对他说过这样的话："您说您的父亲建设这里的时候是劳动模范，我想当时要是换了您，您也同样会很出色。"彭辉当时笑着问韩秋："你怎么知道？"韩秋说："那天您不是让我看过您那张十几年前的照片吗，您是技术标兵，那张合影是你们受中央首长接见时照的。"

男人都喜欢在女人面前炫耀自己的辉煌历史，彭辉自然也不例外。那张记录着他光荣历史的合影照片他就总带在身上，他曾让许多女人看过，其用意就是想让那些女人对他心悦诚服、五体投地。他也让许多甲方的负责人看过，为的是让人家对他另眼看待，以此增加工程竞标的筹码。崔副局长就是在看了那张合影之后，毫不犹豫地把文化活动中心的装修工程交给他，崔副局长相信彭辉能把工程干得很漂亮。现在工程已经进行了一大半，各级领导都非常满意，都称赞崔副局长选了一个不错的装饰公司。工程干得漂亮，崔副局长就玩儿得踏实，玩儿得舒心，玩儿得也安心。

"和了！七小对儿！"崔副局长高声喊过之后把牌推倒，白皙的面颊因兴奋掠上了一层红润的光泽。

"老公你真棒！"陪崔副局长的湘妹子自然也是喜悦之情溢于言表，一边帮着收钱，一边在崔副局长的腮帮子上亲了一口。

彭辉甩出两千块钱戏谑地说："得，我又输掉了一身套装。"

彭辉依旧想着韩秋，想着韩秋穿着套装走在天安门广场上的拘谨模样。韩秋当时说她很少穿买来的衣服，基本上都是母亲用手针给她做。这使彭辉又想到了小芳，小芳就是用手针做衣服。小芳的手巧极了，只要她看过的衣服就能模仿着做出来。韩秋当时还说自己的母亲没什么文化，却能看得懂服装裁剪的书，可以照着里面的插图做成合体的衣服。彭辉觉得韩秋的母亲在年轻时一定和小芳一样，也是一个娴静、聪慧而又勤劳的女子。

若不是发生了一件意外的事情，凭彭辉的为人和韩秋的性格，两人之间的距离决不会一下子拉近的。

十天后的一个下午，彭辉正在工地办公室同崔副局长、老魏和李彤一起研究外立面的装修方案，突然接到了小慧从医院打来的电话。小慧说韩秋得了急性阑尾炎，得马上住院做手术，让彭辉赶紧带五千块去医院。

彭辉二话没说，挂断电话就开车走了。

彭辉走了，李彤的心情却始终静不下来。韩秋病了？病得严重不？一定病得很严重，不然的话怎么会住院？李彤原本想跟着彭辉一起去医院看看，可是彭辉没有说让他一起去，他便没好意思开口。他现在有些后悔，因为他完全可以提出跟着去，就说替彭辉开车。从彭辉接电话那焦虑的样子，从彭辉那急匆匆离去的样子，李彤感到彭辉已经很在乎韩秋了。彭辉甚至不顾崔副局长和老魏在场，而且是一起研究非常重要的外立面装修方案，这可不是彭辉的做派。彭辉虽然有那么多女人，可还没有哪个女人能让他抛下工程不管。

可恨的小慧，为什么不给我打电话呢？以前有什么事情，小慧不都是通过我告诉彭辉吗?那样的话,我起码可以先问问韩秋的病情。难道小慧已经知道韩秋和彭辉拉近了距离?难道小慧已经确信韩秋注定是彭辉的人啦?李彤在心里这样问着,他甚至把怨气发到了小慧身上。

直到崔副局长指着效果图问李彤,李彤才从沉思中回过神来。先不要想韩秋的事啦,既然彭辉去了,崔副局长又写了便条,韩秋住院就没有问题了。

彭辉身上的现金虽然不够五千,但他总带着几张不填数额的转账支票。彭辉之所以总带着转账支票,因为他的甲方不仅仅只有崔副局长和老魏,其他甲方也都无一例外地喜欢吃生猛海鲜,也都无一例外地喜欢打牌,也都无一例外地喜欢到夜总会或桑拿泡小姐。彭辉的支票是结账用的,现金主要是给小姐发小费或打牌用的。

彭辉用支票交了住院押金,交押金的时候他特意叮嘱人家说是自费,彭辉知道自费和公费是有区别的,别看他花钱如流水,但他从不花冤枉钱。尔后,彭辉找到了医院院长,院长是崔副局长的朋友,来之前,崔副局长就给彭辉写了个纸条。院长看了纸条后说:"彭老板你就放心吧,我一定安排最好的主刀医生。"彭辉随即拿出三千元现金交给了院长,让院长交给主刀医生。院长象征性地客气了一下便放进了抽屉,随后院长给外科主任打了电话。彭辉知道院长不会把那三千元钱都交给手术室的人,他就不管那么多了。

彭辉去交押金的时候,韩秋躺在急诊观察室的病床上一个劲地埋怨小慧不该给彭辉打电话。

韩秋说:"一不沾亲二不带故的,麻烦人家多不合适呀!"

小慧说:"你就别想那么多了,还是治病要紧。"

韩秋说:"又不是多要紧的病,以前我也犯过几次,忍一忍就过去了,根本用不着住院,也用不着做手术。"

小慧说:"依我看你就是心疼钱,钱重要还是命重要呀?没听医生说吗,阑尾炎严重了照样能死人!"

韩秋说:"没那么严重,真没那么严重。小慧姐,你跟彭哥说说,我还是不住院了。一做手术就得歇好多天,我才上了一个多月的班儿,回头人家不要我了咋办？"

小慧说："放心吧，有我在没人敢不要你！"

韩秋还要说什么，见彭辉走了过来，便把话止住了。

彭辉说："手续都办好了，咱们这就去病房。"

韩秋求援似的看着小慧，一副可怜兮兮的样子。

小慧拍拍韩秋的头说："你什么也别想了，踏踏实实给我住院吧。"

彭辉说："韩秋，你不用害怕，割阑尾只是个小手术，用不了几天你就可以出院。"

韩秋知道再说什么也没用了，钱都交了，不住也得住了。而且这次发病的确比前几次都厉害，疼得韩秋实在难以忍受，不然她也决不会让小慧把她送到医院来。韩秋知道现在看病贵得很，北京的医院肯定就更贵了。唉，我哪有看病的钱呀！韩秋恨自己的身体不争气，还没怎么挣钱就花钱，这个手术下来还不知道得花多少钱呢！自己只有一千块钱，而且还欠着彭辉两千，韩秋怎能安心住院做手术呢？

彭辉并不知道韩秋的心中所想，见韩秋的眉头紧锁着，额头还浸满了汗珠，便心疼地问："是不是很疼？实在忍不住就让大夫给你打一针止疼针。"

韩秋摆摆手说："不用，我能忍着。"韩秋在家的时候打过一针杜冷丁，是管用，可是也贵得很，一针就花了一百多。就是疼得再难忍，韩秋也决不再浪费那个钱了，她十天的工资才够那一针的钱呀！

到了病房以后，先量体温和血压，后化验血和大小便，然后照透视、做心电图。现在的医院都是这样，不管大病小病都得做全方面检查。韩秋常陪母亲去医院，知道这些化验检查都得花钱，量一次血压就得要你好几块。要不老百姓怎么总说"缺什么别缺钱，有什么别有病"呢，别说是他们家这样的困难户，就是一般的家庭也害怕生病呀！上医疗保险是不错，可是像他们家这样的情况，连基本生活都保障不了，哪还有钱买保险呢。

"我就怕生病。"韩秋叹着气说。

"人吃五谷杂粮，哪有不得病的。"彭辉微笑着说。

"就是，人要都不生病，医院赚谁的钱呀？"小慧戏谑地说。

"现在的医院也太贵了，我妈每次看病都得花好几百，所以我妈总忍着，不然她的病也没那么厉害。"韩秋依旧叹着气说。

"所以有了病就不能拖着，还是早治为好。"彭辉温和地说。

"就是，就是，不能心疼钱。"小慧也严肃起来。

彭辉中午没走，因为韩秋不能进食只能输液，彭辉和小慧轮换着到外面吃了点东西。韩秋催了好几次，直到下午四点彭辉才离开，彭辉父兄般的关爱让韩秋十分感动。

次日一早，彭辉就来到了医院。

韩秋的手术定在明天上午，彭辉见韩秋一脸的惶恐不安，便安慰道："韩秋你不用害怕，我已经跟这里的院长打过招呼了，他一定会安排最好的医生给你做手术。"

韩秋摇摇头说："我不是害怕做手术，我是怕丢了酒楼的工作。"

小慧劝道："你快别瞎想了，有彭哥在，谁敢开你呀！"

彭辉笑笑说："小慧的话不假，你们老板和经理决不会不给我面子的，除非他们的买卖不想干下去了。"

韩秋又皱着眉头说："这个病又没有生命危险，不就是疼吗？我能忍着。你们跟大夫说说就别做手术了，实话跟你们说，我舍不得花那么多钱呀！"

彭辉怜惜地拍了拍韩秋的手说："别想那些没用的啦，钱是身外之物，以后你有的是机会挣，眼下还是治病要紧。"

彭辉在女人身上很少这样慷慨，为女人多花一分钱他都觉得冤。住院费加上红包钱一共八千元，他不仅一点也不心疼，反而有一种很愉悦的感觉，就如同他给韩秋买衣服时的那种感觉。买衣服的时候他想到了小芳，此刻，他自然又想到了小芳。想当年他就发过誓，那是在他和小芳有了那事之后，他拍着胸脯对小芳说："我要是有了钱，不论怎么为你花，我都不会眨巴眼皮的。我要是舍不得为你花，就让老天爷派雷神把我劈死。"

韩秋躺在床上的样子也很像小芳，只是当时的小芳是躺在自家的土炕上，那是彭辉第一次看到小芳生病。

那年冬天小芳得了流感，彭辉和父亲过去探望，小芳就是这样躺着。小芳那时也输着液，只是吊瓶不像现在这样挂在不锈钢吊架上，而是用一根麻绳吊在房檩上。都说女人生病时的样子最招人怜爱，彭辉十分赞同这种说法，他觉得小芳生病时就格外招他怜爱，现在韩秋的样子也同样招他怜爱。

彭辉微笑着凝视韩秋，韩秋不好意思迎接他的目光，就把目光转移到了小慧的脸上。小慧的目光则大胆地定格在彭辉的脸上，小慧并没有因为彭辉对韩秋这样好而心生妒忌，她打心眼里希望彭辉能跟韩秋走得更近一些，那样她肯定能沾很大的光。

后来彭辉出去打了个电话，是打给楼外楼酒楼梁老板的。彭辉不仅在电话里给韩秋请了病假，顺便也给小慧请了假，说让小慧在医院里照顾韩秋。梁老板当然很爽快地答应，即便彭辉不说她们的工资奖金由彭辉出，梁老板也同样会答应的，因为彭辉在楼外楼酒楼多消费一两次就全有了。

小慧听彭辉说替她请了一周的假，乐得手舞足蹈、连蹦带跳，恨不得扑过去亲彭辉几口。在这里伺候韩秋当然比上班轻松，而且彭辉决不会亏待她。小慧就认钱，属于那种无利不起早的人，只要有人给钱，她什么事情都乐意干。韩秋则不然，她觉得不该这么麻烦彭辉，所以在感动的同时也流露出深深的不安，自己和彭辉既不沾亲又不带故的，却这样给人家添麻烦，而且还要让人家垫付住院的费用，将来可咋还这个人情呢？

将近十二点彭辉才走，彭辉原打算等韩秋睡着了再走，可李彤来电话说崔副局长要在午饭的时候和他们敲定外立面的装修方案。李彤让彭辉转达自己对韩秋的问候，彭辉便把手机交给了韩秋。

"韩秋，好些了吗？"李彤的声音有点异样。

"谢谢李哥，好多了。"韩秋尽量用轻松的语气。

"这两天工地忙，没顾上去看你。"李彤歉疚的语气。

"不用来，知道你们都忙。"韩秋的脸上挂着笑。

"好了，不多说了，等我有了空就去看你，我先挂了。"李彤似乎不想多说什么。

彭辉走后，韩秋皱着眉头问小慧："小慧姐，你跟我说实话，彭哥到底交了多少押金？"

小慧说："彭哥不告诉我，不过我问护士了，阑尾手术一般得交五千，而且我断定，彭哥肯定上下打点了，不然人家才不会对咱们这么客气呢！你看刚才那个医生的态度多好呀，他要是没得到好处，决不会那样的！"

韩秋脸上的愁云更浓重了，心里成了一团乱麻。

手术前得有亲属签字，彭辉让小慧签，小慧却死活不敢。最后还是彭辉签的字，彭辉签字的时候手抖得很厉害。这样的签字彭辉曾经有过两次，一次是为他的父亲，父亲的手术只进行到一半就停止了，因为父亲的癌细胞已经扩散了；另一次是为他的母亲，母亲没下手术台就停止了心跳，母亲的病是脑血栓。虽说韩秋的手术不会出现什么"万一"，但是彭辉依然对手术充满了恐惧。在彭辉的潜意识里，手术室离火葬厂的距离最近，近得不能再近了，仿佛火葬厂的运尸车就停在手术室的门外。

按小慧的意见应该通知韩秋的父母，可韩秋坚决不同意，韩秋说那样会把父母吓坏的。彭辉也不赞成，彭辉觉得毕竟不是什么大手术，没必要让韩秋的父母跟着着急。临进手术室，韩秋的表情显得十分紧张，因为这毕竟是她经历的第一次手术，对她来说就是天大的事情了。彭辉尽量做出一些笑容，一再安慰韩秋不必紧张，很快就完事的。彭辉总觉得韩秋就是他的小芳，他的确希望躺在手术台上的人就是小芳。

在韩秋就要被推入手术室的时候，李彤急匆匆地赶来了，是彭辉打电话让他来的，让他来安慰一下韩秋。

李彤望着轮床上的韩秋，大概是紧张的缘故，韩秋的脸色很苍白。李彤怜惜地望着她，一时不知说什么好。

"李哥，您还是来了。"韩秋感激地说。

"韩秋，彭总说了，小手术，别害怕。"李彤拍了拍韩秋的手，这还是李彤第一次触碰韩秋。

"嗯,有你们在,我不怕。"韩秋的眼眶湿润了。

彭辉在韩秋进入手术室以后,一直在回忆着与小芳在一起的往事,回忆是从小芳那次患重感冒开始的。

连续的高烧使小芳处在一种半昏迷状态,但是只要一听到彭辉的声音她就会清醒过来,就会用一种异样的目光寻找彭辉,就会显露出一种不易被人察觉的笑意。彭辉惦记小芳,却又不好意思总去小芳家探望,急得满嘴是泡。知子莫如父,父亲理解彭辉的心情,总会找出理由让彭辉去小芳家,或是蒸个蛋羹,或是熬碗鸡汤让彭辉端过去。乡下人不拿女孩子的病当回事,头疼脑热的从不送医院,直到小芳烧得说起了胡话,大山叔和大山婶才在彭辉父亲的劝说下同意送小芳去乡卫生院。是彭辉拉着小排子车送去的,彭辉拉着车在泥泞的路上小跑,车里的小芳一直流着感动的眼泪。

卫生院的大夫见小芳的病情十分严重,要把小芳转到县医院。大山叔和大山婶却没有答应,因为他们家实在拿不出钱来。彭辉翻遍了所有的口袋也没凑够十块钱,于是他悄悄跟医生说:"大夫,我卖血行吗?"

医生说:"你还没有成人,我们可不敢收你的血。"

该着小芳命大,在卫生院打了两瓶点滴居然退了烧,当晚就让彭辉用小车把她拉了回去。

趁屋里没人的时候,小芳拉着彭辉的手说,她在冥冥之中已经去了另一个世界,阎王爷问她还有什么话要说,她便哀求阎王爷放过她,说她不能一个人留在这里,她不能把自己的心上人抛在人世间不管。阎王爷翻看过生死簿说,'你就别做鬼梦了,那个人的阳寿还早着呢,你肯定是等不到他了。'正当她要被阎王爷收编的时候,彭辉奋不顾身地闯进了阴曹地府。只见彭辉一顿拳打脚踢,将阎王爷和那些大鬼小鬼通通打翻在地,把她救回了人间。

"小辉,俺这辈子是离不开你了!"小芳说。

"我也不会离开你的。"彭辉很冲动,竟然大胆地把小芳抱在了怀里,那是彭辉第一次把小芳抱在怀里。

"小辉,再把俺抱紧点,你这样抱着俺,俺就什么病都没了。"小芳含着眼泪说。

许是大病初愈的缘故，小芳的身子软软的，声音也是软软的。彭辉就是从那时起对小芳有了那种怪异的感觉——他想把小芳的衣服全部剥光，然后再把小芳的身子揉成一个团揣进自己的怀里，他要用自己的全部热量把小芳的肉体化成一缕青烟吸入自己的腹腔之中。

后来，当彭辉和小芳在池塘边的草坪上初次做爱的时候，他便把自己的这种渴望告诉了小芳。小芳娇羞地说："你真坏，你们城里人就是比乡下人坏。"彭辉说："不是我坏，是书里写得坏。"彭辉悄悄告诉小芳，他在县城给人家打家具的时候偷看了一本医学书，书里写了男女那方面的事，他就是从那本书里知道了男女之事的。当时小芳一点也不懂，小芳只知道被彭辉搂着很舒服，被彭辉抚摸很亢奋，被彭辉压在身下的时候有一种迫切的渴望。

事后彭辉一直很害怕，他生怕小芳怀孕，因为他知道做了那种事是可以让小芳怀孕的。那年头未婚先孕可不是小问题，小芳要是真的怀了孕，彭辉肯定会被游街示众的。小芳安慰彭辉说："小辉你不用害怕，俺要是真出了事，到死俺也不会供出你的。俺家出身好，他们不会把俺咋样的。"

小芳的例假一来，就赶忙跑去告诉了彭辉，因为彭辉说书里讲只要有例假就说明没有怀孕。警报解除之后，彭辉很纳闷地问小芳："你怎么没怀孕呢？会不会是咱俩谁有毛病？"

小芳红着脸说："俺不懂，俺哪知道这些乱七八糟的事。"

彭辉说："咱俩肯定有一个有毛病。"

小芳说："不管有没有毛病俺都是你的人了，反正俺这辈子决不会再嫁给别人了。"

彭辉永远也忘不了小芳的话，小芳很可能就是为了这句"这辈子决不会再嫁给别人"的誓言而选择了死。

手术整整进行了两个小时，彭辉一直守候在手术室门外，连支烟都没敢出去抽。李彤也没有走，他告诉彭辉，工地的事情都做了安排，让彭辉不用担心。彭辉也希望李彤留在身边，万一有什么意外，李彤是个帮手。

韩秋被两名护士推出了手术室，韩秋是醒着的，看上去很平静。

彭辉过去帮着推车，并冲韩秋微微一笑，是如释重负的一笑。韩秋也微笑了一下，笑得很好看，那微笑里充满了感激。彭辉轻轻抚摸了下韩秋的脸，韩秋的脸很烫，就像当年发高烧的小芳。这是彭辉第一次摸韩秋的脸蛋，他摸韩秋脸蛋的感觉和当年摸小芳脸蛋的感觉竟然一样——细腻、滑润，还有一种麻酥酥的手感。在已过的二十年，他摸过新婚妻子的脸蛋，没有这样的感觉；他摸过几个情人的脸蛋，也没有这样的感觉；他摸过无数个夜总会小姐和桑拿按摩女的脸蛋，更没有这样的感觉。

韩秋对于彭辉的这一摸不仅没有丝毫的反感，反而有一种亲切的感觉，竟然同父母在她病中摸她的感觉很相似。从手术室出来的人，都是虚弱的，不仅仅是体质上虚弱，精神上也是虚弱的。韩秋就是这样，她觉得自己此刻很需要某种来自外界的安慰，即便是轻轻的抚摸，也感到异乎寻常的满足。而且自从彭辉给她交了住院费以后，她就觉得骤然间彭辉离她近了许多，她甚至产生了一种感恩戴德的心理。

韩秋看彭辉的眼神已经没有了以前的犹疑和不信任，取而代之的是信赖和感激的目光。这种目光让彭辉感到很亲切，进而又让彭辉心动，因为这种目光他已经多年没有看到了。这种目光又让他想到了小芳，小芳的目光就总是这样清澈，柔和，让人心动。

把韩秋推到病房以后，小慧去打热水了。李彤意识到此刻自己是多余的人了，于是便借口工地有事，告辞了。

韩秋不知是累了，还是不好意思与彭辉的目光对视，闭上了自己的眼睛。彭辉坐在床边，轻轻攥住了韩秋的左手，韩秋竟然没有拒绝。彭辉目不转睛地端详着韩秋，他突然发现韩秋的脸型和五官是很漂亮的，很动人的。

这么多年了，彭辉接触了那么多的女人，却从没这样仔细端详过谁，他觉得自己的心早已麻木了，他不相信还会有哪个女人能像小芳那样让他心动，也不相信还会有哪个女人能替代小芳在他心目中的位置，即便是结婚多年的前妻也没让彭辉这样细细端详过。

前妻是母亲包办的，彭辉既不乐意也不喜欢，他是不想让重病的母亲伤心才答应这门亲事的。那是彭辉回到北京两年后的事，当时母亲患脑血栓住进了医院，那是一种很危险的病。一位和母亲很要好的阿姨带着女儿到医院看望母亲，母亲就跟人家提起了儿女的婚事。人家爽快同意了，因为人家带着女儿来，显然就有这个意思。

人家一走，彭辉就皱着眉头说："妈，我不喜欢她，她的嘴太大，嘴唇太厚，体型也不好看。"

母亲说："咱家成分不好，人家不嫌弃咱就烧高香了。"

彭辉说："我宁可打一辈子光棍儿，也决不找一个我不喜欢的人。"

母亲一气之下竟然昏厥过去，母亲再次醒来的时候，彭辉只好含着眼泪点了点儿头，这一点头就决定了他的终身大事。

打那以后，那位阿姨的女儿就开始到医院伺候彭辉的母亲，一伺候就是半年，直到母亲病逝。母亲咽气前，把那个一万八的存折和娘家陪送的金戒指交给了这个未过门的儿媳妇。彭辉很清楚，这个未婚妻当时看重的就是那个存折。后来，那位阿姨的女儿就成了彭辉的妻子，彭辉是在母亲弥留之际和她领下结婚证的。母亲很宽慰地说："看到了结婚证，我死也瞑目了。"

彭辉在新婚之夜才知道妻子不是处女，妻子只好交代说以前曾交过一个男朋友。彭辉觉得自己受了欺骗，受了侮辱，他当时就想到了离婚，可是一想到母亲他就犹豫了，还有就是，他准备单干，他得用她手里的那笔钱。彭辉后来的放纵很大程度是出于对前妻的报复，他觉得前妻不该在婚前对他有所隐瞒，他甚至觉得天下已经没有干净的女人了。因为，彭辉先后揽入怀中的几个情人没有一个是处女，于是他又开始了进一步的放纵，尤其是当他的财富急剧膨胀以后，他几乎每晚都要去夜总会或桑拿，隔个一两天就得找个小姐睡上一觉。后来连彭辉自己都睡腻歪了，因为那些小姐都太职业，职业得连动作和叫床的声音都他娘的一模一样。彭辉和她们做那种事情的时候，竟然有恶心的感觉，因为他联想到了二八月的狗和闹春的野猫。

彭辉对韩秋的感觉就不一样，这或许是因为韩秋长得太像小芳了，只有小芳才能让彭辉体会到人性回归的感觉。

　　彭辉对韩秋的确有别于其他女人，他以前的一贯做法是：他对自己感兴趣的女人顶多接触三次，而接触三次还达不到上床的目的就一脚踢开。彭辉从不在女人身上花费太多的金钱和精力，他认为现在的女人，尤其是沦落风尘的女人，根本就没有一丝一毫的真情。倘若不是在酒店，而是在夜总会或桑拿房遇到韩秋，彭辉决不会像现在这样对待韩秋。

　　彭辉对韩秋的感觉之所以有别于其他女人，就在于韩秋的朴素和纯真让他有了初恋时的那种兴奋和渴望，这种渴望让他心绪不宁、梦牵魂绕，让他觉得自己又回到了纯真的岁月里。这么长时间了，他竟然还没有对韩秋产生一丝一毫的邪念，连他自己都十分纳闷。彭辉从不认为自己是什么正人君子，别人说他是"采花大盗"，说他是"披着人皮的色狼"，他也从不申辩，甚至还有些沾沾自喜。这年头，有钱的男人哪个不是这样？哪个不是以眠花宿柳为荣？因为占有女人的多少就意味财富的多寡。

第五章 心理防线解除了

彭辉的热心和耐心令许多人感到吃惊，他每天至少往医院里跑一趟，至少要给韩秋送一顿饭和一束鲜花。饭菜是从楼外楼订的，每次都还变换着花样，都是很讲究营养的；鲜花则是一成不变的百合花，他也不管韩秋喜欢不喜欢，他说百合花象征着纯洁和健康。要是实在脱不开身，彭辉就让李彤代劳，他很相信李彤，因为李彤心细，有分寸。其实，彭辉早看出李彤喜欢韩秋，他觉得李彤喜欢韩秋很正常，像韩秋这样的女孩，天下所有的男人都会喜欢的。如果不是韩秋长得太像小芳，彭辉定会毫不犹豫地把韩秋让给李彤，韩秋跟了李彤也一定会幸福的。但是，眼下彭辉舍不得，不管以后如何，起码现在他不会让韩秋落入别人的手中，包括李彤。

韩秋是很喜欢百合花的，在家的时候，尽管家里不宽裕，她总拿出省吃俭用的零钱，从集市上买一两盆回家。现在并不是百合花开花的季节，韩秋不知道彭辉是从什么地方买来的那些百合花。韩秋一看到那些含苞待放的百合花，就忘记了自己的病痛，心情就顿感轻松。

彭辉问韩秋："喜欢不喜欢？"

韩秋如实地点了点头，但她又有点儿心疼钱，便说："彭哥，百合插在水里可以开好几天呢，不要每天都买好不好？"这是韩秋第一次不叫"彭总"而改口叫"彭哥"。

彭辉显然意识到了韩秋的这一细微变化，心里顿时热乎乎的，但他依旧很平静地说："你不用心疼钱，鲜花就得一天一换，就得是含苞待放的。"

彭辉走了以后，小慧悄悄告诉韩秋，彭辉买的这些百合花是非常名贵的，韩秋听后又开始不安了，她不忍心总让彭辉这么破费，她怕自己以后无法偿还彭辉的人情。

韩秋对小慧说："哎呀，这可咋办好呢？就是把我卖了，也没法子报答彭哥啊！"

小慧劝她说："你呀，怎么还这么傻呀？你想想，彭哥要是不喜欢你，能这么对你吗？这得说是你的命好，居然把彭哥的心牢牢地拴住了！彭哥是啥人？彭哥可不是一般的老板哟！这么跟你说吧，彭哥是这个"说着竖起大拇指，"咱们梁老板是这个"，又竖起小手指，"跟彭哥比起来，梁老板得算孙子辈儿的！"

韩秋从小就知道有钱人大都很坏，人越有钱，骨子里的坏水就越多，可她现在一点也看不出彭辉是个坏人。

"小慧姐，我有些害怕。"韩秋望着床头柜上洁白的百合花说。

"怕什么？"小慧打了个哈欠，晚上十点一过她就犯困。

"彭哥这样对我，我将来咋办呢？"韩秋语气低沉，依旧把目光停留在那束百合花上。

"这有什么可怕的？别人做梦都想这样呢？"小慧说的是实话，她就多次做梦成了彭辉的"傍家儿"。

韩秋不语，她显然明白小慧的意思。坦率地讲，此时的韩秋并没有想得那么复杂，那么长远，而且她对那些傍大款的人很不理解，她自己就是再穷也不会走那条路的。韩秋所顾虑的是将来无法偿还彭辉为她花的那些钱，因为她每个月的工资才四百元。虽然有奖金和提成，可那是没有保证的，如果以后彭辉不在楼外楼消费了，她就很难拿到奖金和提成了。

一想到自己一下子背上了一万多元的人情债，韩秋不禁心情黯然，她恨自己的身体不争气。

这天下午，彭辉派李彤代表他送来百合花，小慧不在，李彤有了单独和韩秋交谈的机会。韩秋首先跟李彤谈到了内心的不安，李彤劝她不要介意，既然彭辉愿意为她花钱，就说明彭辉在乎她。李彤这样说，是想知道韩秋现在究竟是怎么想的，他当然希望韩秋对彭辉没有那个意思。交谈中，李彤得到了些许安慰，因为韩秋的确还没往那上面想，韩秋只是把彭辉当成了一个好人，一个父兄般关爱她的人。李彤似乎又看到了一丝希望，尽管这个希望很渺茫，有希望总比没希望要好些。韩秋在李彤面前依旧很羞涩，大概是年龄悬殊不是很大的缘故，韩秋跟李彤在一起比跟彭辉在一起还要拘谨。此时的韩秋对李彤的印象远远好于彭辉，韩秋觉得李彤文化高，有本事又有修养，而且她还从小慧口中得知李彤没有女人。

　　韩秋爱慕李彤，却不敢对李彤有任何奢望，她觉得自己配不上李彤，李彤也不会看上她。如果韩秋知道李彤现在的心思，就不会发生后面的故事，她就很有可能跟李彤走到一起。然而，韩秋的自卑感偏偏让她不往那方面想，她觉得像李彤这样的人，起码得找个大学生，而她连高中都没念完，她只能对李彤仰视，李彤能把她当成朋友或是妹妹，她已经就是高攀了。李彤总在她面前夸赞彭辉，也让她加重了这种错觉，如果李彤喜欢她，就不可能这样。韩秋不喜欢李彤把她跟彭辉往一块儿撮合，她觉得李彤根本不了解她，她不是小慧，也不愿意做小慧那样的人。

　　闲谈中，韩秋问起彭辉的那些女人，李彤坦率地告诉她，那些女人彭辉并不喜欢，只是因为彭辉心软，不忍心伤害她们，她们才总缠着彭辉。李彤完全可以在这个时候说一些不利于彭辉的话，但是他没有说，反而在韩秋面前竭力维护彭辉的形象。无论从哪个角度讲，李彤都不能贬低彭辉，因为他不知道将来韩秋跟彭辉会发展到什么程度，如果韩秋真成了彭辉的女人，那样的话传到彭辉的耳朵里，他就会失去现在的一切，失去现在的一切倒没什么，恐怕以后他就很难再有所发展了。李彤要想成就自己的一番事业，就不能失去彭辉这个跳板。在彭辉的公司里，李彤可以提高自己的才能，可以结识广泛的关系，这些都是他将来发展自己事业的基础。换言之，如果自己不能成就一番事业，即便韩秋愿意跟他走到一起，他也没有勇气牵住韩秋的手，要想改变韩秋家的状况，没有一定的实力是根本办不到的。

　　这次单独谈话，李彤唯一的收获就是韩秋还没有对彭辉产生男女之情，而让李彤担忧的是，韩秋已经对彭辉解除了戒备心理，或许在不久的将来，韩秋就会屈从于彭辉的诱惑，而投入他的怀抱。李彤相信彭辉有这个本事，征服韩秋这样的女孩，彭辉不用刻意去做什么，只要他在意韩秋、关爱韩秋，韩秋就会渐渐地加深对他的好感，这种好感聚集到一定程度，也就是哲学上说的，量变达到一定程度，必然产生质变。李彤不愿再往下想了，无论怎么想，命运都无法掌握在他的手中，有所得必有所失，在情感和事业上，他目前只能选择后者。

李彤临出病房的时候，又特意转回头意味深长地看了韩秋一眼，他知道，这样单独相处的机会以后也许不会再有了，他苦笑了一下，只说了一句："韩秋，多保重。"韩秋笑着点点头，韩秋不会想到他这句话里包含的另一层意思。

　　手术后的第四天，谢伟亮和孟雅萱来了。谢伟亮拎着一兜子水果，说是代表酒店来看望韩秋。

　　谢伟亮听孟雅萱说是彭辉给韩秋出的住院费，心里很不是滋味，要不是孟雅萱再三催促，他才不来医院呢。谢伟亮是个心胸狭窄的小人，对彭辉的醋意和敌意越来越重，他不想在医院里碰到彭辉。

　　小慧跟谢伟亮依旧不说话，拉着孟雅萱到门外聊天去了。谢伟亮见只剩他和韩秋了，便假惺惺地说："你不该用他的钱，你也不想想，他那样的人能让你白花他的钱吗？没钱，你干吗不跟我说？你就这么看不起我吗？哼，万八千的我还拿得出来。"

　　"我……"韩秋的脸红了，因为她不希望别人知道她花了彭辉的钱，她就怕别人说她和彭辉的闲话。

　　见韩秋不说话，谢伟亮又说："一共花了他多少钱？你告诉我，我会帮你还给他！"

　　韩秋把头一低，摇着头说："谢谢经理，我谁的钱都不欠，以后我自己会慢慢还彭总的。"

　　谢伟亮故作老成地说："你呀你，就是太年轻，太单纯啦，你哪里知道这里面的险恶？你想想，他跟你非亲非故的，干吗这么慷慨大方？你别忘了，他可是有家室的人，我是怕你落进人家设的圈套里呀！"

　　韩秋抬起头皱着眉头看了谢伟亮一眼，她知道谢伟亮说这番话有他的个人目的，所以很反感。韩秋对谢伟亮的印象很不好，尤其是谢伟亮无缘无故地抛弃了小慧以后，更觉得谢伟亮是个禽兽不如的家伙。韩秋一直很讨厌谢伟亮对她献殷勤，但是考虑到谢伟亮是自己的顶头上司，又不愿得罪他。

　　韩秋正不知说什么好，彭辉进来了，彭辉手里依旧拿着一束百合花。彭辉出于礼貌对谢伟亮点了点头，然后很坦然地冲韩秋笑了笑。彭辉走到床头柜前把花瓶里的花换下，然后转回身很大方地坐在韩秋的床边，亲切地摸了摸韩秋的额头说："嘿，不错，一点儿都不热，好像退烧了。"

手术后韩秋一直低烧，彭辉每次来都只是问问，并不像今天这样亲昵地摸一摸，很显然，他是故意做给谢伟亮看的。谢伟亮心里虽然很窝火，表面上还得装出一副若无其事的样子，并挤出一些笑容来说："彭总，您待着吧，我还有点儿事，先走了。"

彭辉毫不客气地说："你是大忙人，就不留你了。"

谢伟亮依旧苦苦一笑，冲韩秋摆摆手便出去了。小慧和孟雅萱随后进来，孟雅萱对韩秋说了几句关切的话，也告辞了。

小慧送表姐走后回来说："一见姓谢的，我的气儿就不打一处来！"

彭辉故意逗小慧道："以前他可是你心中的白马王子呀！"

小慧撇了撇嘴说："哼，他是白马王子？狗屁！纯粹一个感情大骗子！空长了一副好皮囊，实际上连个狗屁都不如！彭哥，你可得保护好我妹妹，他个王八羔子早就对我妹妹没安好心，要不是我……"

"小慧姐，你跟彭哥说这些干啥？"韩秋不想让小慧再往下说。

"我就得告诉彭哥，有彭哥给你撑着腰，他小子就不敢对你放肆了！"小慧说着转向彭辉说，"对吧，彭哥？"

"放心吧韩秋，有我在，保证没人敢欺负你。"彭辉冲韩秋一笑，"我是懒得和他较劲儿，别看他是你们老板的表弟，我要是说句话，你们老板就得乖乖地开了他！"

彭辉并非是在说大话，去年楼外楼夜总会新来了一个经理，是梁老板的一个铁哥们儿，他不知道彭辉是这里的老客户，结账的时候不仅不打折，还加了价。彭辉随便问了问，他又说了一些很狂妄的话。彭辉让他把梁老板叫来，他不去叫不说，还挖苦说梁老板可不是你随便叫的。彭辉便让李彤给梁老板打电话，偏巧梁老板那晚回家早，手机关了。彭辉当时很气恼地说："行，小子，你不是脑袋硬吗？我倒要看看你能硬几天！三天之内我要是不让你小子从这里滚蛋，我他妈就姓你的姓！"

还用三天？梁老板第二天就带着那个经理到彭辉的公司道歉去了。彭辉根本不给梁老板面子，还带着气说："我说出去的话就是泼出去的水，从今往后楼外楼有他没我，有我没他，梁老板你就看着办吧！"

梁老板岂能丢了彭辉这样的大主顾，只好答应彭辉让自己的铁哥们儿离开楼外楼。彭辉更绝，说："梁老板，你既然这么给我面子，那我也不让你为难。你看这样好不好，就让这个兄弟到我手下干，我让他当项目经理，工资自然比楼外楼要高。"这个经理至今还在彭辉的手下，而且成了彭辉的一员得力干将。彭辉后来对那个经理说："我之所以留用你，不仅仅是为了给梁老板台阶下，更主要的是我很欣赏你的耿直脾气和你对梁老板的那份忠心。"

彭辉走后，小慧用赞赏的语气把这个故事讲给了韩秋。

韩秋说："彭哥这人办事是够绝的，不过还是挺有人情味的。"

小慧说："彭哥为什么那么横？还不是因为有钱，这世道有钱就是爷，有钱就他娘的随便翻云覆雨。"

韩秋现在满脑子都是彭辉，她也弄不清自己为什么会变成这样。

韩秋原本住五天就可以出院，彭辉却坚持让她多住了两天。韩秋怎么也想不到一个小手术居然会那么贵，七天居然花了七千多，按小慧的说法，简直是四星级宾馆的标准。这也难怪，彭辉让韩秋住的特护病房，而且又是单间。彭辉说特护病房既干净又清净，里面不仅可以看电视，还不受探视时间的限制。现在许多医院都有特护病房，是专门为有钱人设立的，比高干病房的条件还好，难怪那些离退休的老干部有意见。韩秋最大的感受是医护人员的服务态度好，就像对自己的家里人一样，既温柔又体贴。对此小慧又宣扬了一通金钱万能论，说："这就是人们常说的金钱能使鬼推磨，只要有钱什么都能换来。嘿嘿，你看在这里多舒服呀，你要是在这里住一年我才高兴呢！"

韩秋要是知道收费这么贵，多一天也不会住的，想想自己什么身份，哪受得起这么奢侈的待遇？一天就花掉一千！一千块钱足够他们一家四口松松宽宽过一个月的了。父亲没下岗的时候，每个月也就开六百元左右，除了一家人的吃喝穿用，还要供养姐弟俩上学，还要挤出母亲的医药费。母亲的医药费以前还能在爸爸的单位报百分之五十，爸爸一下岗连自己的医药费都没了保障。韩秋自幼当家，知道柴米贵，明白钱是好的，懂得一分钱要掰成两半花。

韩秋觉得住院的这七天简直就是犯罪，究竟是什么罪她说不清楚，反正该判她的刑。七千元！省着点花可以够他们一家过一年的了，可她一个人七天就给报销了，难道这不该受惩罚吗？韩秋只能把这话说给小慧，还一个劲地叮嘱小慧千万别跟别人讲，别人要是知道了还不得笑话死她。韩秋不会忘记，母亲能下地的时候，每天都拄着双拐到铁路边上捡煤块，别人家早不烧烟煤了，可他们家至今还用烟煤做饭取暖，妈妈捡来的烟煤起码还够烧几年的。妈妈说脏点就脏点吧，这样咱家每年还能省出几百来。

韩秋过惯了贫穷的生活，她从不敢有太高的奢望，在她的内心深处，甚至有着强烈的自卑感。毫不夸张地说，在已过的十八年里，韩秋并没有意识到自己的相貌是姣好的，因为她很少照镜子，也从没穿过一件时髦的衣裳，也没买过一件首饰和化妆品。只是在到了楼外楼以后，由于这里有要求，她才让小慧帮她买了一支眉笔和一管口红，还是在小商品市场买的最便宜的。为此，小慧没少讽刺挖苦她。

韩秋不顾彭辉和小慧的阻拦，出院的第二天就去上班了。韩秋内心的压力很大，她必须得上班挣钱，她不能总欠着彭辉的钱不还。韩秋想好了，每个月哪怕只还几百，有个两三年也能还清了。气得小慧说："你可真够累的，我看你纯粹是没病找病。彭哥既然给你花了，就不可能再要你的。"

韩秋说："人家能帮我就够意思了，哪有不还人家的道理。"

小慧又说："那你就慢慢攒吧，等你攒齐了恐怕得猴年马月了！"

小慧已经在北京干了两年，自然比韩秋老练圆滑，也比韩秋实际。小慧认为韩秋不仅单纯，而且有点儿傻。小慧觉得自己有必要开导开导韩秋，尤其在对待彭辉的问题上，她得多给韩秋出些主意。

所以，在当晚睡觉前，小慧见同宿舍的两个川妹子不在，便语重心长地开导起了韩秋。

"韩秋你听我说，你别总把彭哥为你花的那点儿钱放在心上，其实这是再平常不过的事了，彭哥既然看上了你，自然就乐意为你花钱。说实在的，这得说你的命好，你知道有多少人想傍彭哥吗？尤其是那些小姐，见了彭哥就跟见了亲爹似的。我要是你呀，一定会拿出女人所有的本事讨他的欢心，就是整天陪着他睡觉我都乐意。"

"小慧姐，你胡说什么呀？实话跟你说，我从来没往那方面想过。我乐意接触他，就是因为他一直很尊重我。他跟我说过，他只是觉得我长得很像他的初恋情人，才对我另眼看待的。"

"你他妈真幼稚！幼稚得就像个幼儿园的孩子！实话跟你说吧，这绝对是他找的借口，这是男人们惯用的伎俩。像彭哥这样有档次有地位的人，决不会一上来就跟你流露那方面的意思。知道什么叫深藏不露吗？知道什么叫欲擒故纵吗？不用我教你，你早晚会明白的。"

"要我看彭哥不是那样的人，他跟我说过，他永远都不会做出让我为难的事情。"

"是啊，他也许不会为难你，甚至永远都不会为难你。我把话放着，恐怕用不了多久，你就会自己为难你自己啦！"

"小慧姐，我不明白你的意思。"

"我现在还真不知道该怎么讲你才能明白。这么跟你说吧，等你自己陷进去的时候，你就什么都明白了。"

韩秋陷入了深思，她对小慧的话似懂非懂，她仍觉得小慧把事情想得过于复杂了。其实韩秋很想再跟小慧聊聊彭辉，可小慧已经发出了均匀的鼾声，韩秋便望着天花板发起呆来。

韩秋不愿把别人往坏处想，她觉得起码现在彭辉还没有对她有什么不良的企图。在她的眼里，彭辉是个很有分寸，很尊重人的有钱人，他既像个长辈，又像个兄长，甚至像个朋友。自从认识了彭辉，或说自从受到彭辉的青睐以后，韩秋的心里虽然也有过某种担忧，但她还是挺高兴的。一个无依无靠的弱女子能有这样一个依靠，毕竟踏实了许多。不仅没有人再敢对她进行骚扰，就连对她不怀好意的谢伟亮都收敛了许多。

在韩秋心目中，彭辉决不是那种好色之徒，韩秋也相信彭辉说的话："我不缺女人，甚至很反感那些主动靠近我的女人，因为男人要是太有钱的话，女人就只认他的钱了。其实我很清楚，我在有些女人的眼里就不是人，而是一部印钞票的机器，她们靠近我，就是因为可以很容易拿到钞票。我历来只对那些认钱不认人的女人放肆，她们也愿意让我对她们放肆，我的确把她们当成了我花钱买来的玩具。"

韩秋觉得彭辉的话虽然有些俗有些糙，却是有道理的，她觉得彭辉是个聪明的男人。

韩秋喜欢听彭辉讲他自己的故事，那些故事不仅让她明白了人世间的许多道理和无奈，也使她看出，彭辉既是个老于世故的人，也是个有情有义、通情达理的人。如果他真是那种特别花心的人，就不会对他的初恋那么记忆犹新，那么念念不忘。当彭辉对她说起那个长得与她很相像的小芳的时候，总显出难抑的激动和痛悔，总会长嘘短叹多次，甚至会含上眼泪。彭辉说他平生只为三个人掉过眼泪，除了他的父母就是小芳。彭辉说父亲和母亲去世的时候他之所以哭得很伤心，都是因为他那时候太穷了，倘若他那时候有钱，他父母的生命都可以延长一段。彭辉之所以为失去小芳流泪，也是因为那时自己的囊中羞涩，倘若他那时兜里有钱的话，他就不会对自己的母亲妥协，他就可以花钱把小芳的户口变成北京户口，母亲不接受小芳，不就是因为小芳没有城市户口吗？那时候，户口问题致使很多有情人难成眷属。

彭辉说他跟妻子（前妻，彭辉只在离婚问题上隐瞒了韩秋，而且瞒了很长的时间）没有感情，但他又不想做当代陈世美，妻子毕竟是在他很平庸的时候嫁给他的。妻子嫁给他以后，一直踏踏实实地跟他过日子，妻子是个普通工人，即便现在妻子成了贵妇人，依旧骑着一辆破旧的自行车上班，依旧舍不得花上几百元雇个保姆。在住进别墅以后，妻子还是改不了住平房的习惯，依旧用脸盆洗脸，为的是留着洗脸水冲马桶。彭辉说他妻子也怪可怜的，这辈子恐怕改不了吝啬的毛病了。彭辉还说，他之所以没有勇气跟妻子离婚，主要还是考虑到了他们的儿子，他不想让儿子再走他的老路，他深知单亲家庭里的孩子是多么的孤寂、苦闷和怪癖。

一个爱父母、爱家庭、爱孩子，又对初恋情人念念不忘的人，怎么会是个坏人呢？韩秋的思想很单纯，不可能用复杂的眼光去看待复杂的彭辉，像她这样没读过多少书的女子，更相信自己的直觉。

心理防线一解除，彭辉再提什么要求，韩秋就不想再找借口拒绝了。韩秋与彭辉接触一多，小慧也渐渐地被带进了彭辉活动的圈子，有什么活动，彭辉都让韩秋叫上小慧。比如出去吃夜宵，去打保龄球，去郊游，去看演唱会，等等等等。如果不带上小慧，彭辉怕韩秋有顾虑和担心。也就是说，在相当长的一段时间里，彭辉并没有单独约韩秋出去过。只要出去，必定都让韩秋拽上小慧，而小慧每次答应得比韩秋还爽快，小慧一答应，韩秋不想去都找不到拒绝的借口了。

韩秋觉得小慧比她有主见，似乎有小慧在她就安全，她的心里就不那么忐忑。

酒店员工的晚餐是在晚上下班以后，大约在二十二点左右。韩秋以前的生活很有规律，吃了工作餐，洗个澡，就该睡觉了。可是，自从彭辉时不时地请她们吃夜宵，韩秋的生活规律就被打乱了。吃顿夜宵少说也得一个多小时，十二点之前根本睡不了觉。说心里话，韩秋对吃夜宵并不太感兴趣，累了一天，就想早点睡觉，因为第二天还得上班呢。韩秋喜欢吃大锅饭，饭是饭，菜是菜，汤是汤，吃着特别香甜。夜宵档、大排档无非是那些半生不熟的烧烤，没滋没味的凉拌，还有那些吃不惯的麻辣烫，韩秋实在没有什么胃口。韩秋只对大排档的小笼包、煮花生和煮毛豆感兴趣，可总吃也有吃腻的时候。

"韩秋，别吃工作餐了，待会儿彭哥请咱们吃夜宵。"这是近来小慧替彭辉转达的最多的话。小慧嘴馋，彭辉一发话，她立马飞快地跑去通知韩秋。韩秋总想找个借口谢绝，可话到嘴边又都咽了回去，一想到彭辉对她的好处，她就不好意思驳彭辉的面子了。

吃过夜宵，一般都要去康乐宫打几局保龄球，用彭辉的话说，这叫活动活动胳膊腿儿，睡觉前消消食儿。对于打保龄球，韩秋还是很喜欢的，尤其是在她练到每局都能打出几个全中以后。初次进保龄球馆的时候，韩秋拘谨得很，因为她怕自己出洋相。后来彭辉手把手地教她，为了不让她难堪，还总和她共打一局。韩秋很喜欢彭辉抛球的动作，觉得彭辉的动作比所有人都潇洒，在她的眼里，彭辉的球技绝对是一流的。后来韩秋知道每打一次保龄球都得花掉七八百，甚至上千元，韩秋就有些心疼了。

韩秋对于郊游也同样喜欢，因为她一直向往有山有水的去处。百花山、妙峰山、八达岭、雁栖湖、金海湖、密云水库，京城周围有山有水的风景区几乎都走遍了。每次去都是两辆车，彭辉的车里有韩秋、李彤，李彤偶尔也带个女伴。崔副局长的车里有小慧、老魏，老魏身边自然少不了小姐。韩秋不知道小慧是什么时候和崔副局长好起来的，一起出去玩儿几次，就再也没见崔副局长从楼外楼往外带小姐。崔副局长还挺怕小慧，小慧一噘嘴，崔副局长马上就给她赔不是。韩秋很看不惯小慧对崔副局长凶巴巴的样子，说人家大小也是个局长，你该给人家留点儿面子才是。小慧说："这个你不懂，有些男人，尤其是那些有那么点儿实权的男人，整天被甜言蜜语泡着，反而更喜欢身上带刺的女人，嘿嘿，崔哥就是这种人。我要是对他百依百顺，他还未必喜欢呢。"

令韩秋不解的是李彤，李彤总找借口推辞这样的"集体活动"，即便参加也显得不那么尽兴，而且话语也越来越少。问他，他就说惦记工地的事情，心里不踏实。彭辉也说，李彤说的是实话，工地的事情离不开他，选购材料、组织施工和质量把关，哪一项工作都得他负责。自从医院里那次单独聊过之后，李彤跟韩秋就再也没单独交谈过，见了面只是简单地问好，别的一概不谈。即便是韩秋主动跟他攀谈，他也尽量回避，或是找借口岔开。韩秋觉得有点纳闷，觉得李彤好像有什么心事，可她又不好意思问李彤。韩秋的心情变得开朗一些，她知道心情郁闷是折磨人的，所以她希望李彤尽量开心一些，她不仅是彭辉的朋友和妹妹，也是李彤的朋友和妹妹。

李彤的冷漠和客套无形中拉大了他跟韩秋的距离，有时候，距离并不一定会产生美。距离远了，会让人望而却步，韩秋对李彤就有了这样的感觉。

频繁的接触，渐渐地拉近了韩秋和彭辉的距离，近距离的接触让韩秋感受到彭辉身上许多美好的东西。每次出外玩耍，彭辉都让韩秋点地方，大家都随她意愿而行。韩秋觉得彭辉一点架子也没有了，而且是那么的平易近人。彭辉也从不命令韩秋做什么，无论什么事都是商量的口吻，韩秋还认为这是彭辉对她的在意和尊重。百分之九十九的女人都有虚荣心，韩秋自然也不例外，当她突然发现自己在别人眼里并不是丑小鸭的时候，心里的满足感就越来越强了。韩秋已经感觉到彭辉很在乎她了，她也在不知不觉中开始依恋彭辉了，一天见不到彭辉，就有一种空空落落的感觉。但是韩秋又时常提醒自己，不要太抱幻想，人家只是同情你，人家只是觉得你长得像那个叫小芳的人，人家决不会真心喜欢你的。小慧近来偏偏无休止地旁敲侧击，总说"韩秋呀，彭哥已经被你迷住了，你的好日子就要来临了。小慧还有些得意地说，我和崔哥的关系已经差不多了，我的防线之所以一直固守着，就是等着你们呢。等你和彭哥水到渠成的时候，估计我和崔哥也就该瓜熟蒂落了。"韩秋被小慧撩拨得乱了方寸，竟然也渐渐地萌生了某些浪漫的幻想。

他们一起看的那两次演唱会，都有大陆和港台的明星登场，韩秋做梦都不会想到，自己能那么近距离地接触他们。彭辉买的票都是最贵的，离舞台很近，韩秋居然有幸和几个大腕握了手。作为普通老百姓，尤其像韩秋这样一个来自小城市的老百姓，能那么近的距离听明星演唱并握了明星的手，那是多么值得骄傲和荣幸的事啊！韩秋当时就忘情地对彭辉说："我回家要是跟我弟弟说，他肯定不会相信的。"彭辉笑着说："这有什么新鲜的，我还可以给你更大的惊喜呢！"说完，彭辉就转身离开了。彭辉再回来的时候，居然拿来了几个大腕的签名照。后来小慧告诉韩秋，彭辉去了后台，给一位晚会组织者塞了一沓钱，就拿到大腕们亲笔签名的照片了。小慧还用夸赞的语气说："崔副局长不仅认识那位组织者，还认识不少明星呢。"小慧甚至毫不嫉妒地说："崔副局长还跟某某女演员睡过觉，那个女演员现在虽然红了，还是时不时地跟崔副局长幽会，说什么她跟崔副局长睡觉的感觉最好了。"

韩秋已经看出小慧对崔副局长动了心，韩秋不能理解的是，堂堂一个副局长竟然如此无所顾忌，居然睡了那么多女人，而且还都是很漂亮的女人。小慧很佩服崔副局长的一点就是：他睡了那么多女人，却没有惹下任何麻烦。韩秋问小慧这是什么缘故，小慧告诉她说其实也没什么高招，就是他舍得花钱，他可以用钱堵别人的嘴呗。

在泡女人的问题上，崔副局长喜欢听彭辉的意见，他相信彭辉的眼光，只要彭辉为他挑选的小姐，他一般都能看上眼。崔副局长十分佩服彭辉征服女人的手段，觉得彭辉的确是泡女人的高手，他甚至会刻意模仿彭辉在女人面前的语气神态。在崔副局长看来，彭辉失去了对小姐的兴趣而钟情于一个酒店服务员，这是彭辉玩儿出了层次、玩儿出了档次。就如同眼下不少有钱人那样：放着花园洋房不住，偏偏要在穷乡僻壤买几间茅草房享受寒酸；放着宝马大奔不开，偏偏弄一辆破吉普车招摇过市；偏偏脱下西装革履换上中式布衣布褂，趿拉着一双手工纳底的老头鞋；偏偏埋怨说生猛海鲜吃腻了，满世界找有贴饼子炖野菜的地方。既然这些都是时尚，既然上流社会的人都这样乐此不疲，像崔副局长这样喜欢追求时髦的人，又岂能落在人后。

弄个服务员换换口味，这就是崔副局长瞄上了小慧的缘故。崔副局长对小慧有兴趣，也是彭辉求之不得的，那样就省得他每天费心劳神地到处为崔副局长抓"鸡"了。坦率地讲，小慧的相貌不亚于韩秋，尤其是那双水汪汪的大眼睛，比韩秋那双单眼皮的眼睛迷人多了。崔副局长着迷的不仅仅是小慧那双勾人魂魄的大眼睛，更要紧的是小慧那对丰满的乳房。崔副局长有个特别的嗜好，就是喜欢摸女人的乳房。崔副局长常说，没有乳房的女人性欲都不强，干那种事就没什么意思。

"除了喜欢泡女人，崔副局长还算是个不错的干部。"这是彭辉对韩秋说过的话。韩秋从彭辉嘴里还知道崔副局长是恢复高考后的第一批大学生，而且还是一所名牌大学毕业的。崔副局长不仅有学问有能力，还熟谙官场的奥妙，区文化局的工作成绩显著，一多半都是他的功劳。这些年因为老局长身体不好，基本上是由崔副局长主持文化局的工作。崔副局长也不是那种不顾家的人，他的工资原封不动地都交给夫人，得了外快和奖金也时不时地给夫人一些。崔副局长和彭辉一样也很疼爱自己的儿子，送儿子出国留学是他最大的心愿，儿子出国以后，他就开始无忧无虑地尽享人生了。

在彭辉送给崔副局长二十万元的那天晚上，崔副局长几乎彻夜未眠，因为他的确很矛盾。崔副局长深知，一旦他收下这笔钱，就得被彭辉牵着鼻子走了。可是儿子出国的确需要这笔钱，不然他还得四处借债。崔副局长的夫人也拿不定主意，跟着崔副局长愁了一宿。最后还是崔副局长下了决心，钱得退回去。他对夫人说，工程万一出了问题他就说不清了，不能为这区区二十万，丢了乌纱帽。崔副局长很清楚，负责工程的人，就是不拿回扣也没人信，关键是要看工程的质量。但是任何事情都有万一，他不能把一生的赌注都压在彭辉身上。崔副局长相信彭辉，因为在此之前，他带着老魏考察过彭辉以前做过的工程。即便这样，崔副局长也不愿意为二十万冒险。

彭辉当然不能对韩秋说他经常贿赂甲方的事情，他只是说崔副局长是个难得的清官，他跟崔副局长不仅仅是甲方乙方的关系，通过这次合作，他们还成了要好的朋友，他不能让崔副局长白帮他揽工程，在其子出国一事上，他理应尽点微薄之力。彭辉说话算话，每个月都给美国的朋友汇一笔钱，而且是美元。

无论彭辉如何夸奖崔副局长，韩秋依旧看不惯崔副局长的好色行为。韩秋从小慧的嘴里知道了崔副局长的诸多风流韵事，小慧说崔副局长之所以对她不避讳，无非是想标榜他对女人有吸引力，无非是想炫耀他征服女人的高明手段。现如今许多男人不仅不以此为耻，反而以此为荣，就好像谁要是在外面没有一两个女人谁就没能耐似的。韩秋从小慧的嘴里听说彭辉也有别的女人，可彭辉一次也没有讲过，彭辉很少对她提男女方面的话题。

自从认识韩秋之后，彭辉的确冷落了那几个相好，她们来电话，他就说工程忙。彭辉的确很忙，白天在工地不得脱身，晚上酒楼应酬不断，但眼下主要还是韩秋牵扯着他的精力。好在那几个女人都很惧怕彭辉，也没有谁敢强迫他去过夜，只要彭辉抽空过去和她们温存一下也就知足了。其实在认识韩秋以后，彭辉就有意识地疏远她们了，跟她们睡了都不止一年两年了，彭辉对她们已经没有了最初的兴趣和热情。彭辉觉得韩秋能拴住他的心，也算是一件好事，不然他在空虚烦躁的时候就会去找她们，就永远跟她们断不了。

韩秋见彭辉整天在楼外楼，又从没见他在楼外楼找小姐，觉得彭辉并不像人们传言的那样花心，反倒认为彭辉很正派。韩秋也信了彭辉的话，他整天在这里消费实在是迫不得已，完全是为了应酬。

"小慧姐，你说彭哥有好多女人，我看都是你瞎编的。彭哥要是真有那么多女人，他能白天黑夜都长在这里吗？"这次又是韩秋主动提起了彭辉。

"其实我也是听崔哥说的，兴许都是以前的事了。你也别太计较这些，现在彭哥有了你，早就把那些女人甩了。"小慧看出韩秋对彭辉动了心思，无论从哪个角度讲，现在都不能在韩秋面前说彭辉的坏话了。

"甩不甩与我有啥关系，我才不管呢！"韩秋的脸红了，她的心里有一股热乎乎的感觉。

彭辉与韩秋的频繁接触，令谢伟亮十分恼火，但是他又不敢明显地挂在脸上，因为梁老板提醒过他，要是得罪了彭辉，只能让他走人。为了宣泄心中的醋意和愤懑，谢伟亮只能私下散布韩秋和彭辉的流言蜚语，并鼓动那些巴结他的服务员孤立、排挤韩秋。韩秋每个月不仅拿最高的奖金和提成，至少还有一周的奖励假，势必会引起别人的嫉妒，于是有些人便和谢伟亮站在了一起。韩秋感觉到人们看她的眼神越来越不对劲儿，不少人都在她的背后指指点点，甚至有人阴阳怪气地找她的麻烦。

韩秋不愿意多事，遇到有人对她冷嘲热讽，尽量不跟人计较。她离家时母亲特意叮嘱过她："出门在外尽量别招惹是非，遇到别人找你麻烦能忍就忍着。"韩秋感觉到别人是在议论她和彭辉，也想尽量减少和彭辉的接触，可彭辉每次都定她负责的包房，她根本无法回避。小慧看出了韩秋的苦恼，劝韩秋不要惧怕那些好事之人，越怕就越受欺负。遇到有人欺侮韩秋的时候，小慧还挺身而出为韩秋撑腰。小慧本身就厉害，加之人们都知道她是孟雅萱的表妹，孟雅萱又是老板的傍家儿，没人敢跟小慧明着叫板。若不是有小慧在，韩秋恐怕早就没勇气在这里干下去了。

谢伟亮一计不成又生二计，竟然找了几个东北老乡来这里闹事。

这天中午，几个东北小伙子在韩秋的包房用餐，他们不仅怪韩秋的服务态度不好，还说韩秋给他们开错了菜单。韩秋一个劲地给他们赔不是，可他们就是不依不饶，说除非韩秋给他们下跪求饶，否则就不买单。往常要是有人这样无理取闹，谢伟亮早就组织人开打了，今天谢伟亮始终躲在办公室里不露面。孟雅萱亲自去叫他，他也不出来，说东北人都是亡命徒，他一去准得打起来。

没办法，韩秋只好委屈地给他们跪下了。韩秋是流着泪跪下去的，那一刻韩秋死了的心都有。

小慧见那几个人故意为难韩秋，悄悄给彭辉打了电话。彭辉一听就火了，说："你想办法先稳住他们，我十分钟之内就到。"就在那几个东北人哼着二人转往外走的时候，彭辉和李彤带着十几个弟兄赶到了。彭辉听小慧说韩秋被逼着下跪，顿时火冒三丈。他最痛恨逼别人下跪的人，觉得那样的人长的都是蛇蝎之心，因为他就曾多次被人逼着下跪过。一次是他刚回老家的时候，村里的孩子们逼他下过跪，孩子们说你要是不下跪就让你爹戴着高帽子游街示众。还有一次是彭辉和父亲在县城给人家做家具的时候，那户人家非说彭辉偷了他们家的钱，说彭辉不下跪认错，就把彭辉送到工人宣传队受审。父亲只好让彭辉下跪认错，父亲知道那家人是有意栽赃，目的是不想给工钱。

彭辉一声令下，李彤便带着弟兄们冲上去了。彭辉很诧异，一向温文尔雅的李彤，打起人来居然如此之狠，只见他从衣袖里抽出一根木棍，对着那几个东北人一通乱打，而且专门照脑袋上打，彭辉没少打人，却不敢这样打脑袋，弄不好会打出人命的。几个东北人很快就被打得满地找牙了，还没等彭辉发话，李彤就让弟兄们把那几个东北人吊在了酒楼后面的杨树上，李彤找来扫帚，把那几个人挨个抢打。直到打折了五六根扫帚把，直到韩秋闻讯后跑过来哭着哀求，彭辉才让李彤等人住手。彭辉气哼哼地对那几个人说："小兔崽子们给我听着，我姓彭的从不欺负人，可也从不放过以强凌弱的畜生！你们不都他妈的是亡命徒吗？我姓彭的随时等着你们！"

彭辉把那几个东北人的身份证号和家庭地址一一记下，说你们要是再敢到楼外楼闹事，我就让你们缺须缺尾地离开北京。尔后彭辉给派出所打了电话，几个东北人被送进了拘留所。

这是李彤平生第一次出手打人，别人以为他是为彭辉出气，其实他主要还是为了韩秋。一听说有人逼着韩秋下跪，他的愤怒并不亚于彭辉，他也说不清为什么如此愤怒，就是觉得韩秋不该受这种屈辱，韩秋已经够不幸的了。再有一点就是他想借此释放一下胸中的郁闷，他必须释放，否则会把他憋闷死。

出了这件事，韩秋本想离开楼外楼，可彭辉坚决不同意。彭辉安慰说："你不用害怕，有我在你就踏踏实实地在这里干，我就不信谁还敢再找你的麻烦。"韩秋最终还是答应了彭辉，她毕竟熟悉这里的工作环境，也舍不得这里的收入。

谢伟亮知道彭辉黑白两道都有人，根本没胆量明着跟彭辉叫板。幸好那几个东北哥们没有把他供出来，否则别说彭辉饶不了他，就是表哥梁老板那一关他也休想过去。谢伟亮垂头丧气了好一阵子，这才叫偷鸡不成反蚀把米，哑巴吃黄连有苦说不出呢。谢伟亮见了韩秋还得强装笑脸，因为他做贼心虚，害怕韩秋感觉到什么。

这件事以后，韩秋又在无形中加深了对彭辉的好感，她觉得彭辉是个很有正义感的男人。可惜的是韩秋没有看到李彤打人的情形，韩秋要是看到了，就会从李彤的愤怒中感觉到什么。李彤不想让韩秋看到他粗野的一面，所以在韩秋出现的时候，他就扔掉了手里的扫把。

韩秋相信彭辉的话，知道有彭辉的保护就没人敢欺侮她了。韩秋是个弱者，不仅仅因为她是个瘦弱的女孩子，还因为她的心灵极度脆弱，而这种心灵上的脆弱又是由于贫困的家境造成的。韩秋自幼怕事，她知道她的家经不起事，在别人家看来是很小的事情，对于她的家也许就是天大事情了。记得弟弟上小学时和人打架打破了人家的鼻子，吓得母亲好几天吃不下睡不着，连续三天，天天买了好吃的东西去看人家。有个男同学喜欢韩秋，在韩秋辍学后依然穷追不舍，那个男同学在胡同口等过韩秋几次，吓得韩秋十几天不敢出门。

一个人出门在外，又是初次离开父母，韩秋渴望得到庇护。有人说女孩子走入社会接触的第一个男人留给她的印象最深刻，彭辉就是韩秋走入社会后近距离接触的第一位异性。在韩秋的印象中，彭辉是个很成功、很有主见、很有男人味的人，彭辉是智慧和力量的象征。

小慧之所以总向韩秋灌输她那种很实际的处世哲学，其目的就是让韩秋尽快向彭辉靠拢。小慧说："韩秋，到时候了，你可不能再拖下去了，只要你投入到彭哥的怀抱，你的人生道路就会发生根本性的变化。"韩秋嘴上说："我可不能那样，我要是那样的话，我爸爸妈妈定会不要我的。"但是在潜意识里，已经自觉不自觉地对彭辉抱有幻想了。韩秋几次在梦中被彭辉搂在了怀里，甚至还单独跟着彭辉去了一个陌生的世界。韩秋不可能对别人说起她的梦，可是她很清楚梦里的她是非常愉快非常满足的。梦里的她有了自己的买卖，是彭辉投入的资金，每个月她都能给家里寄回很多钱；梦里的她在北京有了自己的单元楼房，她把爸爸妈妈接到了北京，妈妈在一家大医院里治疗，弟弟在一所名牌大学里读书。当然，这些都是她梦到和彭辉走到一起以后的情形。

韩秋并没有太高的奢望，即便是在梦中，韩秋也只能梦到这些：治好了妈妈的病，弟弟考上了大学，全家人住上了楼房。可是现实里的韩秋却总摆脱不了心头的忧患，贫寒的家依旧如故，爸爸下岗很难再找到工作，只能眼瞅着妈妈的病日趋严重。弟弟差两分没有进重点高中，差一分得交一万，他们家根本拿不出来。还有那两间低矮潮湿的小平房，一到雨季就四处漏雨，听说拆迁得再交四五万才能住上楼房。韩秋是比别的服务员挣得多，也完全是由于彭辉为她捧场的缘故，倘若没有彭辉，她也只能挣四五百，根本解决不了大问题。

韩秋还有一个很大的压力，那就是欠着彭辉一大笔钱。小慧总说彭辉不会要的，韩秋也知道彭辉不会要的，可韩秋觉得自己必须得还，到什么时候都得还。韩秋恨自己的身体不争气，偏偏犯什么阑尾炎，而且还那么严重。韩秋不敢把自己做手术的事告诉家里，一是怕爸爸妈妈担心，二是怕爸爸妈妈问做手术的钱是哪来的。韩秋不能让爸爸妈妈知道她认识了一个有钱人，爸爸妈妈对有钱人的印象很不好，离家的时候，爸爸妈妈反复叮嘱的一句话就是：记着，离那些有钱的人越远越好。

这晚，小慧再次谈起了她和崔副局长、韩秋和彭辉的关系。

小慧带着夸张的表情说："我快扛不住了，我要是再这么抻下去，崔哥就有可能找别人去了。"

韩秋依旧认为小慧和崔副局长的感情到不了那种程度，于是说："我觉得你们还是保持这种朋友关系最好。"

小慧说："男女之间哪有纯粹的友谊？早晚都得发展成那样的关系！你也得好好考虑考虑了，我觉得彭哥对你是真心实意的，你就别再犹豫了。记得那句歇后语吗？给糖不吃拿着早晚得化了。"

韩秋没再吭声，她觉得小慧的话很难听。韩秋现在喜欢谈论彭辉，却不喜欢跟小慧深谈这个问题，她不希望小慧把自己和彭辉的关系与小慧和崔副局长的关系类比。

第六章 枫叶红了的时候

崔副局长已经偷偷跟小慧商量过好几次，想摸一摸小慧的乳房，哪怕隔着衣服摸摸都行。可小慧始终不同意，小慧说："你着什么急呀？等咱俩的关系到了那一步，我会让你摸个够的。"崔副局长从小慧那挑逗性的眼神和语气里可以看出小慧对他是有那层意思的，他迫切地期待着那一天早日到来。彭辉不用崔副局长明说就能看透崔副局长的心思，他对崔副局长说："您就放心吧，我近期一定会做出安排的。"

已经是晚秋了，晚秋是香山红叶最红的时候。

看电视新闻的时候，韩秋见许多人都跑到香山看红叶，便随口对小慧说了句"我真想去看看"。第二天小慧就对彭辉讲了，小慧对红叶毫无兴趣，她想的是只要出去就能有好处，彭辉起码得替崔副局长付她两百小费。

彭辉愉快地说："那还不容易，明天咱们就去！"

崔副局长也说："对，明天正好是星期六，我还不用跟局里请假。"

彭辉当晚就替韩秋和小慧请好了假，梁老板很爽快地说："彭老板您怎么总这么客气呀，别说是一天，就是十天半个月您也不必打招呼，以后她们姐俩就直接归您领导了。"梁老板是个精明的生意人，他当然知道彭辉这条肥得流油的鱼的价值，巴不得韩秋能成为他垂钓的诱饵。梁老板还曾亲自找到韩秋说："彭老板可是咱们这的名誉董事长，你一定要加倍小心地伺候。只要彭老板高了兴，我就多给你发奖金。"

韩秋不去都不成了，因为梁老板说陪彭老板出去散心就是工作，工资奖金照发不误。

次日一早，彭辉到工地照了个面就和崔副局长来接韩秋和小慧了。

彭辉曾邀请了李彤，李彤说工程开始收尾了，他不盯着不行。现在的外立面玻璃幕是空中作业，李彤担心出什么意外。这些日子，李彤吃住都在工地，越是工程收尾，越要加倍小心。有李彤在工地，彭辉一百个放心，彭辉想好了，等工程结束，他要好好奖励一下李彤。

北京的香山，在晚秋的时候有一种独特的美，漫山遍野都是火红火红的。谁都说不清为什么只有这里长了这么多的红叶，谁都说不清这些红叶是野生的还是什么人栽种的。北京的周围有许多山，偶尔也能看到红叶，可都没有这里多，这的确是个谜。

韩秋有恐高症，一上缆车就紧紧抓着前面的扶手一刻也不敢放松。彭辉把自己的右手很得体地搭在韩秋的肩头，说："你要是害怕就搂着我的腰。"韩秋脸一红没有说话。其实她确实很想挽着彭辉的胳膊或是把自己的身子靠在彭辉身上，那样就可以减少恐惧感，就会觉得有依靠。缆车爬高以后，韩秋更加恐惧了，先是抓住了彭辉的衣服，继而又羞涩地搂住了彭辉的腰，后来，她索性闭上眼把脸贴在了彭辉的肩头。这是韩秋平生以来第一次依偎一个男人，她清晰地闻到了一股异样的的气息，她意识到这是彭辉身上散发出的气息。韩秋并不反感这种气息，甚至觉得很亲切很诱人。韩秋感觉到彭辉的虎头肌在轻微抖动，感觉到彭辉很有力的心跳。韩秋觉得自己的心底有一种从未有过的冲动，韩秋甚至感觉到自己有些迷离了。

彭辉的手在韩秋的肩头轻轻拍着，很轻，但是韩秋可以感觉到。彭辉还时不时地用眼角的余光端详韩秋，韩秋也感觉到了。

这时，彭辉想的却是小芳。

小芳就喜欢这样挽着彭辉的腰并习惯把脸贴在彭辉的肩上。小芳还喜欢闻彭辉身上的味道，说特好闻，闻着心里可舒坦了。此时，彭辉似乎又回到了那虽然清贫却充满乐趣的青少年时代，那时，他的乐趣几乎都缘于小芳的存在，小芳就是他的未来和希望，是小芳支撑着他的人生，是小芳让他觉得自己在这个世界上还有存活下去的理由。

韩秋虽然是个城市姑娘，却又不像有些城市姑娘那样轻浮和傲慢，也许是因为家境的贫寒，反而更像个农村姑娘。韩秋单纯、腼腆、怯懦，同时又有着强烈的好奇心。缆车里的韩秋很紧张，紧张得像个孩子，但她又很珍惜这个难得的机会。韩秋时不时地把那双不是很大却很迷人的眼睛睁得圆圆的，看得出她很喜欢这里的美丽景色。彭辉像个很尽职的导游，饶有兴致地向韩秋介绍着香山的名胜古迹。这又使彭辉想起了当年他给小芳讲《一千零一夜》和《伊索寓言》时的情形，其实他只看过那两本外国书。

彭辉对韩秋说："你该学学小慧，你看小慧的胆子多大。"

韩秋羞涩地说："我可比不了她，她打小儿就胆大妄为，而且就喜欢登高爬梯。上幼儿园的时候，她敢爬到云梯的顶上，上小学的时候，她敢和男同学一起爬树，上中学的时候，她敢在教学楼顶的女儿墙上迈正步走。"

彭辉笑了："呵呵，像个假小子。"

韩秋贴近彭辉的耳朵："她的外号就叫假小子，您可不许说出去。"

彭辉点点头："嗯，不说。"

小慧和崔副局长在前面的缆车上有说有笑，他们的一举一动都在彭辉和韩秋的视野之内。小慧的胆子很大，一会儿在缆车上金鸡独立，一会儿双手举过头顶扭动着双胯，一会儿揪着崔副局长的头发让崔副局长屁股离座，一会儿咬着崔副局长的耳朵说些很放荡的话，一会儿又把头扎在崔副局长的怀里假装撒娇。崔副局长悄悄对她说："对，你就得对我亲热点儿才是，这样才能感染韩秋，才能调动韩秋的情绪，你看韩秋多拘束呀！"其实崔副局长主要还是为了自己，他在为自己的放肆寻找借口。

他们时不时地回头对韩秋和彭辉嚷上几句，崔副局长说："彭老板，你可得把韩秋搂紧点儿，这一段儿离地面儿可是最高的呀！"小慧说："韩秋，还是你幸福，你看彭哥对你多温柔呀，比崔哥强多了！"

韩秋的脸红了，她就怕别人把她和彭辉往一块扯。在韩秋看来，彭辉可能根本就没有那方面的意思，彭辉只是把她当作一个朋友，因为彭辉对她说过，永远都不会做让她为难的事情。

下山后，小慧拉着大家进了一家纪念品商店，商店里的东西显然是蒙外国人的，标价都高得出奇。一片枫叶用塑料纸一封，就卖十块二十块。还有那些吉祥物之类的小玩意，几乎都成百上千。

小慧站在柜台前对彭辉说:"彭哥,韩秋连个吉祥物都没有,你还不给她买一个?"

韩秋气得直掐小慧,她怕彭辉误以为她跟小慧说了什么。

彭辉笑着对小慧努努嘴,示意她帮韩秋挑选一个。

小慧按照她和韩秋的属相挑了一个玉龙,一个玉马,尔后她把那两块玉佩拿在手里,翻来覆去地瞅来瞅去并不停地发出啧啧声。小慧既然张了口,彭辉岂能不爽快地掏腰包。好在小慧挺知趣,给韩秋挑的是八百八的玉龙,给自己选了个成色差一些的玉马。

韩秋没想到门票、缆车票、一顿午餐和两块玉佩,就让彭辉破费了两千六百多元。仅仅是看一次红叶,就让彭辉花这么多钱,韩秋实在有些后悔,后悔自己昨晚不该多了一句嘴。韩秋觉得又欠了彭辉的人情,所以在去洗手间的时候,既自责又略带埋怨地对小慧说:"唉,又让彭哥花那么多钱,真是的!小慧姐,咱说好了,就这一次,往后再也不许让彭哥给咱买东西啦。"

小慧说:"你这人真是有病,两千块钱对彭哥来说,连挠痒痒都算不上,你还是把心搁肚子里吧。"

韩秋则不这么看,她认为不管彭辉多么有钱,那也是人家的事,平白无故地让人家为她破费,就是于心不忍,就是惭愧。

公园里不许抽烟,烟瘾很大的彭辉和崔副局长趁着韩秋和小慧去洗手间的时候,赶紧叼上了烟。

"怎么样崔局?火候差不多了吧?"彭辉指的是崔副局长和小慧的事。

"呵呵,应该没有问题了吧?只要找个适当的机会,就水到渠成了。"崔副局长的神情颇有几分得意。

"崔局您放心,我一定尽快给你们创造机会。"彭辉说完,用力吸了一大口烟。

"我看你这边也有戏,我觉得韩秋已经上了套,下一步就看你的了。"崔副局长吐着烟圈。

"崔局,实不相瞒,我还真不想跟韩秋往那方面发展。"

"为什么?"

"我不是跟您说过嘛，韩秋很像一个人，那个人就是我的初恋。我一看到韩秋就想起她，一想到她，我就不敢对韩秋有非分之想了。我总觉得她的眼睛在注视着我，在监视我。是我负了她，我欠着她的情，而且是一笔根本无法偿还的情债啊！"

"过去的事就不要再想了，既然韩秋那么像她，依我看你就把韩秋当作她去喜欢好了。"

"是啊，我也是这么想的，不然我哪还有这么大的闲心啊？您是知道的，我那几位早把我累得不亦乐乎了，早没心气了。其实我已经够造孽的了，我之所以拿不定主意，就是不想再造孽了，尤其是对韩秋这么纯的女孩子……"

见韩秋和小慧走了过来，彭辉便住了口。

彭辉的确不想跟韩秋往那方面发展，为了遏制自己不断膨胀的欲望，他一度想成全韩秋和李彤。早在认识韩秋的初期，彭辉就问过李彤对韩秋的看法，李彤说韩秋虽然不特别漂亮，可她的朴实和清纯有独特的魅力，现在这样的女孩子已经不多了。

彭辉也曾有意识地让李彤接触韩秋，每次订餐都让李彤跟韩秋联系。在韩秋住院的时候，他多次让李彤替他送饭送花，也是想让李彤和韩秋彼此多了解一下对方。彭辉甚至希望李彤大胆地能跟他争一争，如果李彤真能把韩秋夺走，他是不会责怪李彤的，因为他们俩实在很般配。可是，李彤却过早地退却了，彭辉当然知道这是李彤顾忌他的缘故，当然也是因为李彤的人品好。

李彤对韩秋的好感或许不亚于彭辉，但李彤不敢往男女之事上想，他的理智告诉他自己绝对不能靠近韩秋，因为他预感到将来韩秋肯定属于彭辉。彭辉不是说过吗，一定要帮韩秋的家摆脱贫困，李彤相信彭辉可以做到，而眼下他却做不到这一点，他还没有这个能力。

凭李彤的自身条件，找个出色的女朋友并不难，但李彤这个人有点怪，他一直宣称自己三十岁之前不想谈个人问题。李彤认为自己既然选择了下海，就一定得干出个样子来，否则会让同学们看不起的。李彤的同学大都分布在大城市，端的都是铁饭碗，只有他跳槽选择了彭辉的私营公司。李彤曾经十分坦率地对彭辉说："彭总您别不高兴，我不可能永远给您打工，我的理想是在不久的将来成立自己的公司。"

当李彤意识到自己对韩秋有了好感之后，就一直在提醒自己：千万不要想入非非，你现在还没有资格享有女人。而且李彤也是来自小城市，家境也不是很好，就是这两个原因，他的初恋失败了，他深爱的那个大学同学在毕业前夕跟着别人出国了。尽管李彤的学习成绩很好，可是他没有出国的本钱，所以，从那个时候起他就发下了誓言，一定要出人头地，一定要成为一个成功者，一定要成为一个富有者。"好男儿不挣有数的钱。"这是时下许多年轻人的口头禅，李彤非常喜欢这句话，这句话也是他选择彭辉这个私营公司的缘故。李彤到彭辉公司上班的当天，就跟彭辉说："彭总，您不用给我定工资，我赞成按劳取酬的分配原则，您觉得该给多少就给多少，我不会计较的。"

李彤是个很有理智的人，他知道自己要想成就一番事业得依靠彭辉，不能因为一棵小树失去森林，不能因为一个女人失去彭辉对他的信赖，他明白有所得必有所失的道理。

来到彭辉的公司以后，李彤一直用百分之二百的努力为彭辉工作，他不仅负责工程设计、工程预算，还负责组织施工。李彤已经成为彭辉最得力的助手，为彭辉撑起了半边天。

这几年，彭辉也没有亏待李彤，否则李彤不会为他干到现在。彭辉不仅在经济上满足了李彤的期望，在生活上也都处处替李彤想在了前面。彭辉曾明确对李彤讲："兄弟，踏踏实实干你的，到了你结婚的那一天，一切都由我操办。"彭辉也时常让李彤得到生理上的满足。彭辉说："年轻轻的别委屈了自己，什么时候想发泄一下，你就言语一声，不就是花点儿钱吗？哥哥我替你出。"彭辉确实也是这样做的，请别人潇洒的时候，时常想着李彤。李彤前不久染上了性病，他想找街头小广告上的私人诊所，彭辉立即阻止并训斥了他，尔后便亲自开车带他去了一家大医院，找了一个有名的专家为他诊治。

　　李彤有意回避韩秋，彭辉心里还是很高兴的。男人都喜欢争强好胜，尤其是在女人面前。彭辉虽然有成全李彤和韩秋的念头，他却不希望在他没有明确这层意思之前，李彤就对韩秋有什么非分之想。对于这一点，看得出彭辉是自相矛盾的，他自己也说不清这究竟是为什么。

　　彭辉很欣赏李彤，他也相信李彤的未来会很辉煌，所以他才产生过成全韩秋和李彤的念头。彭辉认为，除了学历上的差距，韩秋配得上李彤。但是后来的发展却让彭辉改变了初衷，因为，彭辉在后来明显地感到韩秋感兴趣的是他而不是李彤。

　　彭辉又从河北沧州订了一批装饰材料，材料厂的李厂长非请彭辉到沧州去一趟，是想请彭辉到黄骅港吃海鲜。彭辉跟崔副局长一说，崔副局长马上表示很乐意去，因为只要能把小慧带出去，他就有办法让小慧臣服。

　　彭辉陪着崔副局长在文化活动中心施工现场上上下下里里外外转了转，工程正在收尾，外装修率先完工，已经开始拆除围挡了。

　　崔副局长对工作还是蛮有责任心的，几乎每天都要到工地看一看。这项工程是区政府投资的项目，区里领导都很重视，崔副局长也因为这个项目给区领导留下了很好的印象。工程的土建部分是区建筑公司承接的，按照区长的话说，这叫肥水不流外人田，更何况区建筑公司近两年一直缺吃少喝。找外面的人装修是崔副局长坚持的，崔副局长知道几位正副区长都不满意区建筑公司的装修水平，区政府那几栋住宅楼就是他们装修的（区里按职务大小给每户补贴了一部分装修费），普遍反映装得不怎么样。土建不敢说，若论装修，眼下国营公司绝对干不过私营公司，这是众人皆知的事实。

　　可以这样说，这次崔副局长在彭辉身上下了赌注，这个赌注说明了崔副局长的眼光和魄力。为了给自己的赌注多加一道保险，在崔副局长授意下，彭辉在施工期间特意从深圳那边高薪聘请几名技术精湛的工人，专门为区里几位主要领导的住宅进行免费"维修"，几位领导都异常满意。别的不说，每户更换的橱柜和卫生洁具就花了五六万，因为都是进口的。崔副局长自己家里却一点也没动，彭辉是真心实意要给他家重新装修的，但崔副局长拒绝了彭辉的好意。崔副局长的解释很简单："我现在负责着这项工程，本身就担着嫌疑，岂能再给别人留下把柄？"彭辉理解崔副局长的顾虑，说那就过个一年半载的再说，您什么时候想装修了就说句话。

望着即将竣工的文化活动中心，崔副局长长长地吁了口气，他知道自己接替老局长的位子指日可待了。

"大功告成，出去爽一爽也是应该的。"彭辉递给崔副局长一支中华烟，笑着说。

"你也带上韩秋吧，不然小慧该找借口不去了。"崔副局长已经在考虑征服小慧的手段了。

"行，我跟她商量商量。"彭辉此时的确还没有那方面的想法。

"还商量什么？小慧说了，只要有她陪着，韩秋肯定乐意去。"崔副局长显然已经给小慧透过风。

"韩秋最近总想家，沧州离她们家没多远，顺便让她们姐俩回去一趟。"彭辉估计韩秋会答应的。

"沧州那边儿没问题吧？听说外地比北京查得严。"崔副局长在这方面一向很谨慎。

"您尽管放心，保证没问题。李厂长的姐夫是当地公安局的头，我和李厂长是多年的交情了，我每次带人过去他都会精心安排的。"彭辉的三个情人都先后陪着他去过沧州。

"那就好，那就好。"崔副局长愉快地吐出一大口烟，细嫩的脸上多了一些红润。

"这次就别带老魏和李彤去了，不知道去几天，工地得有人负责。咱们最好编个借口，就说去订音响设备。"其实设备早在一周前就订过了，是彭辉陪着崔副局长在天津订的。

彭辉并没有瞒着李彤，还把带韩秋和小慧一起去的事情告诉了李彤，因为彭辉从不欺骗李彤。李彤表面上没什么反应，心里却有股酸溜溜的感觉，他深知这趟沧州之行意味着什么。到了外面，即便韩秋有心理防线，恐怕也很难抵御彭辉这样的情场高手。这一去，韩秋就名副其实地属于彭辉了。李彤虽然不敢对韩秋有太高的奢望，但他却不希望韩秋这么快就跟彭辉上床，他觉得韩秋不该这么快就被彭辉征服。如果韩秋果真如此，李彤也就没有什么遗憾了，说明韩秋并不值得他珍惜。李彤仅存的一点希望就是，韩秋跟着彭辉去了，但是她拒绝了彭辉提出的要求，她甚至会因此疏远了彭辉。李彤希望韩秋是个守身如玉的人，韩秋会珍爱自己，不会轻易以身相许。李彤还存有另外一种侥幸心理，那就是彭辉不对韩秋下手，因为彭辉说过，他决不睡处子之身，因为彭辉认为那样做会遭报应。

李彤的心绪又乱了，乱成了一团麻。

彭辉和崔副局长走了以后，李彤的大脑又变成了一片空白。人虽然在工程现场，心却跟着他们飞走了。李彤很想给小慧打个电话，他可以让小慧提醒韩秋多留个心眼，因为他不能直接给韩秋打电话，这方面的事情他无法对韩秋开口。犹豫了几次，李彤还是没有打这个电话，他怕小慧把他的话泄露出去。万一韩秋真的成了彭辉的情人，韩秋迟早也会告诉彭辉的。

彭辉的三个情人李彤都很熟识，彭辉抽不出时间的时候，经常让李彤替他给她们送去些吃用的东西。李彤也不管谁大谁小，见了面一律毕恭毕敬地称呼"大姐"，其实，开发廊的红霞和做保险的方晓瑛都比李彤小。她们要是问起彭辉的情况，李彤多一个字都不说，只按彭辉的叮嘱回答。

李彤很清楚，彭辉对自己的三个情人仅仅是不忍心抛弃而已，彭辉并不是真心爱她们。正如彭辉所说："我就是觉得尧淑君怪可怜的，一个离了婚的女人，又带个孩子，实在太难了；至于红霞嘛，我只是觉得她长得水灵又活泼可爱，跟她在一起我显得年轻了十几岁；我喜欢听方晓瑛唱歌，再有就是她人聪明，说实在的，要是有人好好把她包装一下，说不定还能唱红了呢。"

李彤问过彭辉，为什么不在唱歌方面为方晓瑛投点儿资，彭辉说："我才不花那个冤枉钱呢，能不能把她培养出来先放在一边，即便真能培养出来，等她红了以后还能认识我吗？"

李彤已经看出韩秋将成为彭辉的第五个"夫人",所以他很为韩秋的命运担忧、惋惜和悲哀。李彤以为,韩秋肯定认为彭辉是真心喜欢她,决不会想到彭辉喜欢她仅仅因为她像那个小芳而已。

小慧没做任何考虑就答应了,她觉得这是她同崔副局长拉近距离的一个好机会。韩秋当然很想去看看大海,因为她还没有见过真正的大海,可是她一想到爸爸妈妈的叮嘱,便流露出为难之色。韩秋虽然相信彭辉不会对她有什么邪念,可这一去得好几天,别人肯定会往那方面想的。韩秋不想让自己和彭辉有说不清楚的事情,韩秋也不想这么快就和彭辉走到一起。

行前的头一晚,彭辉照例在楼外楼用餐。

彭辉悄悄对韩秋说:"你不用担心,到了那里,我不会让你为难的。我和崔局住一个房间,你和小慧住一个房间。"

韩秋红着脸说:"我不是担心这个,我是怕影响不好。"

彭辉说:"这个你也不要有顾虑,我已经替你和小慧请了假。我跟你们梁老板说你想家了,让小慧陪你回去一趟。我计划好了,在沧州办完了事儿,咱们先到济南玩一两天,然后从济南去你们家。"

韩秋当然很想家,初次离家的人最渴望的事就是尽早回家一趟。几个月了,韩秋经常在睡梦中回家,每次梦到回家之后,她的情绪好几天都稳定不下来。韩秋担心母亲的身体,担心弟弟的学习,担心家里的生活,家里有许许多多让她担心的事情。

由于母亲常年看病吃药,她家的生活一直很艰难,有时难的连买油盐酱醋的钱都没有。俗话说"家穷闹市无人问,家富深山有远亲。"韩秋不记得有什么亲戚和她家有过来往,为此她也问过母亲,母亲面带难色地说:"我和你爸都是孤儿院出来的,哪有什么亲戚。"上学的时候,韩秋几乎没有参加过任何课外活动,因为参加课外活动,尤其是春游秋游之类的,是要花钱的。韩秋也很少和同学们来往,因为她放了学就得往家里赶,她要赶回家做饭洗衣服,她得照顾母亲,同时她也害怕同学们笑话她寒酸的穿戴。谁要是对她稍微好那么一丁点，她都会感激涕零、受宠若惊的。所以，她对彭辉的关爱既不敢接受得太多，又觉得像做梦一样。

在来北京以前，韩秋几乎没怎么接触过外界，所以她对外面的世界是非常向往的，既好奇又多疑，同时也是恐惧的。其实韩秋的内心世界并不像现在的年轻人那么复杂，她的单纯更像一个十几岁的初中生，她只以好和坏区别人，她认为彭辉应该算是个好人。好人都是善良的，善良的人自然就是好人，韩秋觉得彭辉就是个善良的好人。

韩秋最终还是答应跟彭辉一起出行，因为无论是大海，还是省会济南，都对她有着很强的诱惑力，当然最重要的还是因为她想家。

早六点出发，为的是躲避上班高峰。

早晨的空气很怡人，一点也不像晚秋时节。彭辉把自动天窗开启，清香的空气在车内循环，让人感到爽极了。

韩秋有点儿晕车，彭辉让她提前吃了晕车药。药还真管用，韩秋居然一点儿晕车的感觉都没有。彭辉说那药是进口的，特别有效。韩秋很感激地看了彭辉一眼，心说，他的心真细，自己昨晚只是随口说了一句，他就记住了。其实彭辉的车里一直备有晕车药和避孕套，他爱惜他的车，怕晕车的人吐在车里；他很在乎自己身体，无论跟哪个情人行事，都坚持用避孕套。当然了，彭辉也怕她们怀孕，一旦怀孕，恐怕就该有麻烦了。韩秋坐在副座上，时不时地看一眼口若悬河的彭辉，她觉得彭辉开车的动作很娴熟也很潇洒。

彭辉的嘴始终没闲着，他喜欢跟韩秋聊天，和韩秋聊天跟当年同小芳聊天的感觉一样。

彭辉说："小芳要是能活到今天，我一定会让她过上好日子的。"

韩秋问："彭哥，当时您为什么没去老家接她？"

彭辉说："我回到北京没多久，我母亲就病倒了，直到去世就没离开过医院，我根本没时间去接小芳。"

韩秋问："您也没给她写过信吗？"

彭辉说："写过，写过不止一封，可她一次也没回。后来我才知道，她的父母曾让人给我母亲写过一封信，但是当时我母亲没告诉我。我母亲临死之前才对我说，之所以瞒着我，就是怕我把小芳接到北京来。"

韩秋问："为什么？"

彭辉说："还不是因为她是农村户口，那年头人们的观念就是那样。"

韩秋问："小芳是怎么死的？"

彭辉说："她父亲说她得了急病，开始我不信，非要去看看她的坟，起初她父亲不让我去。我流着泪说，我必须得去看看小芳的坟，我得到她的坟前跟她说几句话。后来她父亲就带我去了，她就埋在村头的池塘边。在我们老家有这样的习俗，没出嫁的姑娘是不能入祖坟的，大都是悄悄埋在池塘边或河套旁，然后等哪户人家死了光棍汉再'嫁'出去。"

韩秋擦了擦眼角问："您爱人知道您跟小芳的事吗？"

彭辉说："她好像知道一点儿，因为我们吵架的时候她说过这样的话，'你别总揭我的短儿，你当我不知道你的风流事吗？'我想她大概是从她母亲那里知道的，她母亲跟我母亲很要好，我母亲跟她母亲无话不谈。"

韩秋没再往下问，虽然她觉得彭辉的不幸婚姻双方都有责任，但她似乎更同情彭辉一些。

后座的崔副局长搂着小慧不停地打情骂俏，崔副局长的肚子里装了许多黄色小段儿和荤谜素猜的笑话。小慧显然被崔副局长挑逗地动了情，说话变得嗲声嗲气的，还不时地在崔副局长身上摸来摸去。彭辉不想让韩秋听到或看到后面的情形，便把车里的音响打开了。立体声效果很好，音乐一响就让人感到了某种强大的震撼力。"村里有个姑娘叫小芳，长得好看又善良，一双美丽的大眼睛，辫子粗又长……"这是彭辉最喜欢听的歌曲，他一直觉得这首歌就像是专门为他和小芳写的。

彭辉很少唱歌，因为他的嗓音很一般。如果别人非让他唱，他也只唱这首《小芳》。彭辉随着音响里的歌声轻轻哼唱着，韩秋能够感觉到彭辉语调的哀伤，也知道彭辉又在思念那个叫小芳的人了。韩秋虽然还没谈过恋爱，不知道被爱的感觉，但是她觉得小芳是幸福的，离开人世这么多年还被人念念不忘，小芳应该含笑九泉了。

高速公路就是快，从北京的高速路入口到沧州高速路出口，还不到两个半小时。如果天津那一段也贯通的话，恐怕连两个小时都用不了。彭辉喜欢炫耀他的宝马车，说跑一百八十迈就跟玩似的，可他又特别爱惜他的宝马车，始终没超过一百五十迈。

沧州是个小城市，比临清大不了多少。不过这里是武术之乡，又是林冲火烧草料场的地方，名气自然要比临清大多了。韩秋好奇地望着车外，觉得就像回到了临清一样，因为这里的出租车也都是"小面"，也有许多人力三轮车，再有就是那些还没撤走的早点摊儿，也和临清的很相似。

出发前都没吃早点，此时大家的肚子都在咕咕叫了。彭辉把车停在早点摊儿比较集中的路旁，松开安全带说："我看咱们就在这吃吧，这的驴肉火烧和羊杂碎汤棒极了。"

小慧看着那些脏兮兮的摊位和摊位旁同样脏兮兮的人说："我的妈呀！多脏呀！可别吃坏了肚子。"

彭辉说："不干不净，吃了没病，你就别那么讲究了。看着脏，吃着香，你尝尝就知道了。谁要是怕拉肚子，就多吃几瓣大蒜。"

崔副局长早听彭辉讲过，"驴肉火烧就羊汤，大补又壮阳。"所以他很想尝一尝。他拍了拍小慧的头说："宝贝儿，大蒜消毒，不会闹肚子的。"

彭辉轻声问韩秋："你怕不怕？你要是吃不惯，咱就改地儿。"

韩秋说："就在这儿吃吧，我没那么多事儿。"

一人一碗热气腾腾的羊汤，一人一套驴肉火烧。彭辉悄悄要了几个羊宝，让人家切碎后分放在几个碗里。彭辉没有对韩秋和小慧讲明是什么东西，否则她们肯定不吃。彭辉只是悄悄告诉崔副局长说："这玩意儿可是大补，我在您的碗里多放了一些。"

崔副局长最近一直很在意补肾，因为他怀疑自己的性功能减退了，采野花的时候没问题，可是跟老婆在一起的时候，就总觉得有点力不从心。前不久他跟彭辉谈到了这个问题，彭辉说"这好办，我有个朋友配的药酒特管用，回头我给您要几瓶儿。"次日彭辉就拿来了，崔副局长喝了两天还真管用。这两天崔副局长已经攒足了劲，就等着在小慧身上试药力呢。

说归说吃归吃，小慧比谁吃得都香，一大碗愣没吃够，又添了半份羊肠子。韩秋大概是晕车的缘故，吃了几口就腻了，又不忍心浪费，便对彭辉说："彭哥帮帮忙吧，我喝汤您吃稠的。"

彭辉说："我给你要碗稀饭吧，要不然就来两个茶鸡蛋？"

韩秋说："不用了，我的饭量小，这个驴肉火烧就足够了。"

刚吃完，李厂长就带着女秘书赶到了。刚才彭辉给李厂长打了电话，李厂长说十分钟就到，现在也就过了七八分钟。李厂长个子不高，肚子却不小，模样有点儿像香港演员曾志伟。女秘书二十五六岁，苗苗条条，文文静静，脸盘眉眼有些像"邻家女孩"徐静蕾。李厂长的热情显得有些夸张，彭辉把崔副局长介绍给他的时候，他居然还深鞠了一躬，让人觉得挺虚伪的。女秘书倒是很得体，微笑着和大家握手，还从包里拿出纸巾让韩秋和小慧擦嘴角。

上午在厂子里象征性地看了货，尔后李厂长就把大家请到了一家规模很大的海鲜酒楼。这里离黄骅港只有百里之遥，海鲜大都是当天运来的，品种很多也很鲜活。韩秋喜欢吃海鲜，其实去北京以前她几乎一样也没吃过，只是在认识了彭辉之后，彭辉请她吃过几次，她才知道海鲜的确很好吃。

饭后，李厂长把大家带到了一家涉外宾馆，据说是沧州市最高档的，比楼外楼还上档次。一共开了三个套房，李厂长和女秘书住一套，韩秋和小慧住一套，彭辉和崔副局长住一套。这样的安排，韩秋觉得彭辉的确没有骗她，其实她也没有想过彭辉会欺骗她。

李厂长问彭辉："是不是先休息一会儿？"

彭辉说："我倒是不累，听崔局的吧。"

崔副局长说："我也不累，依我看还是玩儿牌吧。"

彭辉说："玩麻将不够手，干脆玩会诈金花吧，这样几位女士也可以一起玩儿。"

"太好了！我同意！"小慧一听说玩牌，双脚蹦起老高。

"我不会，我就不玩了。"韩秋陪彭辉玩过几次诈金花，已经看会了，但她从没玩过。

彭辉说："你不用害怕，咱们纯粹是娱乐。我出钱，赢了是你们的，输了算我的。"说完，彭辉拿出几千块钱，分给了韩秋和小慧。

玩儿起来就没了钟点，晚饭都没下去吃。李厂长让酒店服务员把饭菜送到了房间。边吃边玩儿，把房间弄得一片狼藉。韩秋想停几把，把房间收拾一下，彭辉说你快打住吧，咱们出来就是享受来了。说着，把韩秋拽了回来。

李厂长的女秘书马上给前台打了电话，服务员很快就过来收拾房间了。

因为明天一早要去黄骅看海，玩儿到凌晨一点就结束了。

崔副局长赢了两千多，他肯定输不了，因为彭辉跟李厂长打过招呼，故意让崔副局长赢。小慧当然也是赢家，一是她本身就玩儿得好，二是崔副局长总让着她。韩秋本应是输家，可玩儿牌的过程中彭辉总帮她下底儿，在她开别人牌的时候又抢着帮她放钱，所以她不仅不输钱，反而有七八百的赢余。韩秋要把本和利一并还给彭辉，彭辉笑着说："你可真逗，给出去的钱我岂能再收回来，快拿着吧，就算是你的劳动所得。"

韩秋还想说什么，小慧把钱硬塞到韩秋的包里说："就是就是，咱们哪能白陪着他们熬夜呀？这是彭哥给咱们发的加班费，快收着！"

韩秋知道再争执也没用，每次彭辉给小费她都拒绝，每次彭辉都说你要是不要的话，往后我就不到你们这里来了。韩秋心里很明白，自从彭辉了解了她的家庭状况以后，一直有意识地资助她。说句心里话，韩秋既感激又很过意不去，因为她并没有为彭辉做什么，只不过做了些份内的工作而已。

彭辉给小慧使了个眼色说："你先去陪崔哥聊会儿，我和韩秋在李厂长这里谈点儿事。"

小慧会意地点点头，陪着崔副局长去了最里面那个套房，也就是以彭辉和崔副局长名义订的那个套房。彭辉已经提前跟崔副局长说好了，崔副局长和小慧完事之后就给彭辉打电话，彭辉再过去。

彭辉和韩秋跟李厂长和女秘书聊了半个小时以后，崔副局长给彭辉打电话说小慧已经在那里睡着了，就不让小慧回她们的房间了。彭辉先是愣了一下，然后说："行啊行啊。"崔副局长便又压低嗓门说："正好给你和韩秋创造条件。"其实彭辉还真没有这个思想准备，他不知道怎么才能对韩秋解释清楚，尤其是当着李厂长和女秘书的面。

韩秋见李厂长的女秘书连着打了几个哈欠，便悄悄对彭辉说："彭哥，我有点困了，咱们走吧。"

同李厂长及女秘书道了晚安之后，彭辉拉着韩秋离开了那里。

来到韩秋的房间以后，彭辉带着歉意吞吞吐吐地对韩秋说："韩秋，请……请你别误会，我……我没想到小慧留在了崔局那里。这样吧，你……你睡里面的房间，我……我睡客厅的沙发。"彭辉突然口吃起来，他真怕韩秋误认为这是他和崔副局长共同的阴谋。

韩秋先是一怔，因为这的确出乎她的意料。不过她相信彭辉的话，她不认为彭辉会欺骗她。她只是觉得小慧不应该这么做，不该一点儿都不为她着想。见彭辉一脸的歉意，韩秋只好说："不，还是您睡里面我睡沙发吧。我真的睡惯了沙发，我在家就一直睡沙发。"韩秋觉得彭辉是个有身份的人，说什么也不能让他睡沙发。

"不不不，还……还是我……我睡沙发吧。"彭辉红着脸摆着手，依旧结结巴巴地说，"韩秋，我真……真的不骗你，我没……没想到小慧会留……留在那里。我要……要是知道的话，我会……会让李厂长多……多开一套房间的。现在太……太晚了，我不……不好意思再……再跟李厂长说了。"

彭辉之所以如此忐忑不安，并不是因为他做错了什么，恰恰是因为出现这样的局面并非是他有意安排的。彭辉是个敢作敢为的人，他一向不在乎别人怎么看他，包括他有那么多女人的事。可是不知为什么，彭辉现在特别在乎韩秋对他的印象。自从认识韩秋以后，彭辉很注意自己的言行，而且再也没从楼外楼找过一个坐台小姐。彭辉觉得韩秋就是死而复生的小芳，他不能在韩秋或说小芳的眼皮底下干那些苟且之事，那样做小芳会伤心的。他已经伤了小芳的心，他不能再让九泉之下的小芳伤心了。

韩秋说："彭哥，还是我睡沙发吧，您开车挺累的。"

彭辉说："不不不，我不累，真的不累，别争了，还是我睡沙发。你先去洗澡吧，我看会儿电视。"彭辉的情绪稳定了一些。

韩秋知道彭辉的脾气，便不再和他争执了。韩秋把被子和毛毯抱出来在沙发上铺好，然后才去洗澡。

韩秋洗澡的时候，彭辉有意把电视的音量调大了一些。彭辉不想让洗手间哗哗的水声刺激他的中枢神经，因为在韩秋走进洗手间之前，他那并不太健康的大脑里突然萌生了邪念，这个邪念就是刚才韩秋给他铺被子的时候产生的。当时彭辉阻拦韩秋，韩秋歉疚地说："让您睡这里就够委屈您的了，还是让我伺候您吧。"彭辉伸出去的手被韩秋拿开了，彭辉觉得自己被韩秋碰过的那只手痉挛了一下，触电一般的感觉。

在此之前，彭辉的确没有占有韩秋的欲念，因为他从不把韩秋与那些小姐等同对待。彭辉一直把韩秋看成天真无邪的少女，看成再现的小芳，他没有理由也没有资格占有她。彭辉早就拿韩秋和尧淑君、红霞和方晓瑛做过比较，韩秋要比尧淑君年轻，要比红霞稳重，要比方晓瑛温柔。在彭辉眼里，她们几个都已经是女人了，而韩秋还是个不谙世事的女孩儿，是个未沾染世俗之气的纯真姑娘。凭彭辉的经验和直觉，他断定韩秋还是个处女，彭辉放纵了这么多年，除了小芳没有碰过一个处女。这是彭辉尚存的一点儿良知，他深知一个女人的贞操是弥足珍贵的，若是占有了她，就必须对她的终身负责。小芳的初夜权交给了彭辉，可彭辉并没有履行自己的承诺，这已经成了他终生的痛，他发誓决不再让小芳的悲剧重演。

眼下不少"鸡头"都掌握着一些等待"开苞"的少女，他们根据少女的年龄相貌，开苞费从三五千到一两万不等。也曾有人向彭辉"推销"过，彭辉不仅从没动过念头，每次都还不客气地把人家臭骂一顿。彭辉认为吃这碗饭的人上辈子肯定不是人，下辈子肯定还不是人。彭辉对崔副局长提出的要求几乎百分之百地满足，唯独拒绝了崔副局长想尝尝"鲜"的要求，彭辉还规劝崔副局长最好别干那种遭报应的事。

即便是眼前的韩秋果真变成了小芳，彭辉也不会再像当年那么冲动、那么不计后果地卤莽行事了。如果说彭辉有什么切肤之痛的话，那就是他对小芳做了那种事，他不该在没有把握娶小芳为妻的情况下占有小芳。彭辉一直认为小芳的死与他的不计后果有关，甚至认为小芳很有可能不是染病而是因为失身自杀的。试想，在那个年代，在那个封闭的小乡村，一个失去贞操的女人是否还有勇气面对别的男人，更何况小芳对他的爱又是那么的深。

彭辉永远忘不了与小芳分手的前一个晚上，尽管那个晚上已经是他和小芳的第二次了。小芳在和他做了那事之后说："俺生是你的人，死是你的鬼，俺会永远等着你的。你要是不来接俺，俺就去北京找你。"可是当彭辉要给小芳留家里地址的时候，小芳却摇着头说："不用了，俺相信你一定会来接俺。你就是不来接俺，俺也不会去找你的。"彭辉当时要对小芳发誓，小芳阻止了他。可是，彭辉安顿好一切后并没有马上去接小芳，只是在多年之后才在良心的驱使下回了趟彭家庄，可那时小芳已经死了。

彭辉一直认为金钱可以换取很多东西，惟独换不来他失却已久的初恋，也填充不了小芳走后留下的感情空白。

哗哗的水声还是执拗地穿透了彭辉的耳膜，再次勾起了彭辉用理智和良知强压下去的邪念。彭辉的心跳越来越快，仿佛自己的每一根毛细血管都在迅速膨胀着，心里就像滚动着一个越烧越旺的火球。在彭辉的记忆中，这样的感觉还是在偷看小芳洗澡时有过，后来就再也没有体验过。彭辉的记忆很清晰，那是他借着月光偷看小芳在池塘里洗澡，尽管小芳事先一再叮嘱他不许偷看，他依旧忍不住躲在树丛后看了好几眼。村里的姑娘媳妇都是在夜深人静的时候结伴在池塘里洗澡，因为她们没有地方洗澡。小芳却一个人洗的时候多，而且每次都是让彭辉给她在一旁站岗放哨，小芳说只有彭辉为她站岗放哨，她才洗着踏实。

此刻，彭辉不由自主地想象着韩秋洗澡的样子，现在他又幻想着韩秋就是小芳。小芳总是先洗那一头浓密的头发，然后再洗身子。韩秋留的是短发，她会不会也像小芳那样弯着腰往头发上撩水呢？彭辉曾对韩秋说过你应该留长发，女孩子还是留长发显得文静。彭辉发觉韩秋已经开始留发了，而且长得很快，不经意间已经快齐肩了。小芳洗头发时总是歪着头，韩秋也应该和小芳一样，因为韩秋平时的一举一动怎么看怎么像小芳。

韩秋终于走出了洗手间，韩秋并不是用浴巾裹着身子出来的，而是穿戴得整整齐齐出来的。彭辉强忍着自己的欲念，他没敢扭头看韩秋。彭辉背对着韩秋关切地说："洗好了就赶紧去睡吧，别感冒了。"

韩秋说："您也去洗吧，洗洗解乏。"

彭辉说："不急，你不用管我了。"

韩秋说："还是我睡沙发吧，不然我睡不踏实。"

彭辉这才扭过头说："听话，快去睡吧，天已经不早啦。"

韩秋再次满怀歉意地看了彭辉一眼，似乎还想说什么。彭辉冲她笑了笑，摆着手说："睡个好觉，明天好有精神头儿看海。"

其实彭辉很想跟韩秋聊一会儿，可是他不敢让韩秋留下，他怕控制不住自己的欲望。

韩秋说："那您也早点儿休息，明天还得开车呢。"

彭辉的心里又不禁一震，韩秋说这句话的语气跟当年的小芳一模一样。那时小芳经常看着彭辉做木匠活儿到深夜，最常说的话就是："早点儿歇着吧，明天还要下地干活儿呢。"如果韩秋的山东口音换成河南口音，彭辉一定会走过去把韩秋搂在怀里。

彭辉的老家有一种"投壳"的迷信说法，说是死去的人都可以再生，通常是死去的人将自己的灵魂附着在某个活着的人身上。彭辉觉得韩秋也许就是被小芳"投壳"的人，就是被小芳的灵魂附了体的人。彭辉确曾这样想过，如果小芳来北京找他，无论是坐汽车还是乘火车，不，灵魂应该是腾云驾雾而来的，不管怎么来，从商丘到北京都必然经过临清，小芳的灵魂也许就是在临清歇脚的时候遇上韩秋的。

彭辉迷迷瞪瞪睡着了，睡梦之中，他又一次与小芳的灵魂相会了，而且是在他们都还年轻的时候。

夜幕下，一个窈窕的身影向彭辉缓缓走来，"小辉哥，你想我了吗？"这分明就是小芳的声音。小芳和二十年前一模一样，只是没有了那两条又粗又长的辫子。彭辉再定睛细看，站在眼前的竟然变成了韩秋。彭辉倒吸了一口凉气，对眼前的人既熟悉又陌生。彭辉正纳着闷，只见小芳，不，是韩秋，可她嘴里发出来的声音又的确是小芳："小辉哥，我真的是小芳，你不认识我了吗？"说完，她便扑到了彭辉的怀里……他们正在池塘边的草坪上做爱，他们的做爱显得有些慌乱，好像都很生疏，配合得不那么默契。忽然，一种怪异的沙沙声突然从不远处响起，彭辉一下子醒了。

沙沙沙的声音是电视机发出来的，因为电视没了节目。

里间的门开了，韩秋穿着睡衣悄悄走了出来。韩秋睡觉很轻，有一点动静她都会醒来，这是常年照顾母亲形成的习惯。韩秋提着脚步走过来，先关掉电视，然后捡起彭辉蹬到地上的毛毯。

彭辉假装睡着，韩秋给他盖毛毯的时候，他一动不敢动，因为他分不清是在现实中还是在刚才的梦里。韩秋盖毛毯的动作很轻缓，但是韩秋的衣襟碰到了彭辉的手臂。彭辉的身子抖动了一下，他的眼睛睁开一个细缝。韩秋正弯着腰，彭辉瞥见了韩秋睡衣里那对不是很丰满的乳房。彭辉闻到了一股淡淡的体香，那是从韩秋的睡衣里散发出来的，韩秋的体香竟然和小芳的体香是那么的相似。这一刻，彭辉真想睁大自己的眼睛，但他还是克制住了，他怕吓着韩秋，或说他怕吓走小芳的灵魂。

韩秋回到里面的房间后，彭辉很想继续刚才的梦，在他看来小芳的灵魂也许还没有走远，也许还在这间屋子里。彭辉却再也睡不着了，他有个毛病，只要从梦里醒来，就很难再入睡了。

重新躺下以后，韩秋也没了睡意。

韩秋感到有些意外，彭辉居然睡得那么安稳，彭辉的安稳让韩秋完全解除了残存的戒心。韩秋觉得彭辉并不像人们传说的那么坏，如果彭辉真是那种好色之徒，就决不会放过今晚的机会。如果彭辉以前一直是在掩饰自己，那么今晚他肯定会原形毕露的。韩秋是个有主见的姑娘，她不盲目听信别人，她有自己的判断，此刻更加坚信了自己对彭辉的认识：彭辉是个正直、善良的人，是个心胸坦荡、光明磊落的人，是个自重自爱又善于理解别人、尊重别人的人，这样的人是可以做她的朋友或是父兄一样的人。

就是因为这个夜晚，就是因为在这个夜晚与彭辉住在里外屋相安无事，韩秋在自己的心里又一次主动拉近了与彭辉的距离。韩秋甚至开始自责自己以前的防范之心，觉得那是对彭辉的侮辱和亵渎，是对彭辉的不公平。韩秋甚至理解了当年的小芳为什么会那么深地爱着彭辉，并心甘情愿地把自己的身子交给了彭辉。韩秋觉得小芳的爱是值得的，倘若换了自己，同样也会无怨无悔的。

女人就是这么简单，一旦信赖或是喜欢上了某个男人，就觉得这个男人什么都好了。

想到这里，韩秋不禁脸红起来。因为她此刻有一种渴望，渴望彭辉来敲她的房门，能进来和她聊一聊。韩秋自然也想到了男女之事，她甚至想象着左侧房间的崔副局长和小慧、右侧房间的李厂长和女秘书的交欢情形。韩秋懂得男女之事还是在到了北京以后，都是从小慧的嘴里听说的。小慧最爱讲这方面的事，小慧在家的时候就谈过男朋友，就跟男朋友睡过觉。来北京后，小慧就不再理那个男朋友了，小慧说那个男朋友比起谢伟亮来，各方面都显得太嫩了。两人分手以后，小慧还总是留恋谢伟亮，说谢伟亮的床上功夫如何如何了得。讲起这方面的事情，小慧总是说得很细致，甚至连感觉都说得格外细致，根本不管韩秋在意不在意，常常说得韩秋面红耳赤、心慌意乱。

人家都成双成对同榻而卧，只有她和彭辉分居里外屋，韩秋觉得这对彭辉有些不公平，似乎有些委屈彭辉。韩秋的心态就是在这时起了变化的，她想起了小慧的劝告，小慧曾多次说过这样的话，"你干吗那么死心眼呀？不就是在一起睡觉吗？你又损失不了什么！彭哥那么喜欢你，你要是跟他往近了走一走，他一定会对你更好的。"韩秋总觉得小慧太看重钱了，她跟小慧不一样，她决不会为了钱去委身彭辉。出来的前一晚，小慧按崔副局长的嘱托又苦口婆心地对韩秋做了一番"思想工作"。韩秋第一次出现了活口儿，说："以后我要是真跟彭哥走到一起，只有两个理由：一是我确实喜欢他，我是心甘情愿；二是我欠他的情太多了，我只能用自己的身子回报他。"

现在，这两个理由似乎一下子都充分起来，而且很显然头一个理由在韩秋的脑海里占据了主导地位。坦率地讲，彭辉今晚要是果真对韩秋有什么不轨的言行，韩秋以前对彭辉的一切好感肯定会一股脑儿勾销，可彭辉偏偏什么也没说什么也没做。这样一来，在韩秋的眼里，彭辉的形象一下子又高大了许多，彭辉简直成了至善至美的圣人，就是老戏里唱的柳下惠。韩秋是个生理健全的女子，遇到自己敬佩的男人会自然而然地产生某种渴望和冲动。现在韩秋和彭辉只有一墙之隔，而在这道墙的正中又有一扇可以出入的门，这扇门随时都可以敞开。

现在韩秋渴望彭辉来敲这扇门，倘若彭辉真的来敲门，韩秋一定会毫不犹豫地把那扇门打开的。

遗憾的是，直到天色大亮彭辉也没有敲门。

后来听到彭辉洗漱的声音，韩秋便赶忙穿衣下了床。韩秋没有马上打开房门，她需要静一静心，她不能让彭辉感觉到什么。韩秋在镜子前细心地整理着自己的头发和衣服，这还是她初次如此在意自己的形象，她自己也说不清这究竟是什么原因。当韩秋确信自己的心态和仪容都没有什么不正常的时候，这才打开了房门。

彭辉正好从外间的洗手间里出来，彭辉问韩秋休息好了没有，韩秋谎说休息好了。彭辉又问她冷不冷，她又谎说不冷。韩秋在回答彭辉问话的时候，觉得自己的脸有些发烫，甚至没勇气直视彭辉。在黎明前的一段时间里，韩秋的确感到有些冷，也就是她渴望彭辉来敲门的那段时间。

韩秋洗漱的时候，彭辉分别给崔副局长和李厂长打了电话，彭辉断定他们都累得够呛，不打电话非睡到中午不可。李厂长和女秘书很快过来了，他们毕竟是主人。彭辉知道李厂长和女秘书已经暧昧了多年，但是李厂长很惧内，只有客户来沧州的时候，李厂长才有借口在外面过夜。作为一家集体所有制企业的厂长，他不敢太张扬和女秘书的情人关系，他一直很羡慕彭辉，说彭辉活得实在太潇洒了。彭辉每次来沧州订货基本都带上一个女人，单独来的时候，李厂长都要选一两个相貌出色的小姐陪着彭辉。

崔副局长和小慧是半小时以后过来的，小慧的妆虽然化得很重，仍然遮掩不住她的疲惫之态。彭辉最了解崔副局长，别看他年近半百，床上的各种花样却相当了得。不仅彭辉自愧不如，就连那些久经沙场的小姐都很难应付他，小慧自然就更不是他的对手了。

彭辉对小慧开玩笑地说："妹妹，我没骗你吧？这回你算是领教崔哥的厉害了吧？"

小慧狠狠地掐了彭辉一下娇嗔道："你就坏吧！当心我把你的风流事全告诉韩秋！让你的高大形象在韩秋的眼里变得……"

彭辉赶忙打断小慧："嘴下留情！嘴下留情！"

韩秋正在里屋给家里人打电话，她家没电话，只能打胡同口小卖店的公用电话。韩秋打了几遍都是占线，沮丧地挂了电话。韩秋听见小慧说话的声音，便走了出来。

小慧见韩秋出来，便停止了刚才的话题。小慧迎上去端详了韩秋一会儿，然后把韩秋拽进里屋。小慧掩上门后神秘兮兮地问韩秋："你跟我说实话，彭哥给你多少钱？"

韩秋不解地望着小慧问："给什么钱？彭哥为什么要给我钱？"

小慧撇着嘴角说："你就别跟我装糊涂啦，你跟彭哥睡了觉，彭哥能不给你钱吗？"

韩秋马上皱起眉头说："你瞎说什么呀？我跟彭哥根本就没那么回事，我睡的是这屋，彭哥睡的是外屋。"

小慧噘起薄嘴唇说："哼，骗谁呀？孤男寡女的，住在一个套房里什么也没发生？鬼才信呢！"

"信不信由你，反正我说的是实话。"韩秋委屈地瞪了小慧一眼，不想再跟她理论了。

小慧见韩秋真生了气，便没再往下问。但是，小慧决不相信韩秋和彭辉是分屋睡的，因为她看出韩秋和彭辉的眼窝都深深陷了进去，都是在强打着精神头。小慧习惯用自己的尺度衡量别人，她深信韩秋在彭辉这样的情场高手面前绝对没有丝毫的抵御能力，只能乖乖地束手就擒。而且小慧还认为彭辉给韩秋的钱绝对要超过崔副局长给她的钱，因为韩秋是处女。刚才崔副局长给了小慧两千，崔副局长很会说话，说是让小慧给家里人买点儿实惠东西。彭辉会以什么借口给韩秋钱呢？哼，一定是让韩秋买个戒指或项链，也没准会给韩秋一张信用卡，韩秋爱买什么就买什么。

　　小慧认为韩秋不承认肯定是出于腼腆和羞涩，这毕竟是韩秋的第一次，她不可能那么爽快地承认。小慧决定另外找个机会审问韩秋，她相信韩秋早晚得向她招供的。

第七章 偷尝了禁果以后

黄骅的螃蟹举世闻名，黄骅的海却令人失望。黄骅港是个黄泥港，远看近看都是黄泥汤子。不过，这里的螃蟹异常的肥而鲜，据说是因为泥滩营养丰富，如果是来享受口福，还是不虚此行的。

李厂长说要想看到蓝蓝的海水，起码要坐船出去半个多小时。彭辉见韩秋有些失望的样子便对李厂长说："李厂长，能不能想办法租条渔船来，多少钱都行，钱我出。"

李厂长说："彭总这不是骂我吗，您是客人，哪能让你出呀。你们等着，我这就去租船。"

李厂长走了不一会儿就兴高采烈地转了回来，说联系好了一条渔船，出海每个小时收费一千元。彭辉高兴地说值，如果再能撒几网就更值了。李厂长说行啊行啊，到时候一准让你撒几网。

渔船不大，跟颐和园的渡轮差不多。李厂长的话果然不假，船行了半小时左右，海水就是清澈碧蓝的了。但是越往里走海浪就越大，几乎都是一人多高的大浪。不知是船老大有意炫耀自己的驾驶技术，还是故意犯坏，专拣浪头高的地方行船，高昂的船头总是把迎头巨浪一劈两半，激起无数浪花。韩秋笑了，笑得很满足很开心，因为这样的情景她只是在电影电视里见过。后来，船颠簸得越来越厉害了，韩秋不禁有些害怕了，她不由自主地双手抱住了彭辉的腰，而且抱得越来越紧了。

"别害怕，有我呢。"彭辉抚摸着韩秋的脸，韩秋的脸已被浪花溅湿了。

"我不怕，抱着您我就不害怕了。"韩秋的声音很大，因为四周涛声的分贝很高。

"高兴吗？"彭辉对着韩秋的耳朵嚷道。

彭辉的嘴唇碰到了韩秋的脸颊，一股热流迅速传遍了他的全身，就像他初次亲吻小芳时的感觉。

"我高兴，高兴极了！"韩秋的嘴唇也碰到了彭辉的下巴，她觉得嘴唇麻酥酥的，非常惬意，是那种很舒服的、飘飘忽忽的感觉。韩秋的身子软软的，偶尔会轻微颤抖几下，大概是海水凉的缘故。

韩秋一直这样紧紧地搂着彭辉的腰，彭辉也一直轻轻地抚摸着韩秋的头发和脸颊，就像一对情侣。韩秋从没有如此亲密接触一个男人，她感觉自己的心跳越来越厉害，不仅身子发软，就连双腿都变软了。此刻，韩秋再次萌生了昨天夜里那种莫名其妙的感觉——迫切地想靠近一个男人，靠得越近越好。当然这个男人只能是彭辉，因为彭辉是她除了父亲和弟弟之外接触的第一个男人。

有人说，女孩子走向社会后接触的第一位异性会给她留下最深刻的印象，如果这位异性某些方面很出色的话，很有可能成为她崇拜的偶像，甚至最有可能成为她一生爱恋的人。在韩秋的眼里，彭辉就是个很出色的男人，她越来越感到彭辉身上有一股强大的磁力吸引着她，她甚至因此渐渐忽略了她和彭辉之间的年龄差距。韩秋觉得跟彭辉在一起很充实，很有乐趣，也很有安全感，在这样的男人身边会很幸福的。

韩秋庆幸自己遇到了彭辉，如果没有彭辉，她就不可能在老板、经理和领班那里得到特殊的关照，就不可能得到那么多的奖金和提成，就不可能享受到连做梦也不敢想的那些有钱人才有权享受的生活和乐趣。但韩秋也清楚，所有这些不该属于她的东西之所以轻易地降临到了她的身上，就因为她长得很像那个叫小芳的人，她是沾了小芳的光，她应该感激小芳。韩秋甚至天真地想，也许自己的上辈子就是那个小芳。

韩秋是个过怕了穷日子的人，对于从天而降的恩宠和享乐虽然有些不知所措，却也有几分惊喜和满足，而且她也在不知不觉中慢慢地适应着这种梦幻般的生活，甚至害怕失去这种梦幻般的生活。物欲可以改变每一个人，这也是韩秋逐渐放松了自己的警觉，自觉不自觉地走近彭辉的缘故。

韩秋真希望就这样紧紧地搂着彭辉向大海的深处漂去，哪怕是被无情的大海吞没，哪怕是漂泊到一个荒无人烟的小岛上。

渔船返航的时候，彭辉给李彤打了个电话，他惦记着正在收尾的工程。

李彤在电话里说工地一切正常，只是李彤的话音有些异样。彭辉问李彤是不是病了，李彤搪塞说没事，大概有点儿着凉。彭辉劝李彤最好去医院看看，李彤说没事，他没那么娇气。

其实，此刻李彤正在医院，不是他病了，而是一名工人受了伤。那名工人用射钉枪往房顶上打射钉的时候，偏巧射到一根粗钢筋上，射钉反弹回来，正好落在那个工人的脑袋上，不仅击穿了安全帽，还伤了头骨。李彤亲自开车把受伤工人送到医院，医生说，幸好戴着安全帽，否则后果不堪设想。李彤想来后怕，因为就在出事的几分钟前，他看到这名工人没戴安全帽，工人说安全帽忘在工棚里了，李彤便把自己的安全帽扣在了他的头上。

受伤工人无大碍，李彤也就没有告诉彭辉。李彤的声音之所以异样，也是因为受了惊吓，一时没缓过神来。彭辉在电话里说，他们刚出海回来，还打了几网鱼，李彤没能一起来实在有点儿遗憾。彭辉最后说，过些日子再安排一次，到时候一定让李彤多撒几网。这次彭辉没让韩秋跟李彤说话，因为韩秋正紧紧地依偎着彭辉，彭辉不想中断这种温馨。

从彭辉兴奋的语气里，李彤似乎感到了什么，但是他又不愿往深处想，他不想再承受那样的折磨和煎熬。一那样想，他就会妒忌彭辉，甚至会对彭辉生怨生恨。他也会改变对韩秋的印象，会觉得韩秋不那么纯洁，不那么可爱了。当然他也会自责和自卑，因为他没有能力和实力保护韩秋，爱护韩秋，他不能给韩秋真正的幸福和安全。李彤觉得自己没有资格指责彭辉的贪欲和放纵，更没有权利轻蔑韩秋的追求和享受。更何况彭辉和韩秋都不是有意在伤害他，他们并不知道韩秋已经在他的心里占据了位置，是他自己不该不合实际地奢望韩秋什么。

李彤心里的苦，只有他自己知道，他无法对任何人诉说。昨晚，他独自一人去了一家夜总会，而且找了两个小姐陪他喝酒唱歌，唱的歌都是很伤感的。其中一个小姐问他是不是失恋了，他摇头不语，后来被问急了，他才没好气地说，失恋已经是好几年以前的事了。李彤原本想把两个小姐都带出去开房,最后时刻还是打消了念头,他觉得自己不该这么颓废,这么脆弱,他不想走彭辉的老路。

昨晚,李彤几乎彻夜未眠,不是失眠,而是没有困意。李彤想了很多,也想得很远,等这个工程一结束,他就离开彭辉的公司,因为他断定,彭辉他们回来之后,韩秋很可能就不在楼外楼干了,彭辉有可能会把韩秋安排在公司。李彤不想整日面对彭辉和韩秋,那样的话,他无法忍受,他担心自己会说出不理智的话或做出不理智的事情来。三年中,李彤已经有了一定的积蓄,开个公司是没有问题的,而且他也建立了一些关系,他可以从小的做起,哪怕是家庭装修。

自己做老板是李彤的目标,因为只有自己做了老板,才有可能掌握自己的命运。作为一名清华的高材生,又是当下很吃香的建筑装潢设计专业,李彤相信自己有发展潜力,也一定可以成功,尤其是有了这几年的摔打,让他积累了丰富的实践经验,他没有理由不成功。唯一不安的是对不住彭辉。除了韩秋这件事,彭辉没有对不起他的地方,即便是在韩秋这件事上,彭辉也没有过错,李彤并没有把自己的心事告诉彭辉,不知者不怪,错不在彭辉。

李彤早早到了工地,他想好了,一定要善始善终,活动中心这个工程决不能留下半点遗憾。他仔细检查了每一道工序,哪怕是一个小小的环节,他要是觉得不理想,就坚决返工。

当晚,彭辉他们又回到了沧州的那家宾馆。

依旧玩牌到了凌晨一点,依旧是崔副局长、小慧和韩秋赢钱。尔后,依旧是崔副局长和小慧住在一个套房,李厂长和女秘书住一个套房,彭辉和韩秋住一个套房。今晚彭辉不像昨晚那么慌乱了,也不再像昨晚那样结结巴巴地对韩秋做那么多的解释了。回到他们的房间以后,彭辉像电影里的外国人那样耸了耸肩说:"唉,没辙啊,又把咱俩硬塞到一起了。"

"今晚您睡床我睡沙发。"韩秋在洗澡前说。

"呵呵,还是我睡沙发吧。我得在外面给你站岗放哨,这样你睡得安稳。"彭辉笑着说。

"不嘛，明天您要开车跑很长的路，您得休息好。"韩秋的态度很坚决，语气里带有一点撒娇的成分。

"没事儿，这里到济南都是高速，撑死了跑两个小时。"彭辉解掉领带，伸了个懒腰，他还真有些累了。

"彭哥，真的可以看到大明湖吗？"韩秋带着几分激动问彭辉。

"真的。"彭辉笑呵呵地看着韩秋说。

韩秋在上小学和上中学的时候就很向往济南，因为同学当中好像只有她没去过济南。其实临清离济南只有一百多公里，也就是十块钱的路费，可是家里的确拿不出这多余的十块钱。明天就可以去济南了，都说济南到处是喷泉，喝了泉水的人就可以时来运转。韩秋一直想去喝点儿泉水，不仅自己喝，还要给爸爸、妈妈和弟弟带回一些。

韩秋洗完澡，把被子和毛毯抱到客厅。彭辉进了洗手间以后，韩秋便脱掉外衣，穿着秋衣秋裤躺到了沙发上，把毛毯盖在了身上。沙发很软，只是稍微短了一点，腿伸直了双脚就得放在扶手上。韩秋突然自责起来，这样睡一宿肯定不舒服，彭辉昨晚一多半没有休息好。韩秋又想，彭辉是个有钱人，有钱人不该受这样的委屈，他是为了不让我受委屈才委屈了他自己。

韩秋没开电视，所以洗手间里的洗澡声很清楚，韩秋的脸又红了，因为她想到了赤身裸体的彭辉。韩秋一直觉得彭辉的体魄很有吸引力，宽厚的臂膀，笔直的腰板，而且也不像他的同龄人那样长着啤酒肚。彭辉的缺陷就是肤色黑了点，而且脸上不是很平滑，韩秋认为这反而增加了几分男子气。韩秋也很喜欢彭辉吸烟和开车的样子，觉得很潇洒很有派头，总而言之，现在彭辉在韩秋的眼里几乎是个完人，反正她找不出彭辉的任何缺点。

彭辉出来了，他是裹着浴巾抱着衣服出来的，见韩秋在沙发上躺着，赶忙又退回了洗手间。彭辉再出来的时候，已经穿上了衣服。

韩秋躺在沙发上说："这里挺舒服，我就睡这里了。"

彭辉说："不行不行，还是我睡这里。"

韩秋说："一人睡一宿，这样才公平合理嘛。"

彭辉说："快走快走，你还是别招我犯错误的好。实话跟你说，我可不是什么正人君子，你要是睡在这里，万一我控制不住自己，说不准就会在半夜里跑出来欺负你。"

韩秋忍不住笑了。"我不怕。"韩秋脱口而出，连她自己都感到有些意外。

"你不怕我怕，听话韩秋，我真不是什么好人，你还是到里面睡吧，而且一定要把门锁上。"彭辉连连摆手。

其实彭辉此刻已经心动了，刚才洗澡的时候他就想入非非了，但他尽量克制着自己，他觉得应该克制自己。彭辉一再提醒自己，决不能把韩秋与那些出台小姐等同对待，他绝对不能以欺骗的手段强行占有她。而且很奇怪，只要他一有邪念就会想到小芳，大概是他依旧把韩秋当成了小芳的化身，他觉得自己已经是个龌龊之人，不能再玷污小芳的灵魂了。

"彭哥，我一点儿都不困，咱们就聊天吧。"韩秋的确一点睡意也没有。

"行，那咱们就都躺在床上聊吧，都别脱衣服，聊困了咱们就睡。"彭辉提出了一个折中的建议。

韩秋毫不犹豫地坐起身来，高兴地说："好，我听你的。"这是韩秋第一次称呼彭辉"你"。

机敏的彭辉当然意识到了韩秋的这个变化，一个"你"让彭辉备感亲切，让他感到韩秋跟他的距离一下子近了很多。彭辉很得体地把手伸给韩秋，韩秋拉着他的手站起身来。

双人床软软的，两人躺到上面以后床面便凹了进去。起初两人的中间还有一点空隙，聊了没一会儿，身体就挨在了一起。他们脸对着脸，彼此可以听到对方的喘气声，彼此可以闻到对方身体的气味。韩秋恳求彭辉讲小芳的故事，因为韩秋喜欢听彭辉讲小芳的故事，尤其想听彭辉和小芳第一次在一起的细节。彭辉把手放在韩秋的身上，韩秋没有拒绝，彭辉又抚摸韩秋的头发和脸蛋，韩秋也没有反对。彭辉讲他和小芳第一次做爱后小芳哭了，当时彭辉懵了，一个劲地向小芳道歉。小芳随即又笑了，小芳说傻样儿，俺是心里欢喜呀！

韩秋听到这里，突然搂住了彭辉，双腿紧紧地夹住彭辉的一条腿，同时把自己的脸贴在了彭辉的脸上。彭辉再想控制自己，已经无济于事了，因为他的手无意间碰到了韩秋不太丰满的胸部，他感到韩秋的胸部在剧烈地起伏着,他的脸已经被韩秋滚烫的双唇吻住了。彭辉无法拒绝也不想拒绝韩秋的热情,因为他感觉到这种热情是发自韩秋内心的,彭辉炽热的双唇也吻在了韩秋的面颊上。

"韩秋,我……"彭辉的声音颤抖,就像第一次吻小芳时一样。

"彭哥,你……你就把……把我当成你的小芳吧。"韩秋的声音很微弱,和当年的小芳一样。

"韩秋,跟我说句实话,你跟过别人吗?"彭辉突然又有了理智。

"彭哥,你不该这么问,你应该相信我。"韩秋皱着眉头一动不动了。

"你别误会,韩秋,我不是那个意思,我是怕我担不起这个责任,我是怕你将来后悔。"彭辉再次想到了小芳,他不想让韩秋成为第二个小芳。

"我不要你承担任何责任,只要你是真心对我好,我就不后悔。"韩秋的眼里涌上了泪水,像当年的小芳一样。

"我……我有家,有孩子。"彭辉的表情充满了无奈。

"彭哥,我不会破坏你的家,不会的。"韩秋再次搂紧了彭辉。

"我不是个好男人,其实我和媳妇已经……我还有……"彭辉不想再对韩秋有所隐瞒,他想把自己的一切都告诉韩秋。

"我不管那些,我就知道你是个好人,我愿意跟着你。"韩秋捂住彭辉的嘴,不让他往下说。

彭辉的心理防线被彻底摧毁了,但是他并没有急于脱掉自己的衣服,也没有去脱韩秋的衣服,而是拿出自己的全部经验和本领爱抚着韩秋。他依旧把韩秋当成小芳,他在心里喊着,小芳,我忘不了你,我一直念着你。

第一次和小芳做爱时,彭辉什么也不懂,只顾卤莽行事,他觉得那时太委屈小芳了。他要弥补,他要让韩秋,不,要让他的小芳得到真正的满足。

彭辉并没有太疯狂,因为他知道当年小芳的泪水并不完全是出于"心里欢喜",肯定也是因为他的卤莽和无知。彭辉不想让韩秋——他心目中的小芳再度承受不必要的痛苦,他要给他的"小芳"留下美好的记忆,要让他的"小芳"流出的泪都是心里的"欢喜"。

事毕之后,韩秋红着脸问彭辉:"我像你的小芳吗?"

彭辉说:"像,太像了!一切都像!"

韩秋说:"那我就知足了,就不遗憾了。"

彭辉说:"我一定要把我欠小芳的东西,也就是把我欠小芳的情,都补偿到你的身上,我要让你、还有你的家人尽快从贫困中解脱出来。"

韩秋说:"我是喜欢你才跟你这样,我不要求你承诺什么。"

他们紧紧地拥抱着,他们的脸始终贴在一起,他们都希望这个夜晚过得缓慢一些,最好能让时间的脚步就此停止。

次日上路前,彭辉带着韩秋去了趟商场,彭辉坚持要送给韩秋一件礼物作为纪念。韩秋说:"你要非买不可,就给我买个包吧,我一直想买个小慧姐那样的双肩背。"彭辉不仅给韩秋买了一个双肩背,还花了一万多元给韩秋买了一枚钻戒。彭辉说:"这是我第一次给人买戒指,戒指是不能轻易送人的。"韩秋充满幸福地点点头,她信彭辉说的,现在彭辉说什么她都相信。

尔后,彭辉又给韩秋的父亲、母亲和弟弟各选了一身衣服。

彭辉还要给韩秋的父母买些营养品,韩秋说什么也不让。韩秋心疼地说:"你的钱又不是大风刮来的,不能这么花呀!"

其实彭辉在离开楼外楼的时候,他让孟雅萱开了两箱二锅头和四条红塔山烟,放在了车的后备箱里。见韩秋脸都急红了,彭辉也就没再坚持。

崔副局长执意要开车,彭辉便把驾驶位置让给了他。彭辉一宿没睡,也怕自己路上犯困,不然他还舍不得别人动他的车。

韩秋始终依偎在彭辉的怀里,彭辉也始终紧紧地搂着韩秋。后来彭辉见韩秋睡着了,便把自己的外衣脱下来盖在了韩秋的身上。小慧是个机灵鬼,时不时地扭头看看他们,早已看出了端倪。小慧并不嫉妒韩秋,她早就希望韩秋投入彭辉的怀抱了。陪着崔副局长睡了两个晚上,崔副局长给了小慧两个两千,今天早上彭辉又给了她两千,加上她玩牌赢的一千五,一共得了七千五。小慧觉得这趟出来太值了。所以她没有理由再嫉妒韩秋,况且崔副局长说了,回到北京以后就不让她干服务员了,要在文化系统给她安排一份高收入的工作,还说要让彭辉给她和韩秋租套楼房。

小慧是个想得开的人,她才不管男人的年龄大小呢,只要他有钱又舍得为她花钱,八十岁老头她也不嫌。崔副局长也向小慧透露了他和彭辉的关系,说他马上还要给彭辉介绍一个三百多万的装修工程，彭辉又可以赚个七八十万。小慧当然知道彭辉决不会亏待崔副局长，她的表姐夫就是搞工程的，表姐夫说给甲方的回扣一般不低于工程总造价的百分之五。三百万的百分之五就是十五万，也就是说，崔副局长很快就要从彭辉那里得到十几万的回扣，而且崔副局长说了，他的外快可以不给家里。小慧觉得那十几万起码得有一半是她的，其实她早就打听清楚了，崔副局长除了工资单上的钱交给老婆，额外的收入都由他自己支配。小慧也早算计好了，从今往后决不再让崔副局长往别的女人身上花钱，她要把这位在她看来人还不错的局长大人伺候得舒舒服服，她要拿出所有的本领牢牢地把崔副局长控制在她的石榴裙下。

　　韩秋所想的却与小慧截然不同。韩秋觉得自己现在是彭辉的人了，应该尽量规劝彭辉别再像以前那么花天酒地了。彭辉也说过，现在挣钱越来越难了，得居安思危才是。韩秋也告诫自己，尽量不让彭辉为她乱花钱，以后也尽量少陪彭辉出来玩儿，一是出来就少花不了，因为彭辉出手太大方；二是也得遮人耳目，这种事毕竟不能张扬，传出去对谁都不好。

　　彭辉的心情却异常的复杂，他承认除了小芳之外，韩秋是他唯一真正喜欢的女人，尤其是昨晚与韩秋有了云雨之欢后，他更加喜欢韩秋了。彭辉的判断果然没错，韩秋的确是个处女，这也正是他所渴望却又害怕的事情。这样一来他就不得不考虑韩秋的将来，韩秋越是说不需要他承诺什么，他的良心就越驱使他必须要对韩秋有所承诺。昨晚他很想把离婚的事告诉韩秋，可是却不知怎么开口，因为他跟妻子离婚，妻子提的条件是他不能再婚，否则就将全部资产留给妻子和儿子。所以他只是告诉韩秋，他回京后就跟所有与他有染的女人断绝来往，今后他的心里只有韩秋一个人。彭辉还说，他要尽快把韩秋的母亲接到北京治病，把韩秋的弟弟接到北京上学，还要给韩秋的父亲在北京找一份工作。这些事情对彭辉来说都是举手之劳，而让他感到为难的就是韩秋的将来。彭辉的直觉告诉他，他和韩秋的感情一定会越来越深，甚至有可能发展到难舍难离的地步。真到了那种地步，彭辉很可能会不顾一切的，他对前妻的保证恐怕就要作废了，那样也就意味着他将变成穷光蛋。

　　去他娘的吧，车到山前必有路，现在想那么多还不得愁死吗？想到这里，彭辉苦笑着摇了摇头。彭辉低头看了看韩秋，韩秋睡得很香甜，脸上洋溢着从未有过的红润与光泽，秀美的嘴角也挂着从未有过的舒展笑意。彭辉疼爱地捋了捋韩秋的头发，然后深情地吻着韩秋的脸蛋和双唇。韩秋在迷蒙中满足地抿了抿嘴角，下意识地动了动身子，然后把彭辉搂得更紧了。

济南的天气不太好，飘着小雨。

小慧最喜欢逛商场，因为只要一进商场，崔副局长多少得为她花点儿。韩秋这次没有依从小慧，她不想再让彭辉破费。

当晚，他们在一家宾馆开了两个标准间。彭辉原本要开套房，韩秋坚决不同意，说没必要浪费钱。韩秋说话算话，以后她要管着彭辉了，不许彭辉再像以前那么大手大脚。彭辉心里还是很高兴的，因为前面的几个情人都没有这样考虑过这个问题，很显然，韩秋与她们截然不同。

彭辉和韩秋似乎都忘记了一天的疲劳，在洗澡的时候就做了一次，回到房间以后又做了第二次。韩秋今晚的感觉要比昨晚幸福得不止一倍两倍，因为今天彭辉不那么拘谨了，他可以放心大胆地施展出自己的全部本领；韩秋也不那么腼腆了，而且还发出了幸福的呻吟声。

彭辉说："这样的感觉是我平生的第二次，第一次是我跟小芳分手前的那个晚上。"

韩秋羞怯地说："我真的不知道，还会有这么舒服的感觉，我幸福得简直快要死过去了！"

彭辉说："只要你感到满足，你觉得我没让你失望，我就踏实了。"

韩秋再次抱紧了彭辉说："我满足，真的很满足，我想我这辈子活得已经不冤了。"

绝大多数女人都很难达到真正的性高潮，其主要原因是在男人身上，因为绝大多数男人在做爱的时候只顾自己的宣泄而不顾对方的感受。彭辉有过那么多女人，这方面有着丰富的手段和经验，他与大多数男人不同的地方，就是在做爱的时候并不那么自私。

原计划在济南停留两天，小慧说既然到了济南，索性也把泰山捎带着游一游吧。彭辉见韩秋没吭声，猜测到韩秋大概也想去，便高兴地答应了。

好在车可以直接开到中天门，上下南天门又都有缆车，不然的话，彭辉和崔副局长都得累拉了胯。小慧和韩秋都是青春年华，看不出疲劳之态，崔副局长和彭辉的年龄可不饶人了，连续作战之后，他们实在没有登山的力气了。彭辉多次游览过泰山，对泰山的每一处景致都了如指掌。他耐心地给韩秋介绍着，韩秋很是纳闷，彭辉没读几年书，却知道那么多东西，她更敬佩彭辉了。

下山后，在泰安市住了一宿。这一宿，他们都不约而同地因过度劳累高高挂起"免战牌"。为避免哪一方按捺不住，在崔副局长的提议下，采取了合并同类项的住法。当晚睡觉前，在小慧的威逼利诱之下，韩秋只得如实招供。

韩秋红着脸说："好姐姐，这事你可不许告诉别人，不许跟你表姐说，也不许跟崔哥说。"

小慧说："你就放心吧，我会给你保密的。"

韩秋说："我不是怕，是不好意思。"

小慧问："彭哥那方面棒不棒？"

韩秋羞涩地说："我不告诉你。"

小慧笑着说："你不告诉我，我也知道，崔哥什么都跟我说，崔哥说彭哥之所以那么令女人着迷，就因为他是个猛男。"

韩秋的脸更红了，赶忙用被子蒙住了自己的头。

次日一早向临清进发，去临清还得经过济南。在济南下车方便的时候，韩秋向人打听哪里有喷泉，韩秋说要给家里人带点泉水回去。后来还真找到了一处喷泉，韩秋灌了满满两个大可乐瓶。

离家越近，韩秋的心情就越激动。毕竟是离家后的第一次回家，韩秋的心情可想而知。快到临清的时候，韩秋再次咬着耳朵叮嘱小慧："小慧姐，就按咱俩昨晚商量的，是咱们酒楼到济南招聘服务员，咱们搭便车回来的。"

小慧有点沮丧地说："那样的话，可就不能让崔哥和彭哥跟咱们的家里人见面了。"

韩秋说："还是不见的好，省得家里人瞎想。"

小慧说："好吧，那就让他们自己找个地方住下，明天走的时候咱们再去找他们。"

韩秋红着脸对彭辉和崔副局长说："真是对不住你们，到了家门口，却不敢让你们进去。没办法，我们这小地方的人保守，容易多想。"

彭辉笑了笑说："嗯，还是别让家里人知道为好。"

崔副局长也笑着说："就是就是，多一事不如少一事。"

韩秋的家住在长途站附近的一片平房里，离家还有半里多路，韩秋就让车停了下来，她不想让别人看到她们是坐着豪华卧车回来的。彭辉把后备箱里的烟酒卸下就赶紧上了车，他怕被韩秋的家里人看到。小慧倒满不在乎，还一个劲地冲车里摆手，韩秋赶忙拉住了她。

彭辉一踩油门，汽车缓缓地拐上了大路。彭辉从反光镜里看到，韩秋一直在依恋地目送着他们。

韩秋的父亲叫韩大勇，原本是个孤儿，是政府把他培养到了初中毕业。毕业后韩大勇被安置到长途汽车站当调度员，一直干到去年下岗。韩秋的母亲比韩大勇小六岁，也姓韩，叫韩梅。韩梅以前在家属缝纫厂做临时工，六年前因风湿性关节炎瘫痪了。

韩秋家住的是一间半的平房，这个居民区早就被列为危房改造，但不知为何至今还没有动静。其实韩秋家很害怕危房改造，因为回迁还得掏好几万，韩秋家根本没这个能力。母亲说就先凑合着住吧，等我死了再说吧。父亲总为自己没本事而自责，父亲说我要是也能像别人那样有能耐赚钱，哪至于让你们娘几个这么遭罪呀。

韩秋中途辍学是母亲的主意。在韩秋的记忆里那是父亲和母亲第一次激烈地吵架，在此之前父亲和母亲一直相敬如宾。父亲疼爱母亲，母亲体贴父亲。父亲最内疚的就是没有能力带母亲到大城市的医院治病，母亲则为自己的病拖累了父亲和这个家而深感不安。父亲原来一直抽烟卷，母亲病了以后，父亲就改抽旱烟了，酒也很少喝了。母亲对父亲说："你又没别的爱好，千万别为了我那么难为自己。你要是再这样，我就再也不看病不吃药了。"母亲拗不过父亲，父亲说缺了烟酒死不了人，可不吃药不行。韩秋的家境虽然贫寒，家庭却是和睦的。韩秋并没有因为自己的辍学怪怨父母，因为父母的确是出于无奈。

韩秋一直认为父亲偏爱她，而母亲偏爱弟弟，母亲总安抚韩秋说，别怪妈妈偏着弟弟，弟弟比你小，咱韩家又他这么一棵独苗。韩秋理解母亲，何况韩秋也非常疼爱弟弟，韩秋是不会和弟弟争宠的。

韩秋到家的时候还不到十一点，父亲出去买菜了，母亲一个人在家。

母亲坐着轮椅打开房门，几个街坊帮着韩秋把带来的东西搬了进去。待街坊们走后，母亲马上攥住了韩秋的双手。母亲显得很激动，上下左右仔细打量着韩秋，韩秋除了头发长了一些，并没有太明显的变化，母亲欣慰地笑了。韩秋也在端详母亲，母亲显然又瘦了许多，鱼尾纹也比以前深了长了。

母亲心疼地说："咋不来个电话？也好让你爸接接你。"

韩秋说："打了好几次，总占线。"

母亲问："不年不节的，咋回来了？是不是想家了？"

韩秋说："天天都想家，要不是有方便的车，我也舍不得回来。"

母亲又在端详韩秋，总觉得韩秋还是有一些变化的，可一时又看不出究竟变化在哪里。母亲要去给韩秋倒水，韩秋拦住母亲说我不渴，说完韩秋从包里取出一瓶装满泉水的可乐瓶，拧开盖后递到母亲嘴边说："妈，这是我从济南罐回的泉水，可甜了，您尝尝。"

母亲喝了一口说："甜，真甜。怎么，你是从济南过来的？"

韩秋微红着脸点头说："我们酒楼到济南招聘服务员，我和小慧姐搭酒楼的车到的济南。"

母亲问："能在家多待几天吗？"

韩秋说："明天就得返回济南，酒楼的车在那里等着我们呢。"

韩秋说完就赶忙拾掇带回的东西去了，她觉得自己的脸有点儿发烫，她怕母亲发现她在说谎。带回的东西除了彭辉买的烟酒和衣服，还有韩秋自己买的干鲜果品和一些药品。在北京临行前，韩秋特意去了一家大药店，她知道母亲都吃哪些药。

拾掇好东西，韩秋问母亲中午吃啥饭，母亲说我已经煮上稀饭了，冰箱里有馒头，等你爸回来再炒两菜就行了。

正说着，父亲回来了，父亲买了一大筐子菜，有圆白菜、萝卜和土豆，这是韩秋家常吃的几样蔬菜，都是比较便宜的。父亲也感到意外和惊喜，说：

"我要是知道你回来就买条鱼了,今天市场上的鲫鱼可便宜了。"韩秋最喜欢吃母亲做的酱焖鲫鱼,母亲焖的鲫鱼骨头和刺都是软的。母亲对父亲说那你就再去一趟,顺便买两样熟食回来。

父亲答应着要出去,韩秋把父亲拽了回来。韩秋说:"您忘了我是在酒楼上班啦,我不缺嘴儿,您还是别去了。"

韩秋和父亲聊了几句,要去厨房做菜,父亲疼爱地摸着韩秋的头说:"你快歇着吧,还是我来。"

韩秋说:"我不累,您就让我做吧。"然后韩秋又指了指烟和酒说,"爸,酒是我给您买的,正宗北京二锅头。烟是朋友送的,云南烟,都说是好烟。"

父亲说:"挺贵的干吗花这个钱?我的烟酒又不那么勤了。"

父亲这几年一直卷旱烟抽,父亲总说旱烟有劲儿。现在城里几乎没人抽旱烟了,即便是在农村,恐怕也只有那些上了年纪的人才抽旱烟。父亲抽旱烟是为了省钱,父亲喝酒也只喝当地产的高粱酒,那种酒是最便宜的。母亲总说委屈了父亲,父亲则笑呵呵地说,烟酒没啥大区别,好烟好酒都是骗人的。韩秋父亲的话其实也有道理,现在的名烟名酒动不动成百上千元,还不是一个味儿。

韩秋做了酸辣圆白菜和糖醋土豆丝,韩秋说想吃妈妈腌的雪里蕻,父亲赶忙从外面的咸菜缸里捞了一些。韩秋家常年腌咸菜,母亲腌咸菜有绝招,即便是三伏天也从不长醭。

饭菜准备停当,父母让韩秋先吃。

韩秋说:"还是等弟弟一会儿吧。"

父亲说:"不用等了,快期中考试了,他这个月在学校订了饭。"

学校要求学生在学校吃午饭,但对家庭实在有困难的学生网开一面,韩秋的弟弟一般只在期中和期末考试前的一个月订餐。

下午,小慧来到韩秋家悄悄把彭辉和崔副局长的住处告诉了韩秋,并说她已经去过了。晚饭后,韩秋谎说去看个同学,破天荒地打了一辆出租赶到了彭辉的住处。韩秋突然发现,自己居然变得这么没出息,和彭辉分开还不到一天,就特别想彭辉。

彭辉说:"你怎么又跑出来了?你应该和家里人多待些时间。"

韩秋搂着彭辉的脖子说:"我不放心你,过来看看还不行吗?"

韩秋说话的语气跟以往大不相同,充满了撒娇的味道。彭辉看得出韩秋动了真感情,他既高兴又十分的不安,因为他也意识到自己喜欢上韩秋了。

韩秋说:"爸爸喝了你买的二锅头,爸爸还抽了你买的云烟。"

彭辉说:"买的衣服合适吗?"

韩秋说:"都特别合适,他们还是第一次穿那么好的衣服。"

彭辉说:"唉,你们家的日子真是太难了!放心吧韩秋,我一定会让你们家的日子好起来的。"

韩秋紧紧地依偎在彭辉的怀里,十分渴望彭辉抚摸她亲吻她,她也说不清这是为什么,她还顾不上多想。她觉得从没这么激动和兴奋过,只要一靠近彭辉的身体,她就有那种强烈的欲望。虽然她不承认自己是为了钱才委身彭辉,但也不否认这里面有物质的因素。因为她欠彭辉太多了,她无法偿还,只能用自己的身体做补偿,当然这种补偿的前提是,她已经从心里喜欢上了彭辉。

他们很快缠绕在了一起,也不知道衣服是怎么脱去的。这次做爱比前两天更疯狂,而且韩秋要比彭辉主动。

次日上午,韩秋与家人依依而别。

韩秋骗父母说她要和小慧乘长途车到济南,单位的车在济南等着她们,这是她平生以来第一次欺骗父母。韩秋还对父母说等她再挣一些钱,就把妈妈接到北京去治病,等妈妈的病治好了,家里的一切就都好起来了。父亲本想把韩秋送到车站,韩秋说又没带什么东西,就别送了,把妈妈一个人放在家里我不放心。父亲把韩秋送到胡同口,又做了一番叮嘱。韩秋看到父亲的眼睛湿漉漉的,真怕父亲掉泪,父亲的泪比母亲的泪更让她辛酸。韩秋上次走的时候父亲就哭了,韩秋知道父亲的泪是因为无奈和内疚。

小慧家离韩秋家不远,就隔着一条马路,小慧家住的是楼房,小慧的家还是比较宽裕的,所以韩秋始终弄不明白小慧为什么那么在乎钱。如果韩秋家也像小慧家那样不愁吃不愁穿也不愁住的,她是决不会离开家的。

小慧显然不在乎家里人怎么看待彭辉和崔副局长,非让哥哥把她和韩秋送到彭辉和崔副局长住的宾馆。到了宾馆前的广场，小慧指着彭辉的蓝色宝马车炫耀地说："哥，瞅见了没，我们就是坐这辆车回来的，宝马，一百多万呐！等着吧，往后我也会给咱家整一辆。"

若不是韩秋硬拦着，小慧还想让哥哥同彭辉和崔副局长见一面呢。等哥哥走了以后，小慧在宾馆的前台给崔副局长打了个电话，崔副局长和彭辉很快就从楼梯下来了。

上路以后，彭辉见韩秋的情绪有些低落，便关切地说："别难过，什么时候想家了，我就开车送你回来。"

韩秋摇了摇头说："不是的，我是担心妈妈的身体，天马上就凉了，天一凉她的病就会加重。"

彭辉抚摸着韩秋的手说："别着急，回北京以后，我帮着联系一家好一点儿的医院，把你妈接去好好治一治。"

韩秋叹了口气："就怕我妈妈不去，她总心疼钱。"

说完，韩秋感激地看了彭辉一眼，她一点也不怀疑彭辉的真诚。以前彭辉就说过好几次，韩秋都婉言谢绝了。这次韩秋没有谢绝，她觉得现在她同彭辉的关系跟以前不一样了，她现在是彭辉的人了，彭辉既然是真心实意，她就没有必要再那么客气了。

"你就说是托人走了后门，花不了多少钱。"彭辉用左手把着方向盘，右手把韩秋的左手握得紧紧的。

昨晚韩秋走了以后，彭辉和崔副局长专门谈起了韩秋和小慧，彭辉已经同意了崔副局长的建议，回去后给韩秋和小慧租一套两居室，然后再给她们各自安排一份工作。彭辉想好了，韩秋哪儿也不去，就在他的公司上班。先让她在公司干点儿勤杂，然后给她报个电脑班。等她学成了，就把现在那个打字员辞掉，那个打字员越来越懒了。

彭辉也打定了主意，回去后就跟那几个情人断绝一切来往，大不了每人给上几万。彭辉觉得自己有了韩秋就别无所求了，他相信韩秋能代替小芳在他心里的位置，他今后要一心一意地对待韩秋。

第八章 告别以前的女人

彭辉并没有对李彤隐瞒他和韩秋的事情，李彤尽量掩饰着自己的情绪，既然彭辉和韩秋木已成舟，李彤更没有必要让彭辉看出他的心思了。一切都在李彤的预料之中，一切都是那么的理所当然，李彤没必要怨天尤人，也没必要再想入非非。李彤这样安慰自己，韩秋在他的生活里只是一颗稍纵即逝的流星，只是一道虚幻美妙的彩虹，没什么可留恋的。

彭辉对李彤说得很坦率，他已经把韩秋当作了小芳，今后要对韩秋负责，而且要负责一辈子。李彤附和道："应该的，韩秋值得您这么做。"彭辉吩咐李彤尽快在公司附近的小区给韩秋和小慧租套房子，最好是装修好一点的，家具和电器也要买好一点的。李彤让彭辉放心，一周之内保证办齐。彭辉还吩咐李彤在公司给韩秋安排一间办公室，韩秋的职务是总经理助理，马上印名片。李彤也点头答应了，这也是他预料之中的，所以并没有感到惊讶。

彭辉很感激李彤没有把工人受伤的事告诉他，否则他就会立即赶回来，就不会有当晚的事情发生了。李彤对受伤工人的善后工作是这样处理的：医药费全部报销，一次性补助五千，休假一个月，工资照发。李彤没有说安全帽一事，他怕彭辉骂那个工人，因为彭辉一向对违反安全规定的人很恼火。彭辉夸赞李彤处理得很好，李彤说怕影响彭辉的兴致，才没请示他。彭辉拍着李彤的肩膀说，兄弟越来越成熟了，以后这样的事情你大胆处理就是了。

以后，不会有以后了，因为李彤已经写好了辞职报告，等活动中心的工程验收完毕，他就交给彭辉。李彤不能跟彭辉当面谈这个问题，实在难以启齿。他已经想好了，到时候把辞职报告悄悄放在彭辉的办公桌上，尔后默默地离开，否则彭辉会挽留他，彭辉甚至有可能会对他大发雷霆，那样的话，他一定会动摇，他或许就走不了了。

　　回来的当晚，彭辉在楼外楼请客，老魏和李彤都来了。面对李彤时，韩秋有些不好意思。她知道彭辉不会对李彤隐瞒的。李彤发现了这一点，他尽量做出很大度的样子。韩秋就坐在彭辉和李彤中间。韩秋每次给李彤夹菜斟酒，李彤都做出一点儿笑容道谢。李彤又破例多喝了一些，而且他觉得今天的酒劲大，还不到四两就有点晕晕乎乎了。

　　韩秋看到李彤有了醉意，关切地说："李哥，不要再喝了。"

　　李彤苦笑着说："没事，你们回来我高兴。"

　　韩秋又跟彭辉说："李哥不能再喝了，你劝劝他。"

　　彭辉笑了笑："没事，他的酒量我知道，半斤以下没事。"

　　李彤望着韩秋："韩秋，刚才我就跟你说了，不要再叫我李哥，叫我李彤或李工就成。"

　　韩秋不解地："我叫惯了李哥，为啥要改？"

　　李彤一本正经地："叫惯了也得改，不然有点乱。"

　　韩秋依旧不解地："乱？咋乱？"

　　彭辉理解李彤的意思，悄悄对韩秋耳语："他的意思是，你现在是我的人了，从我这儿论，他得管你叫小嫂子。"

　　韩秋的脸顿时红了，先是掐了彭辉一下，然后又掐了李彤一下，并悄悄对李彤说："李哥，到什么时候您都是我的李哥，因为我敬重你。来，李哥，我陪您喝一杯。"

　　李彤跟韩秋碰杯，一口喝干。

　　李彤真的醉了，而且醉得很厉害。彭辉也没少喝，但是没有喝醉。

　　彭辉和韩秋把李彤搀扶到楼上客房，彭辉给李彤选了个小姐，吩咐她一定要要好好伺候李彤，而且还说李彤明天休息，让她明天接着陪李彤。

　　次日，彭辉去了尧淑君家。

　　彭辉每次去尧淑君家都提前打电话，因为他一直不认为尧淑君只有他一个男人，他怕在尧淑君那里遇到别的男人造成尴尬。

每次彭辉来这里，尧淑君都提前把孩子送到母亲那里，因为彭辉说孩子在的话他觉得不自在。彭辉特意在下午打了电话，说要与尧淑君一起吃晚饭，尧淑君说还到家里吃吧。这正合彭辉的心思，外面的饭菜早吃腻了，而且尧淑君家比外面清净。

尧淑君有几样家常菜做得很合彭辉的口味，尧淑君摊的鸡蛋饼彭辉总也吃不够。尧淑君准备的依旧是那几样家常菜，鸡蛋饼现吃现做。尧淑君和彭辉之间早就没了最初的温情或热烈，一般是见了面寒暄几句就坐下吃饭，吃了饭一起看着电视闲聊会天，然后就是洗澡睡觉。做爱也是例行公事，每次他们都尽量往和谐上做，好像谁都不忍心委屈了对方似的。

今天彭辉却显得比往日客气，还破例给尧淑君倒满了一杯酒。起初尧淑君并没有多想，还以为是彭辉许久没来了心里有歉意，几杯酒下肚以后，尧淑君便觉得彭辉话里有话了。

"彭哥。"尧淑君一直这样称呼彭辉，"你好像有什么心事？"

"先喝酒，淑君。"彭辉在跟尧淑君同居以后就这样称呼她。

"有什么事你就直说吧，咱俩又不是一天两天了。"

"淑君，你还不打算找个人结婚吗？你都三十好几啦！"

"人们不是都说'结婚是错误，离婚是觉悟，再婚是执迷不悟'吗？有那一次错误的婚姻我就够了，好不容易觉悟了，我可没有执迷不悟的勇气。而且，我对婚姻早失去信心了，这样过挺好。"

"总这样你太苦了。"

"我不觉得苦。"

"咱俩也不能一辈子都这样呀！"

"我不是跟你说过吗？什么时候你觉得我碍事或是对我没兴趣了，你就言语一声，我不会缠着你的。"

"我知道。可我总觉得你不该再拖下去了。"

"你是不是想跟我分手了？"

彭辉低头不语，先喝了一杯酒，然后点着了一支烟，显然是在有意识地回避尧淑君的目光。

彭辉今天的确是来谈分手问题的，可是他又实在不好开这个口，想了一天也没找到一个能自圆其说的理由。彭辉实在不忍心伤害尧淑君，尧淑君已经够不幸的了。自从和彭辉结识以来，尧淑君一直很敬重彭辉，也从不要求彭辉对她有什么承诺。彭辉认为尧淑君是个明白事理的女人，这也是彭辉能够和她相处这么久的主要缘故。彭辉的确帮了尧淑君，没有彭辉的帮助，尧淑君决不会有今天的成就。其实，彭辉并不觉得欠她什么，即便是有两性关系也是双方情愿的，彭辉甚至觉得在生理方面也是他满足了尧淑君。

"彭哥，你说话呀。"

"对不起淑君，我……我想结束咱们的关系。"

尧淑君并没有流露出过分的惊讶，她似乎早有这个思想准备。尧淑君目不转睛地看着彭辉，苦笑了一下说："我知道早晚会有这一天的，这半年里，你来我这里越来越少，我就知道这一天快到了。"

"淑君，你不要多想，并不是你做错了什么，我只是不想欺骗你。"

"没关系，我这样一个残花败柳，能让你关照了这么多年，我已经感到很知足了。"

彭辉没想到尧淑君这么善解人意，他歉疚地用手拍了拍尧淑君的手，然后从包里拿出一张牡丹卡，放到尧淑君的面前说："淑君，这里面有五万块钱，密码是你的生日。"

尧淑君把那张卡推给彭辉说："你这是干吗？我说过，你并不欠我什么，而是我欠你的。"

彭辉又给她推了回去说："收起来吧淑君，这样我心里能安宁一些。以后有什么困难还可以找我，我会尽力而为的。"

尧淑君没动那张卡，而是语气低沉而又哀怨地说："咱们没了这层关系，我就不会再去找你了，结束了就是结束了。彭哥，虽然你不说，我也知道你的离开是有原因的，女人的直觉告诉我，我该退出了。其实我已经很知足了，这么多年了，那么多女人都没有把我从你身边挤走……请你别打断我好吗？我说了你不要生气，其实我早就在私下调查过你了，我甚至见过在我之后的那几个女人。她们都比我年轻，也都比我漂亮，可是你有了她们之后，并没有完全把我撇开，这说明我在你的心里还是有位置的。彭哥，听我一句，你是该收收心了，并不是每个女人都能像我这样知足，女人大都是无底洞，你永远也填不满。更可怕的是,有些事情你是无法用金钱摆平的,也许你不爱人家,可一旦人家爱上你呢?人家要是不要钱呢?"

彭辉点点头说:"我知道,所以我不想再造孽了。"

这一晚,彭辉留在了尧淑君那里。起初尧淑君不想留他,他却执意留下,他说:"这是最后一个夜晚了,让我好好地陪你一次吧!"

这一晚,彭辉做得很认真,也很努力。

尧淑君流着泪说:"彭哥,你不该这样,这样会让我更想你的。"

彭辉说:"在这最后一个夜晚,我想让你感到我是一个男人,是一个让你得到过满足的男人。"

他们一共做了三次,彭辉实在没了力气才停下来。

次日,尧淑君早早就起来了,她准备好早点,并没有马上叫醒彭辉,而是坐在床边仔细端详着彭辉。彭辉大概是太疲劳了,睡得很香甜,还时不时地嘟囔几句梦话。尧淑君的眼睛里又含上了泪水,她很想趴在彭辉的身上大哭一场,可她还是克制住了。彭辉醒来时已经是九点半了,两人用过早点,彭辉开车把尧淑君送到了商店。

临下车,尧淑君主动拥抱了彭辉,并让彭辉吻她一下。彭辉把尧淑君紧紧搂在怀里,但是他没有吻尧淑君的嘴唇,只是在尧淑君的额头印了个吻。尧淑君刚一下车,彭辉便踩动了油门,他不想过多地停留,他怕自己的心软下来。

彭辉径直去了红霞的美容美发店,他的脑子有些乱,还没想好该如何对红霞说分手的事。

一般情况下,红霞在这个时候已经在店里了,红霞的敬业精神很强。进了店彭辉见红霞不在,便问那个大工红霞去哪儿了。那个大工说红霞还没过来。彭辉又问昨晚是不是下班晚,那个大工便有些支支吾吾了。彭辉发现店里的几个小工也都在躲避他的目光,好像是怕他问什么似的。彭辉感到这里定有蹊跷,于是便不再问了。

红霞的住处离美发店不远,走着也就五分钟,彭辉还是把车开了过去。彭辉此刻突然有了一种不祥的预感,他的第六感觉告诉他,红霞很有可能是

"红杏出墙"了。彭辉把车停在红霞住的楼门口,刚要下车,却见一个似曾相识的中年人急匆匆地从红霞住的楼门里走出来。彭辉一时想不起这个人在哪儿见过,但他断定此人肯定与红霞有关系。彭辉暂时顾不上多想,他要马上见到红霞,他要证实自己的判断。

红霞的确在家,而且还没顾上洗漱和化妆。红霞一接到那个大工的"报警"电话,就赶忙把自己的相好(彭辉在楼门口看到的中年人)打发走了。那个相好是个经营电脑的个体老板,经常到红霞的店里洗头,一来二去就和红霞勾搭上了。彭辉在红霞的店里见过那个人,所以眼熟,只是他一时想不起来了。前两次,都是红霞去那个人的公司幽会,最近红霞见彭辉两、三个星期也不见得来一次,胆子便大了起来,时不时地把那个人约过来。

红霞住四楼,彭辉刚到三楼就猛然想起那个人了,他的脑子轰的一下炸了。彭辉一直不敢保证他的女人都能对他忠贞不二,可是一旦发现有人做了"出格"的事,他还是难以接受。他觉得自己被人耍了,被人愚弄了,他绝对不能容忍这种戴绿帽的事情落到他的头上。

彭辉虽然有房门钥匙,往常来也都是悄悄开门进去,可是今天他懒得拿钥匙开门了。彭辉顾不得邻居看到与否,抬起脚咚咚咚地把门踢了个震天响。红霞哆哆嗦嗦地打开房门,还没等她开口,彭辉就飞起一脚将她踹回到客厅里。红霞知道事情败露了,吓得面如白纸,魂飞魄散,浑身不停地筛糠,一时不知该说什么好。

"你他娘的跟我说实话,跟那个兔崽子多长时间了?"暴怒的彭辉不想绕什么弯子。

"我……我没有……没有做对……对不起你的事。"红霞的脸由刚才的白纸变成了现在的红布。

"啪!啪!啪!"彭辉揪住红霞的头发连续几个耳光,打得红霞跪在地上连连求饶:"别打我了,我说,我说。"

彭辉一松手,红霞便瘫坐在了地上。红霞呜呜呜地哭了一阵,然后说:"老公,我对不起你。"

彭辉咚的一脚踢在了红霞的屁股上,嚷道:"少他娘的管我叫老公!你他娘的不配!你说,我他妈的哪点儿对不起你?哪点儿委屈你了?为什么要背叛我？你他娘的说话呀！"说完，彭辉又揪起红霞的头发扇了几个嘴巴。

"呜……呜……呜……"红霞的哭声更响了，而且哭得上气不接下气。哭了一会儿，红霞突然扑过来抱住彭辉的双腿说："我不活了！我没脸活了！老公你就打死我吧！"

彭辉一动不动，他的心突然一下子软了下来，因为他发现红霞的鼻子和嘴角都在冒血。彭辉这才意识到，这是他有生以来第一次动手打一个女人，而且出手又是如此之重。红霞的五官很端正，属于那种越看越招人喜欢的女子，在彭辉的所有女人中，红霞也是最招彭辉喜欢的。算起来，彭辉带红霞出去的时候最多，每逢别人夸赞红霞可爱，彭辉也颇有几分得意。红霞性格活泼，而且很会撒娇，嘴又特别的甜。彭辉历来不喜欢别人喊他老公，唯独红霞喊他的时候他才答应。彭辉喜欢红霞的孩子气，觉得跟红霞在一起不仅有乐趣，自己还显得年轻了许多。

"你为什么这么做？难道我对你还不够好吗？"

"不不不，你对我好，你对我很好，你要是对我不好，我能忍气吞声跟你这么多年吗？"

"那你干吗背叛我？"

"请你相信我，我的心没有背叛你，你在我的心里永远是第一位的。正因为我真心爱你，我才一直没有离开你呀！在我之前，你已经有了两个女人，这两个女人你都不忍抛弃，我忍了，因为我没有理由跟她们争呀！我伤心的是你在我后面又有了女人，而且还不只一个！先是那个主持人，我忍了，我劝自己说，想开些吧，他并没有因为那个女人而冷落你。可是，自从你被楼外楼那个服务员迷住了以后，你就变了。你自己掰着手指头算算，这几个月你在我这里住过几次？四个多月了啊！你才跟我在一起两次！有一次还借口身体不舒服没跟我做。老公啊，我是个生理正常的女人，又是个非常非常爱你的女人，你能理解我的苦衷吗？起初我还欺骗自己说，他是爱你的，只要他还爱你，你就原谅他吧！老公啊，直到一个月前我才醒悟过来，其实你根本就不爱我，否则你就不会在我病的时候，该干什么还干什么，你不会两个星期都不露一面……"

"别说了！"彭辉听不下去了。

"不,我要说,我说出来,你就是杀了我,我也没怨言。那个小服务员住院的时候,你天天都往医院跑,又是送饭又是送花的,我这才晓得,原来你知道怎么爱一个人!我偷偷地去医院看过那个服务员,她长得并不比我好看,别人也都说她长得没我可爱,可你却对她那么好,那么的关爱。以前,你出差去沧州都乐意带我去,可这次呢?你不仅不带我去,连见面告个别都没有时间。老公,你是真的抽不出时间吗……你别打断我,你敢说你没有带别人去吗?你不在的这几天,那个服务员也请了假,怎么就那么巧呢?老公啊,你对我太不公平了!对我太吝啬了!你知道我有多么的爱你吗?你自己想想,我有多少个春节没回过家了?难道我真的只是为了赚钱吗?不是的,我是舍不得离开你呀!"

"求求你别说了!"彭辉瘫坐在沙发里,用双手捂住自己的脸,他感到自己的眼眶发酸了。

"不,我要说。老公啊,我的心真的没有背叛你,你现在就是让我为你去死我都没二话!我是不久前才跟他在一起的,我不是背叛你,而是想报复你,我觉得自己太委屈了,我为自己付出的爱感到委屈和不公,于是我决定报复你的无情和冷漠。你知道吗老公?我得不到你,我也不愿让别人得到你呀!就在你最后和我在一起的那个晚上,我差点儿没把你杀死,当时你睡得正香,我几次把切菜刀对准了你的脖子,可我始终下不去手!后来我就决定采取另一种方式,我选中了一个爱我的人,是我主动把身子给他的。我求你不要报复那个人,他没有错,是我主动勾引他的。其实我根本不爱他,他没有一点值得我喜欢的地方,他连你的一个犄角都赶不上。我委身他的前提条件只有一个:有朝一日你知道的时候,让他在你面前给我做个证,我跟他睡觉仅仅是为了满足我的性欲,为了报复你,我不要他一分钱。"

"别说了红霞,我求求你不要再说了!"彭辉走过去,把红霞抱起来,紧紧地搂在了怀里,他的话不无愧疚,"红霞,是我的错,是我以前低看了你。我一直错误地以为,女人跟我在一起都是因为我有钱,没有人能真正爱我这个人。对不起红霞,我仅仅是有些喜欢你,我的确不爱你,因为我的内心深处,早就把我的爱封闭了。我承认我的心思都用在了那个服务员身上,对了,她叫韩秋,我已经跟她睡过觉了。但是我不知道我是不是真的爱上了她,起码现在我还不能说那是爱，以后也说不好，因为我的爱早就让另外一个人带走了。"

"老公啊，我求求你千万千万不要再害人啦！既然你不爱她，就不该和她睡觉。我问你，你为她想过没有？假如她也像我一样爱上你怎么办？你究竟还想害多少无辜的女人啊？"

"她是最后一个了，真的是最后一个。我倒是真希望自己能爱上她，如果我要是真的爱了，我也就不会再坑害人了。"

半个小时以后，彭辉和红霞上了宝马车。在车上，红霞对彭辉提出了最后一个要求，让彭辉跟她照一张婚纱照。彭辉不仅答应了红霞，还给红霞买了一条价值两万八千元的钻戒。拍照前，彭辉亲自把钻戒戴在红霞手上。

彭辉提出陪红霞吃一顿饭，红霞谢绝了。红霞说"算了吧，你还是忙你的事情去吧。"红霞早就发现彭辉在偷偷看表，彭辉焦灼的神态越来越明显，红霞知道有人在等着他。彭辉把红霞送到了美容美发中心，红霞没让彭辉下车。

红霞说："你就别下车了，以后也不要再来了，你的自尊心那么强，肯定不愿意再面对这里的人。再见了老公，这是我最后一次这样叫你。"

彭辉点点头，冲红霞苦笑了一下。红霞也是苦苦一笑，两颗晶莹的泪珠滚出眼眶。彭辉说："别伤心了，你没有做错什么。"

红霞一把搂住彭辉，在彭辉的脸上深深地吻了一下，然后下了车。

彭辉的车走出很远，红霞依旧在那里木讷地站着。

彭辉原定中午在楼外楼吃午饭，现在已经是两点多了，那里已经下班了。彭辉想，韩秋肯定在等着他，吃不吃的都应该过去一趟。快到楼外楼的时候，彭辉突然又改变了主意，他觉得还是应该先去见方晓瑛，因为他答应过韩秋，一定在三天之内把以前的事情全部了断。今天已经是第三天了，他不能对韩秋食言，否则他见到韩秋会心虚的。

彭辉约方晓瑛在一家麦当劳见面，在等方晓瑛的时候，彭辉自己先要了一个麦香鱼、一份小薯条和一杯可乐。彭辉渴了也饿了，三下五除二就进了肚。彭辉正用餐巾纸擦着嘴，方晓瑛来了。彭辉问她要点什么，她说我吃过了，就喝个可乐吧。

"这么急着找我，有什么事吗？"方晓瑛接过彭辉拿来的可乐，不紧不慢地喝了起来。

"咱们有多少日子没见了？"彭辉知道方晓瑛是最聪明的，所以他得找个合适的理由进入主题。

"你说呢？"方晓瑛的语气里略微含着怪怨。

"差不多有二十天了吧？"彭辉轻轻敲着桌子。

"我给你数着呢，二十五天了。我想，你不会忙得连看我一眼的时间都没有吧？"方晓瑛用手里的报纸扇着，这里的暖风给得早了点。

"小方，"彭辉一直这样称呼方晓瑛，"真对不起，我……"

"彭哥，"方晓瑛文雅又得体地微微一笑，微笑里带着些许苦涩和无奈，"其实我能猜到其中的原因。咱们认识不是一天两天了，我的脾气你知道，我不喜欢拐弯抹角。"

"我知道，我知道。"彭辉的表情有些尴尬。

"跟我说实话吧，是不是又找到新欢了？"

"新欢不新欢的先放在一边儿，我今天约你来，就是想告诉你，我不想再耽误你了。"彭辉不想再绕弯子了。

"你耽误我什么了？你什么也没耽误我呀！"方晓瑛不阴不阳地自嘲，"我在你眼里算个什么？连个小妾都算不上吧？"

"我知道你有怨气，我……"

"我也只有发发怨气的资格！"

"所以我……"

"所以你想对我说，你该离开我了，离开我你就好了，离开我你就有自由了，对不对？"

彭辉用惊讶的目光看着方晓瑛，他不明白方晓瑛怎么会知道他准备要说这些话。彭辉一直认为方晓瑛是他的女人中最聪明的一个，这当然是方晓瑛上过大学的缘故，但方晓瑛再聪明也不至于先知先觉呀！彭辉望着窗外，不知道下面的话该怎么说了。

"亲爱的，"方晓瑛一向这样称呼彭辉，但此时却是讽刺的语气，"您不必这么挖空心思地想，多累呀！不就是想赶我走吗？有什么不好开口的？其实你也清楚，无论我在夜总会还是在保险公司，我接触的男人，绝大多数都是您这样的有钱人。唉，我太了解你们这些有钱人了，你们恨不得把天下所有的女人都据为己有，可是，当你们感到自身有什么危机的时候，或是你们感到包袱太重、太累心的时候，或是你们把她们玩腻了又怕砸在自己手里的时候，你们就会冠冕堂皇地对她们说，'我不能那么自私，为了你的幸福，你还是离开我吧。'其实，我早就看出你对我没什么兴趣了，你也早就想跟我说这样的话了，只是你一直不好意思开口罢了。你这么长时间不跟我在一起，不就是想逼着我先说出来吗？因为没有哪个女人能够忍受这样长时间的冷落。放心吧，亲爱的，我不会为难你，毕竟有那么一段时间，你对我还是蛮热情的，你不仅给我找了一份高收入的工作，还让我一开始就有了不错的业绩。真的，我说的是心里话。"

"小方，谢谢你的坦率和大度，你的坦率让我减少了许多尴尬。既然你这么明理，我也就不多说什么了，以后就让我们做个好朋友吧，我会珍惜咱们之间的情分。"

"其实我一直认为咱们就是一般的好朋友，你从来就没把我看成是你的情人或二奶三奶什么的，情人都是彼此相爱的，二奶三奶是需要呵护的，可是你并不爱我，更谈不上呵护我。所以我一直很理智，不怕你不高兴，其实我对你只有敬重，从来没有爱过你，我也不敢爱你，我怕自己受伤害。"

"好了，不说这些了，说说你的要求吧？"

"没有，你并不欠我什么。如果说我有什么请求，也是很简单的，只要你把那些保单继续让我做下去，我就十分满足了。说句实在话，你现在主动提出跟我分手，我得感激你才是，因为眼下正好有个条件不错的人在追求我，倘若咱们的关系不结束，我还无法答复人家。"

"你应该早点儿告诉我，我能够理解的。"

"我知道你能理解，但以前我没考虑成家的问题。现在我想通了，不能再瞎混了，还是找个人结婚过日子踏实。"

"这张牡丹卡里有五万块钱，算是我提前给你凑的份子钱吧。"彭辉把卡递了过去。

"那就谢谢啦！说实在的，我没想到还能得到你的恩赐，因为你以前没这么大方过！"方晓瑛苦笑着接了过去。

"请原谅我，我没有别的补偿办法。"彭辉的表情很诚恳。

"见外了，亲爱的，你能这样为我考虑，我也没什么遗憾了。现在的社会，就是金钱主宰一切，金钱虽然是许许多多的罪恶之源，但是它有时候的确可以弥补人生的某些遗憾。谁跟钱都没仇，离了钱谁也活不成。我再说句心里话，你是个不错的男人，你身上许多东西是令女人着迷的，只可惜你太有钱了，男人有了钱一准儿变坏。如果你不是太有钱，我一定会想尽一切办法，甚至会不择手段追求你的。可是我的理智一直在告诫我，跟你保持距离，感情上千万别太投入。我是怕我一旦陷进去，就再也不能自拔了。所以我也请你原谅，我对你投入的感情并不是真实的。我的确多次说过我爱你，总叫你亲爱的，那样说是在试探你，或者说是想讨你高兴。"

结束了，彭辉原本以为方晓瑛最难对付，却没想到竟然这样心平气和地结束了。彭辉觉得方晓瑛给他上了一课，也说明他以前并不了解方晓瑛。彭辉有一种很后怕的感觉，因为方晓瑛并不像他想象的那么简单。

彭辉很想一个人静一静，于是他把车开到京密引水渠边上。

下了车，彭辉找了块树荫坐下，然后点了支烟。夕阳穿过垂柳的缝隙把支离破碎的光晕撒在清澈的河面上，河水变成了橘红色，像红鲤鱼的鳞。几个无视禁令的年轻人在河里游泳，其中还有一个穿天蓝色三点泳装的女子。凭直觉，彭辉感到那女子一定是个风流美人，只可惜她的泳姿不美。几个男青年围在那个女子四周，既像是在保护着她，又像是在争讨她的欢心。

兵不血刃地打发了三个女人，按说彭辉应该轻松了，可是彭辉的心情不仅没有丝毫的放松和释然，反而觉得更沉重更压抑了。尧淑君、红霞和方晓瑛的影子总在彭辉的脑海里交替出现，她们你一言我一语地敲击着彭辉的耳膜。她们以前跟他可没这么多话，更不会讲那么多道理，她们都像个绵羊似的依偎着他，俯首帖耳、逆来顺受。怎么突然间都变了呢？彭辉历来不喜欢女人夸夸其谈，也不愿听女人讲什么大道理，他觉得那样的女人缺少女人味。女人就该像小芳那样清心寡欲，就该像韩秋那样轻声细语，女人就应该以弱者的形象出现。男人的责任就是以自己的强悍和力量,让女人感到幸福和安全,男人的义务就是给她们阳光和雨露,让她们灿烂,让她们滋润。

彭辉想,自己在精神和物质方面给予尧淑君、红霞和方晓瑛都不算少,可她们怎么一点也不知足呢?当年的小芳哪怕只得到她们的一小部分,肯定会十分的满足。他才给了韩秋那么一点点儿,韩秋就觉得欠了他天大的情,就心甘情愿地以身相许。比起小芳和韩秋,她们的欲望是不是太高了呢?女人,女人真是猜不透的谜,还是离她们远一点儿的好。

彭辉庆幸自己现在有了韩秋,如果没有韩秋,恐怕他依旧下不了摆脱她们的决心。

当晚,彭辉再次叮嘱李彤抓紧给韩秋和小慧租房子。

第二天房子就找好了,在公司后面的小区里,两室一厅精装修,每月租金一千六。李彤安排公司几名工人认真做了大扫除,置办了家具、电器和其他生活用品。一切安排就绪以后,彭辉便向楼外楼的梁老板摊牌了。

梁老板知道韩秋和小慧迟早得走,因为她们俩是他无法左右的。铁打的营盘流水的兵,有姿色的女子早晚都得被有钱人挖走。梁老板很会做人,不仅痛快答应放人,还特意在酒楼设宴为韩秋和小慧饯行。尔后,梁老板又亲自吩咐谢伟亮给韩秋和小慧多发两个月的工资,梁老板这样做,就是想让彭辉领他这个人情,即便韩秋和小慧不在楼外楼了,彭辉也不好意思去别的地方消费。商人,永远都不会做赔本的买卖。

彭辉对梁老板说:"放心吧梁老板,她们姐俩就是不在这里,这里依然是我的根据地,我还会常来的。"

对于韩秋的离去,谢伟亮自然耿耿于怀,在韩秋向他道别的时候,他对韩秋挖苦道:"恭喜你呀,韩秋,你终于攀上高枝啦!唉,我真不理解,你到底图他什么呢?就图他的钱吗?我问你,你知道你在人家那里排老几吗?恐怕连老五都排不上吧?哼,我把话先放着,早晚有你后悔的那一天!"

韩秋没有理睬谢伟亮,她觉得没必要对谢伟亮解释什么。韩秋始终看不上谢伟亮的公子哥做派,跟彭辉比起来,谢伟亮明差着不是一两个档次。韩秋没有把谢伟亮的这番话告诉彭辉，彭辉要是知道了肯定饶不了谢伟亮。韩秋连小慧也没有告诉，她怕小慧在彭辉面前多嘴。韩秋年龄不大，却很能忍耐，大概是家境贫寒使然吧。

小慧的工作由老魏安排，文化活动中心即将投入使用，那里正在招聘工作人员，给小慧安排个清闲的位置并不难。崔副局长原本是想把小慧养起来，彭辉劝他说您最好别给自己找那个麻烦，那样您用着是方便，可您能一天到晚陪着她吗？女人不能闲着，闲着就容易生事。崔副局长在这方面很信服彭辉，因为彭辉征服女人的手段的确比他高明。

其实彭辉并没有什么绝招，他与别人的不同之处就在于他对女人拿得起放得下，当然他的那些女人不包括以前的小芳和现在的韩秋。在彭辉眼里，只有小芳和韩秋才是他真心喜爱的女人。

第九章 金丝鸟的幸福生活

彭辉的办公室宽敞气派，足有五十平方米。室内装修相当讲究，用的全是最时尚的装饰材料。彭辉很注意自己公司的形象，这间办公室的装修加办公设备花了将近三十万。韩秋觉得这里就像电影里的市长办公室，她不明白彭辉为什么要把办公室搞得这么富丽堂皇，这间办公室比他们一家四口住的房子还要大，实在是太浪费了。

双开自由门的左侧是彭辉的办公区，布置得很有几分书香气：有一个高档的老板台和一个很讲究的老板椅，后面墙上是一幅巨幅山水画，据说是彭辉特意请一位知名老画家去嵩山画的，因为身为河南人的彭辉，总以举世闻名的少林寺为自豪。右侧是明亮的落地窗，窗帘是墨绿金丝绒的，里面还有一层带百合花图案的白纱帘。左侧是一溜红木书柜，里面装满了各式各样的精装书，彭辉有个嗜好，就是喜欢买书，但是他又很少看，一是他实在没时间，二是他觉得那些书根本看不进去，因此它们只是用来装门面的。

双开自由门的右侧是会客区，也布置得比较雅致。靠墙有个仿古雕花（也是百合图案）衣架，金黄色的挂衣钩十分夺目。两大四小两组真皮沙发，被四个精致红木茶几隔开。每个茶几上都有花瓶，上面都插着白色的百合花，而且是每天都要换的鲜花，由马路对面那家花店按时送来。在韩秋到来之前，一直有个河南民工的家属为彭辉打扫办公室，彭辉要求她每天都要给那些百合花喷几次水，决不能让他看到打蔫的百合花。

后来彭辉告诉了韩秋，他之所以酷爱百合花，就是因为小芳喜爱，小芳最喜欢绣的花就是百合花。当年，彭辉也一直把小芳比喻成百合花，还为小芳写过一首关于百合花的诗。韩秋听后不仅不生气，反而很欣慰，因为她觉得彭辉是个有情有义的人，何况她也非常喜欢百合花。韩秋觉得这就是缘分，她愿意彭辉把她当做小芳。

韩秋的办公室李彤早已安排好了，就在这间大办公室的隔壁。韩秋的职务是总经理助理，名片、呼机和手机也都配齐了，彭辉特意为韩秋开了一个简短的欢迎会。李彤用一种失落的语气告诉韩秋，他来的时候都没有享受这样的待遇。韩秋很感激彭辉和李彤为她所做的一切，尤其是李彤，为她和小慧忙了好几天，着实让她感到过意不去。

到彭辉的公司上班，韩秋是有顾虑的，因为她既不会写也不会算，她怕自己帮不上忙，反而给彭辉添麻烦。

彭辉鼓励她说："谁也不是生下来就什么都会，我以前也不懂装修，还不是后来慢慢学的。"

韩秋只好说："那我就试着干吧，我要是真的干不来，你就给我找个别的事做。"

彭辉笑着说："接电话会吧？收拾房间会吧？照顾我的生活会吧？只要你把这几样干好了，就不是吃闲饭。再者说啦，你还得上电脑班呢，你要是到别的地方，哪有充足的时间学？"

韩秋到了公司以后，原先的勤杂工就没什么活儿了，因为韩秋勤快，很多杂活她都干了。彭辉只好把那个勤杂工安排到厨房帮厨去了，彭辉对河南老乡一向比较照顾，能用的尽量用。韩秋也很细心，不仅彭辉的办公室她收拾得齐齐整整、干干净净，李彤等人的办公室也一样仔细打扫，就连洗手间都一尘不染了。彭辉一进办公室，就可以喝到韩秋提前泡好的茶，一到饭点，韩秋就把饭菜给他端到了茶几上，出门该带的东西一样不少地给他准备好，从外面回来，毛巾、洗脸水已经给他预备下了。彭辉有吃夜宵的习惯，大都是在公司吃了再走。韩秋做的鸡蛋面，跟小芳做的一模一样，而且也跟小芳那样，加一些青菜，出了锅再点上几滴香油，彭辉百吃不厌。每次一吃鸡蛋面彭辉就会想起小芳，就会回到青少年时代。

彭辉说："宝贝儿，我够腐化的了，你就别这么惯着我啦。"

韩秋说："瞧你说的，我不过是干了点儿力所能及的，你整天那么忙，我看着心疼。"

不仅彭辉享受着韩秋无微不至的关照，李彤也跟着沾了光，每次的夜宵都有李彤一份。自从韩秋来了，李彤就再也不用自己洗衣服了，经常是衣服还干干净净的，韩秋就逼着李彤脱下来，韩秋经常对彭辉和李彤说，衣服可不能等脏了再洗，那样就洗不出来了。每逢韩秋说这样的话，彭辉心里都会热乎乎的，因为小芳当年就是这么说的。

　　李彤被韩秋的勤快善良和通情达理感动了，虽然他很妒忌彭辉，但他对韩秋却一点也怨不起来。几次想把辞职书放到彭辉的办公桌上走人，却又始终下不了决心。他舍不得离开这里，主要是因为这里有韩秋，只要韩秋在他的视线里，他就觉得充实和亢奋。李彤也时常暗暗骂自己没出息，骂自己不道德，甚至扇过自己的耳光。好在彭辉并没有在公司公开他和韩秋的关系，只要有第三者在场，彭辉从不跟韩秋有亲昵的动作，即便是当着李彤，彭辉和韩秋也都很注意。彭辉跟韩秋说过："李彤毕竟是独自一人，咱们要是太亲密了，会刺激李彤的。"正是因为没有受到什么刺激，李彤才决定暂时留下来，他知道自己的翅膀还没长硬，还不具备单飞的能力。

　　头一次发工资，彭辉让会计给韩秋开了一千五，彭辉私下又给了韩秋一千元的红包。韩秋觉得太多了，不肯要那个红包。彭辉笑着说："明着我不能多给你做工资，那样的话，别人心里该不平衡了。红包里的钱谁也不知道，你就放心拿着花吧，算是我给你的零花钱。"

　　其实，能拿一千五韩秋就已经很知足了，不就干了点儿杂活吗？而且自己每周还有三个半天去电脑班上课。

　　开工资是韩秋自己提出来的，韩秋说这样做对她既是个约束，也好遮人的耳目，因为韩秋不想让公司的人知道她和彭辉的特殊关系。公司的人即便有所感觉也没人敢胡乱猜疑和议论，大家都管韩秋叫韩助理。韩秋谦虚随和，并不因跟彭辉的关系搞什么特殊，所以很快就有了人缘。能够整天见到彭辉，韩秋的心情很愉快也很踏实。学会打字以后，韩秋就不去电脑班了，电脑班只负责教人入门，后面就不认真教了。李彤是个电脑通，岂能守着金碗要饭吃，有什么不懂的问李彤就可以了，韩秋不愿意浪费钱。韩秋每分钟可以打八十个字的时候，彭辉就把原来的打字员辞掉了。彭辉也不跟人家讲明原因，只是冷冰冰说了一句话："你到财务室结账去吧。"韩秋心里有些不安，觉得是自己砸了人家的饭碗。

韩秋把打字员送到大门口，打字员对她说："彭总是个好老板，他最大的优点就是尊重女同志，你就放心在这里干吧。"

回到办公室，韩秋半开玩笑地对彭辉说："真怪，你把人家开除了，人家居然还夸你是个好老板。"

彭辉笑问："夸我什么？"

韩秋调皮地说："夸你不近女色。"

彭辉笑出了声："哈哈哈，我不近女色？她可真会抬举人，实话说吧，我不过是兔子不吃窝边草罢了。她也不想想，我要是不近女色，怎么会把你留在我的身边呢？"

韩秋红着脸笑了，办公室只有她和彭辉的时候，她才敢无拘无束。

彭辉微笑着端详韩秋，觉得韩秋是上帝给他派来的善良天使，好像他也曾经这样说过小芳。有了小芳，他才有勇气和信心度过了那十年的艰难岁月，现在有了韩秋，他决定不再挥霍自己的人生，他要开始新的生活，正常人的生活。他向韩秋保证了，从今以后决不再招惹别的女人。彭辉是说话算话的人，即便有应酬，他也不再像以前那样了。

这天晚上，彭辉跟韩秋说了件事，把韩秋肚子都笑疼了。

前些日子，彭辉陪另外一拨甲方到以前常去的一家娱乐城潇洒，那里的妈咪跟彭辉很熟，她见彭辉不再要小姐出台，便问怎么回事。彭辉骗她说："不是不想带小姐走，而是自己那方面不行了，天天吃补药都不管事。"妈咪信以为真，并很同情地说："彭哥这么好的人咋就不成了呢？彭哥别灰心，我认识个老中医，看这个病一门灵，回头我让他给您开几副药，保您药到病除。"彭辉说："那就先谢了，要是真能治好我的病，我以后天天来。"那以后，彭辉就再也没去过那里。

韩秋相信彭辉，彭辉说再也不放纵自己了，就一定能做到。

虽然每天都很开心，但是彭辉也有苦恼，那就是不知该如何对韩秋说明自己早已离婚的事情。他怕韩秋怪他欺骗，毕竟以前对韩秋做了隐瞒。之所以还不敢明说，彭辉还有着另外一层顾虑，那就是他担心韩秋的父母肯定不会同意让韩秋嫁给他，因为年龄太悬殊，彭辉跟韩秋父母的年龄差不多。万一韩秋不能嫁给他，他就把离婚的事情一直瞒下去。

崔副局长给彭辉介绍的工程开工了，开工这阵子最忙，彭辉有时后半夜才回到韩秋这里。韩秋见彭辉瘦了，便给彭辉选购了一些营养品，还隔三岔五地从集市买来甲鱼和乌鸡给彭辉炖着吃。崔副局长要是跟彭辉一起回来，也都是韩秋起来给做夜宵。小慧是个懒鬼，睡下就不想再起来。崔副局长常对小慧说："你还是姐姐呢，怎么也不体谅体谅一下韩秋？你看人家韩秋多勤快，将来一定是个贤妻良母。"彭辉也越来越有体会，他觉得韩秋简直就是小芳再现，他的前妻要是能赶上韩秋的十分之一，他都不会离婚的。在彭辉眼里，前妻是最愚蠢的女人，但凡能对彭辉体贴一些，彭辉都不会抛弃她，因为彭辉是个宽容的人，而且心肠还是比较软的。

这晚，彭辉和崔副局长回来的时候，已经过了凌晨两点，彭辉不忍心惊动韩秋，自己悄悄到厨房下挂面去了。韩秋还是醒了，赶忙穿衣去了厨房。韩秋给他们拍了两条黄瓜，又给他们煎了几个鸡蛋。

"怎么又这么晚？"韩秋坐在一旁，看着彭辉吃喝。

"白天货车不能进市区，只能晚上进料。"彭辉一脸疲态地说。

其实，工地进料根本用不着彭辉到场，有李彤盯着就行了。彭辉只是象征性地转了一圈，八点多就上楼外楼找崔副局长去了。小慧整天念叨钱，崔副局长有些厌烦，加之他对小慧原本就不是十分满意，几天的新鲜劲过去后，便又开始往楼外楼跑了。崔副局长和有些官员一样，就好这一口儿，恨不得天天待在夜总会或洗浴中心。也难怪，像崔副局长这个年龄段的人，老婆大都风韵不再，有的甚至没了性欲，怎经得住那些鲜嫩野花的诱惑呢。

崔副局长早年间也曾踌躇满志过，他有名牌大学的文凭，文笔口才俱佳，又一向谨慎勤奋，按说他应该有个更好的前程。无奈朝中无人难升官，在副局的位置上一坐就是六年。即便明年被扶了正，也到了头，四十四的年龄在区级的局长位置上已经不年轻了。政治上没了希望，生活上再不享受，岂不太冤了，崔副局长才不那么死心眼呢。早在认识彭辉之前，崔副局长就利用自己的工作职务之便经常到娱乐场所消遣，当然都是别人替他买单。那时崔副局长还比较收敛，基本上是打一枪换一个地方，也不敢像别人那样固定一两个相好的。现在有了彭辉这个靠得住的朋友，他的胆子明显大多了。

小慧是崔副局长第一个固定的小蜜，这里虽有彭辉的因素，但还得说小慧有手段。首先，小慧并没有让崔副局长顺利上手，愣让崔副局长着急上火地等了三个多月，以此赢得了崔副局长的好感。其次，小慧那时从不明着要钱，还经常拒绝（象征性地）接受小费，所以在崔副局长眼里，小慧要比夜总会的那些小姐纯多了。再者，小慧特会演戏，她的泪水说流就流，崔副局长要是隔一两天不来，见了面她保准眼泪汪汪的，崔副局长也就以为小慧对他是真心了。崔副局长在这方面不是很挑剔，只要能哄他乐呵，他就满足。男人大都是这样，只要觉得女人在意他，就舍得为她付出。

小慧成了"家花"以后，崔副局长便又开始留恋外面的"野花"了。听说楼外楼又招了一批新小姐，崔副局长便按捺不住了，这几天，总拉着老魏往楼外楼跑。他们在楼外楼不用买单，小费也可以签单，因为彭辉在那里押着支票。崔副局长对彭辉说："这个工程你不用给我回扣，咱们就把它当作娱乐费吧。"崔副局长现在不缺钱，加之现在形势这么紧，钱拿多了早晚得出事。这是崔副局长最大的优点——不贪。

"又这么晚？你们肯定没干好事！"小慧从被卧里探出脑袋对脱外衣的崔副局长说。

"彭老板请甲方，我是中间人自然得作陪了。"崔副局长嘻嘻一笑。

"瞧你美的，肯定找小姐了！"小慧的嘴唇噘得很夸张。

"小姐是找了，可绝对没干坏事。有你表姐在那里，我就是有那个贼心也没那个贼胆儿呀！"崔副局长开始脱内衣。

"过来！"小慧把崔副局长揪过去，用鼻子在崔副局长的脸上、脖子上闻了起来。

"别急呀宝贝儿。"崔副局长以为小慧动了情。

"去！洗干净了再进我被窝儿！"小慧闻到了香水味。

"下午我才蒸的桑拿。"崔副局长几乎每天都要蒸一次，因为他发觉自己脸上的皱纹又多了几道，据说常蒸桑拿可以滋润皮肤。

"蒸了就更得洗了！那种地方干净得了吗？"小慧态度坚决，不容置疑地大声说。

崔副局长的精力原本就很旺盛，再加上彭辉送的补酒补药很有作用，性欲很强的小慧都有些招架不住。小慧说崔副局长根本就不像四十几岁的人，倒像个年轻力壮的小伙子。崔副局长还特别喜欢问小慧这样的问题："说说，我比你以前的男朋友如何？""我的高招儿是不是挺多的？""姜还是老的辣吧？"小慧说他坏，说他老不正经，说他是伪君子，还说他看上去道貌岸然，实际上满肚子男盗女娼。崔副局长不仅不生气，反而振振有辞道："男人不坏女人不爱，男人有没有本事就体现在床上。"

　　小慧不可能拒绝崔副局长的要求，而且还要拿出百分之二百的精力应付崔副局长，如果这方面让崔副局长失望了，她肯定会失去这条大鱼。

　　看到彭辉和崔副局长频繁出入楼外楼夜总会和桑拿洗浴中心，谢伟亮心里更加忿忿不平，他觉得彭辉和崔副局长都在玩弄韩秋和小慧的感情。谢伟亮经常在孟雅萱面前煽风点火，目的是想通过孟雅萱的嘴把彭辉和崔副局长在这里的勾当传给韩秋和小慧。但是孟雅萱不是好事之人，不仅斥责了谢伟亮，还警告谢伟亮说："你要是再多嘴多舌，我就告诉你表哥。"

　　谢伟亮一直认为，如果不是彭辉半路杀出，韩秋肯定是他的，所以他始终对彭辉充满着敌意。若不是考虑到自己目前的处境和表哥的生意，谢伟亮决不会克制到现在，一定会与彭辉拼个你死我活的。东北人都有点儿亡命徒精神，谢伟亮也是个不怕事的主，只是他现在负债在逃，寄人篱下，不能为赌一时之气失去表哥这个保护伞。谢伟亮很清楚，表哥是个地地道道的生意人，自己要是真跟彭辉叫起板来，表哥为了自身的利益未必站在他这一边。上次偷鸡不成反蚀把米就是个教训，为捞那几个朋友他还把仅有的一点儿积蓄搭了进去。梁老板曾问过谢伟亮是不是他整的事儿，他始终没敢承认。

　　都说君子报仇十年不晚，谢伟亮却没那个耐心。谢伟亮冥思苦想了几日，终于想出了一个报复的办法。谢伟亮从孟雅萱那里打听到小慧和韩秋住处的电话，决定在彭辉和崔副局长来夜总会的时候，直接向韩秋和小慧通风报信。

　　这些日子崔副局长和楼外楼的一个重庆小姐打得火热，还总带着那个小姐在酒店吃饭。彭辉虽然没有固定的小姐，为了应酬也常有小姐陪着。这天晚上，谢伟亮见彭辉和崔副局长用餐之后又去了夜总会，便趁人不注意的时候拨通了韩秋住处的电话。

"喂，找谁？"小慧总是抢着接电话。

"是我，谢伟亮。"谢伟亮的声音压得很低。

"是你？有啥事？"小慧感到有些意外。

"挺想你的，打个电话不行吗？"谢伟亮笑着说。

"少他妈跟我废话！姑奶奶不想搭理你！"小慧的声音异常冷漠。

"别介意呀，一日夫妻还百日恩呢，何况咱俩曾爱得死去活……"

"恩你妈个草！爱你爹个鸟！你要再跟我提以前的事，我……"

"好好好，我不提了还不行吗？我给你打电话是想给你提个醒，别太相信某些人，人家未必真心喜欢你。"

"那是我自己的事，用不着你咸吃萝卜淡操心！"

"哼，你和韩秋都够傻的，你们在家傻老婆等汉子，人家在这里搂着小姐寻欢作乐，你们冤不冤呀？"

"你胡说！"

"不信你们过来看看呀！哎哟哟，一人一个重庆小姐，那两个小姐还就是比你们漂亮。不过你们可别说是我告诉你们的，我是实在看不下去，才给你们打这个电话的。"

"你少挑拨离间，没人信你的鬼话！"

"信不信由你，反正我告诉你了，你自己掂量着办吧。好了，你表姐过来了，我得挂电话了。"

小慧挂断电话后坐在床边发呆，她并不怀疑谢伟亮的话，她也知道崔副局长在外面决不会老老实实的。小慧生气的是崔副局长不该在楼外楼泡小姐，因为那里的人都知道她和崔副局长的关系，而且她表姐和谢伟亮又在那里，这也太让她没面子了。

"别看了，咱俩去趟楼外楼！"小慧夺下韩秋手里的电脑书。

"这么晚了去那里干吗？"韩秋并没有留意刚才的电话。

"他们可真够气人的，居然跑到楼外楼泡小姐去了！"

"谁告诉你的？"

"我刚才接电话你没听见呀？"

"我没注意。"

"是谢伟亮那个王八羔子打来的电话，这下他可有风凉话说啦！"

"你甭信他的话，他是故意挑事。"

"你要不去，我自己去！"

"我劝你最好别去，在那里闹起来多不好呀。"

"我不闹，我才不会让谢伟亮看笑话呢！我去了就往包间里一坐，我就不信他们还好意思留在那里！"

"就你那爆脾气，去了就不是你了。依我看，你还是给崔哥打个电话，他们要是真在那儿，让他们回来就是了。"

"你就一点也不生气？"

"生什么气？"

"你就允许彭哥在外面拈花惹草？"

"彭哥跟我说了，他是为了应酬，他也不想那样，可又没办法。"

"那是借口，我才不信他们的鬼话呢。哼，男人都这德行，吃着碗里还他妈看着锅里的！"

韩秋又开始看书了，她不想跟小慧理论，因为她相信彭辉。小慧见韩秋不理她，气哼哼地回了自己房间。小慧换好衣服又脱下了，其实她也不好意思去楼外楼。小慧再次来到韩秋的房间，又是跺脚又是拍桌子，嘴里不干不净地数落崔副局长，自然也把彭辉捎带上了。韩秋被小慧叨叨烦了，因为她不愿听到有人贬毁彭辉，包括小慧在内。于是她烦躁地对小慧说："你快睡觉去吧，有什么话等崔哥过来再说。"

小慧懊丧地说："他现在一到晚上就关手机，我根本和他联系不上。还是你给彭哥打吧，你让彭哥转告他，就说我病了。"

韩秋摇摇头说："要打你自己打，我再也不帮你骗人了，上次彭哥就把我说了一顿。你还是想想那个《狼来了》的故事吧，你这样动不动就装病，回头真有了病，可就没人管你了。"

小慧有些生气了，瞪了韩秋一眼说："重色轻友！哼，现在你的心里只有彭哥，哪还有我这个姐姐呀！唉，还是我给彭哥打吧。"

韩秋微微红了脸，笑了笑没再说话。

零点左右，彭辉和崔副局长回来了。

韩秋放下书要去厨房做夜宵，彭辉把她拦住了。彭辉说晚饭吃得晚，一点儿也不饿。韩秋没有把谢伟亮给小慧打电话的事情告诉彭辉，她怕彭辉知道了去找谢伟亮算账。韩秋心疼彭辉，她希望彭辉来了就轻轻松松地休息。

躺下以后，小慧房间传来争吵声。彭辉皱着眉头说："现在小慧越来越事儿妈了，刚才在电话里就跟崔局吵了半天。其实崔局对她已算不错了，挂了电话就赶紧回来了。"

韩秋说："我听见她给你打电话了，她本来是让我打的，可我怕你不高兴没敢打。"

彭辉轻抚着韩秋的脸蛋问："你是不是也生气了？"

韩秋摇摇头说："没有，我真的没生气，你又没瞒着我。"

彭辉把韩秋搂在怀里说："我也找小姐了，你不吃醋吗？"

韩秋又摇摇头说："不吃醋，我相信你。"

彭辉故意逗韩秋道："新来的那些小姐大都十六七岁，别说，有几个长得倍儿漂亮，我还真有点儿动心了。"

韩秋亲了彭辉一口说："我知道你不是那种花心的人。"

小慧的房间传来摔东西的声音，并伴以小慧的哭骂声。韩秋想穿衣过去劝一劝，彭辉说："别劝，越劝越没完。"

"你跟我说实话，崔哥是不是真喜欢上别人了？"韩秋不安地问。

"都是逢场作戏，他还是对小慧最好。"彭辉说。

"既然喜欢小慧姐，崔哥就不该再去找别的小姐。"韩秋为小慧抱不平，她觉得崔局有些过分了。

"男人都是猫，哪有不沾腥的。"彭辉的手在韩秋的胸前抚摸着。

"你也是男人，你也是猫啦？"韩秋吻着彭辉的脸。

"我当然也不例外啦！不过有了你以后，我就变了。"彭辉也在吻韩秋的脸，并解开了韩秋的胸罩。

"变成什么了？"韩秋的脸泛起红晕。

"变成出家的猫了,就再也不沾荤腥了,是你让我修成了正果。"彭辉的呼吸粗重起来。

"讨厌,你也学会耍贫嘴了是不?"韩秋的声音有些颤抖了。

"我说的是真的,有了你我知足了。"彭辉吸吮着韩秋的双唇。

韩秋相信彭辉的话,紧紧搂住了彭辉的脖子。韩秋从不用语言表达自己的欲望,一搂彭辉的脖子就说明她动了情,就是在暗示彭辉她已经想要了。韩秋在这方面很满足,因为彭辉每一次都能让她达到极致,她可以从这样的过程中深切地感受到彭辉对她的在意程度。虽然有着二十年的年龄差异,韩秋却不觉得有什么不和谐之处,她认为自己现在已经是完整意义上的女人了,而且是个很幸运也很幸福的女人。

韩秋做梦也没有想到能遇上彭辉这样的人,她相信彭辉的话,彭辉会让她和她的家庭摆脱困境的。韩秋过怕了穷日子,渴望过一种不愁吃不愁穿、无忧无虑的生活,彭辉的出现让她看到了希望和曙光。

小慧和崔副局长的吵闹早就停止了。事毕之后,韩秋去洗手间的时候听到了小慧叫床的声音。小慧叫床的声音一直比较夸张比较放肆,而且总要持续很长的时间。重新回到床上以后,彭辉搂着韩秋笑道:"你看他们好了吧,崔副局长是老油条了,特会哄人,小慧哪是他的对手呀!"

韩秋依偎着彭辉说:"我不喜欢小慧那样。"

彭辉问:"哪样?"

韩秋说:"我觉得她对崔哥太那个了,我可舍不得对你发脾气。"

彭辉说:"我也舍不得对你发脾气,其实我的脾气可操蛋了。"

韩秋说:"往后你要是心里有什么不痛快,你就对我发好了,我不会跟你顶嘴的。"

彭辉说:"不会的,永远都不会的,因为我不忍心。"

彭辉的确不忍心对韩秋发脾气,彭辉也没有发脾气的理由,韩秋就像是一只温顺的羔羊,而且是个很懂事的羔羊。

时间荏苒,转眼过去了几个月。

几个月的朝夕相处,彭辉不仅没有厌倦的感觉,反而对韩秋越来越喜欢，越来越疼爱了。彭辉就像焕发了第二春，只要跟韩秋一起睡就一次也不落空，还美其名曰不能委屈了韩秋。若不是韩秋规劝，彭辉恨不得天天都在这里过夜。虽然韩秋也非常希望彭辉每天都留下来，可她是个明白事理的人，她觉得自己不能那么自私，因为她不知道彭辉已经离婚，她认为彭辉毕竟是有家有业的人。而且韩秋也心疼彭辉的身体，为了让彭辉得到一定的喘息，她有时还找借口躲到小慧的房间去睡。

再有十几天就是春节了，父亲已经来过电话，问韩秋什么时候到家。小慧也催过韩秋好几次了，小慧说再不走可就不好买票了。小慧已经从崔副局长那里拿到了五千块钱的"过节费"，心早就飞了。韩秋却一直挺矛盾，不回家过年说不过去，可是工地几乎天天加班，彭辉每天只能睡四五个小时的觉，在这个时候离开彭辉，她实在于心不忍。

这晚，彭辉回来得比往日早一些，但也过了十一点。韩秋伺候彭辉吃了喝了之后，把泡好的茶端给他，尔后又用热水给他烫脚。给彭辉烫脚，是韩秋每晚必做的一项工作，韩秋说冬天泡脚既解乏又预防风湿病，母亲的风湿病把韩秋弄怕了。她见彭辉的膝盖和脚总是那么凉，她担心彭辉。在给彭辉擦脚的时候，韩秋试探着问："你说我还回去过年吗？"

彭辉放下手里的晚报，不假思索地说："当然得回去啦！要是不回去，你爸爸妈妈肯定心里不好受。"

韩秋把洗脚盆挪到一边，坐在彭辉旁边说："可眼下你这么忙，我走了放心不下你。"

彭辉亲了韩秋一口说："我一个大活人有什么不放心的，再说过年那几天我得待在家里，不能陪你。"

韩秋依偎着彭辉问："那我什么时候走呀？小慧姐说，再过几天就不好买车票了。"

彭辉笑着说："傻丫头，我哪舍得让你坐火车走呀！别着急，等我忙过这两天，我开车送你们回去。"

韩秋说："不用，我们还是坐火车吧。你送我们得一个人开车回来，我可不放心。"

彭辉说："我给你们家准备了不少年货，有烟有酒、有鱼有虾，还有几箱子水果，坐火车走不方便。"

韩秋说："你干吗又花那么多钱？我不是跟你说过嘛，上次回去我爸爸妈妈就怪我乱花钱了。"

彭辉说："这不是过年了嘛，别太寒酸了。对了，我已经联系好了医院，过了年，你就把你父母一起接过来。我也给你弟弟联系了一个好学校，这样你父母就可以安心来了。"

韩秋感激地仰望着彭辉，眼里渐渐地涌上了泪水，她的嘴角动了动，又把顶到嗓子眼的话咽了回去。

彭辉为韩秋擦了擦眼角的泪说："别难过宝贝儿，我想好了，等治好你母亲的病，等你弟弟考上了大学，我就给你报个大专班，让你学文秘专业，以后你就给我当专职秘书，咱们永远都在一起！"

韩秋哽咽着说："你对我这么好，我这辈子怎么报答你呀？"

彭辉笑了笑说："快别这样说，要说感谢，得我感谢你才是。真的，如果没有你，我肯定还会放纵自己的。那样发展下去，早晚得毁了我自己。在认识你之前，我都觉得自己挺不是人的，是你让我找回了我自己的人性，让我重新过上了正常人的生活。"

韩秋破涕为笑："你可别把我捧那么高，你要真是那种人，十个我也把你拉不回来。"

彭辉严肃地说："我说的是心里话。"

韩秋说："嗯，我信。"

彭辉说："回去别急着回来，一切安顿好了再说。"

韩秋说："我不，我爸爸妈妈要是不来，过了初五我就回来。"

彭辉说："一定要动员他们来，我真把医院联系好了。"

韩秋点点头，又紧紧地搂住了彭辉的脖子。彭辉当然知道这是韩秋求爱的信号，便把韩秋抱起来放到了床上，然后解开韩秋的衣服。

韩秋突然想起什么，攥住彭辉的手坐起身来说："呀，没有那个了，今天就算了吧？"

彭辉说："你去小慧那里拿去，她那里肯定有。"

韩秋说："我不好意思。"

彭辉算了算日子说："还在安全期，应该没事。"

韩秋说："你说没事儿就没事儿，我听你的。"

彭辉重新解韩秋的衣服，彭辉发现韩秋的乳房比以前丰满了。韩秋见彭辉目不转睛地盯着自己的胸部，便不好意思地用双手捂住了双乳。

"太小了，不许你看。"韩秋红着脸说。

"真长大了不少，我不骗你。"彭辉掰开韩秋的手。

"真的吗？"韩秋也感觉到自己的胸似乎比以前大了一些，她认为这可能是自己长胖的缘故。

自从跟了彭辉，韩秋在物质和精神方面都十分满足，自然会发福的。小慧却有她的一套理论，说她的胸大完全是她第一个男朋友的功劳。小慧还给韩秋出主意说："你多让彭哥给你揉揉，特别管用。"韩秋当然希望自己的乳房能够丰满起来，所以她喜欢彭辉揉她的乳房，更喜欢彭辉用嘴吸吮，可是她却始终不好意思像小慧那样说出来。好在彭辉这方面很有经验，每次做爱前都会细心地爱抚她。她也相信，自己乳房的增大与彭辉的爱抚有关。彭辉说过，韩秋与小芳唯一的差别就是小芳的胸要比韩秋的丰满很多。

彭辉雇佣的一百多号民工大部分是江浙一带的，他们大都一年只回一次家，也就是说都要回家过春节。为了让民工们安心，彭辉已经提前给他们订好了回家的火车票。彭辉很会收买人心，凡是在他的公司工作半年以上的，回家的火车票都由他出。火车票订的都是腊月二十四，误不了他们回家过年。彭辉给民工们开日工资，也不按月开，平时用钱可以借支，在他们回家前一次结清。彭辉知道民工们的疾苦，从不拖欠他们的工资，民工们也都非常信服彭辉，春节一过都忙着赶回来。

送走最后一拨民工，已经是晚上十点了，彭辉和韩秋在外面简单吃了点儿东西就赶回了韩秋的住处。小慧正独自在家生闷气，说："我们明天就走了，该死的老崔也不来看看我。"彭辉说："崔哥这些天的确很忙，当官的每年就忙年前这几天，哪个领导家拜不到都不行。"小慧说："再忙也该抽空看我一眼呀，说白了，他心里就是没有我。"说着，小慧竟然抹起了眼泪。彭辉心软，看不得女人的眼泪，赶忙给崔副局长打电话，崔副局长没开手机，彭辉只好给他家打电话，崔副局长的老婆说他去区长家了，也许过一会儿就回来。彭辉："说嫂子等崔局回来让他给我打电话，也没什么要紧事，几个朋友想玩会牌。"

崔副局长的老婆对彭辉一直很客气，因为儿子在美国得到了彭辉朋友的精心照料，所以她从不干涉崔副局长跟彭辉在一起。半小时后，崔副局长给彭辉打来电话，说："一进门媳妇就让我赶紧给你打电话。"彭辉说："你快过来吧，三缺一，就等你了。"崔副局长说："那好吧，我这就过去。"崔副局长明白"三缺一"的意思，断定是小慧让彭辉打去的电话。

小慧马上破涕为笑，说："我早想好了，他今晚要是不来，过年回来我就不搭理他个老不死的啦！"

韩秋用手捅了她一下说："瞧你那破嘴，大过年的咋说这样的话？"

小慧噘着嘴唇道："哼，我还有更难听的呢！等他来了，看我怎么收拾他个挨千刀的！"

彭辉故意说："对，狠狠地收拾他一顿！你放心吧，小慧，我和韩秋决不拦着，你最好把他的脸挠成花瓜，让他过年没脸出门见人。"

韩秋拽了彭辉一把说："哪有你这么拱火的，你以为她干不出来吗？她是属猫的，天生就爱挠人。"

小慧又拍桌子又跺脚道："好啊！你们两口子一起挤兑我，等老崔来了看我们怎么报复你们！"小慧说完自己也笑了。

彭辉和韩秋互相做了个鬼脸，然后笑着回了自己房间。

次日，也就是腊月二十五，彭辉开车送韩秋和小慧回临清。李彤怕彭辉一个人开车太累，要陪同前往，彭辉同意了。

他们是在太阳出来以后起程的，前半程李彤开车，小慧坐在李彤旁边，彭辉和韩秋坐在后面。韩秋一直依偎在彭辉的怀里，几乎没怎么说话，彭辉知道这是韩秋不愿与他分开的缘故。近来，彭辉内心的压力越来越大了，他没想到他和韩秋的感情发展得这么快，尤其是韩秋，对他越来越依恋，连家都不想回了。对于前面的几个女人，彭辉从没有想过她们的今后如何，想什么时候分手就什么时候分手。对于韩秋，彭辉从一开始就想到了以后，就预感到将来会有麻烦。彭辉自信地认为，只要他认真对待韩秋，韩秋也一定会认真对他。两个人认真到了相同的程度，以后的麻烦就可想而知了。彭辉深有感触，真心喜欢一个人，不是那么容易，如果对方不喜欢你，你就是再喜欢对方，也会因对方的冷漠而减弱的，反之，如果双方都喜欢对方，情形就大不一样了，比如他和小芳，为对方去死都没二话。现在他和韩秋，就跟当年他跟小芳一样。

以后怎么办？韩秋给我的可是处女之身呀！彭辉总是这样扪心自问。除非自己跟韩秋结婚，否则永远得不到内心的平衡和精神的解脱，而且韩秋已经明确表示过了，她不要什么名分，心甘情愿地守他一辈子。韩秋可以不要，他不能不给啊！倘若真到了那一步，韩秋的父母能够同意吗？彭辉认为，几乎没有可能，而且说不定还要把韩秋抓回去，韩秋若是执意嫁给他，闹不好会跟家里闹翻。韩秋是孝顺的，如果为了他跟父母决裂，韩秋一样不会幸福。一想这些，彭辉的脑袋就大。而且，前妻那里也不会答应，财产好办，他可以从现在开始悄悄把财产转移到韩秋名下，不至于将来分文没有。

前妻已经多次表现出对彭辉的不满，儿子也明显疏远了他，他知道这是他近几个月很少去看望儿子的缘故。倘若再这样发展下去，前妻肯定会跟他闹的，儿子也会怨恨他的。对前妻他并不太在意，因为他和前妻原本就没什么感情，但他很在意儿子，儿子一直是他全部的希望和寄托。上个期末考试，儿子的成绩又下降了，居然有三门功课不及格，若不是他又赞助了学校三万，儿子肯定得留级了。彭辉无暇顾及儿子，很少过问儿子的学习情况，更无暇关心儿子的思想状况。他只能最大限度地满足儿子的物质要求，而他的前妻更有过之而无不及，只知道溺爱儿子，不知如何教育儿子，总把儿子的退步归罪于老师教育不当。

彭辉总是这样安慰自己，不管儿子将来是否能考上大学，他都要让儿子上大学，反正现在很多大学只要舍得花钱就能上，花多少钱他不在乎。实在不行他还可以把儿子送到国外读书，到时候给他找个外语老师补两年外语不就结了。彭辉曾经有过一个很歹毒的想法，将来给前妻留一笔钱，然后他陪着儿子去国外，如果儿子有发展，他和儿子就不回来了。现在有了韩秋，他改变主意了，因为他不可能把韩秋全家也都带到国外去。

"答应我，过节期间哪里也不去，好好在家陪嫂子和晓强（彭辉的儿子)过个年,你欠他们的太多了。"韩秋似乎知道彭辉在想什么。

"嗯,我答应你,哪儿也不去。"彭辉苦苦一笑。

"听李工说,晓强期末没考好。"韩秋望着彭辉。

"他小子太贪玩儿,放了学就往游戏厅跑,才上初二,居然就谈恋爱了,整天跟着一帮吊儿郎当的孩子混。"

"好好跟他讲,现在不学习可不行!就拿我来说,才初中毕业,学点儿什么多费劲啊!"韩秋叹了口气。

"你还年轻,还有机会,开了春我就给你报大专班,你一定能学好的,我相信你。"彭辉的确很想让韩秋学点东西,而且韩秋一直想多学点东西,韩秋要是拿到了大专文凭,他的心里会安宁一些。

路上,小慧一直在呼呼大睡。昨晚她狠狠地折腾崔副局长,自然也把自己折腾累了。

彭辉几次要跟李彤换着开,李彤都说不累,进入山东境内才让给彭辉。韩秋陪着彭辉坐前面,李彤和小慧换到了后面。小惠醒了醒盹,跟李彤聊了几句,便又歪在一边睡去了。

李彤虽然没有困意,也闭上了眼睛,继续听着彭辉和韩秋的交谈。韩秋对彭辉的妻子、儿子的态度,令李彤十分感慨和佩服,他认为这是因为韩秋心地善良的缘故。韩秋完全有理由鼓动彭辉离婚,现在很多女孩子都是这样做的。彭辉跟李彤说过,韩秋不仅不许他离婚,还总劝他尽量对妻子和儿子好一些。韩秋说她已经很知足了,一点儿也不觉得委屈。韩秋懂得感恩,彭辉既然答应帮她的家庭走出困境,仅凭这一点,韩秋就要感激彭辉一辈子。

越是发现韩秋的长处,李彤就越发懊悔,因为韩秋这样的女孩就是他理想中的伴侣,李彤懊悔自己当初没有勇气跟彭辉说出自己的心中所想,如果当初跟彭辉说了,凭彭辉的性格和人品,一定会成全他和韩秋的。现在一切都晚了,韩秋已经完全属于彭辉了,一切幻想都成了泡影,韩秋这样的女孩儿恐怕他今生再也遇不到了。

韩秋以为李彤睡着了,关了音乐,并示意彭辉说话小声点。彭辉回头看了李彤一眼,点了点头。

彭辉不便与韩秋的家人见面,还没到韩秋家的胡同口就提前停了车。

彭辉本想立即往回返，韩秋却坚决不同意，彭辉和李彤只好留在临清住上一宿。晚上，韩秋依旧借口去看同学，跑到宾馆和彭辉见了一面。分手的时候，韩秋再三叮嘱彭辉，回去的路上一定要注意安全，并让彭辉一回到北京就给小慧家打电话。上个月小慧家里装了电话，是崔副局长给小慧出的钱。

韩秋走后，李彤很快就睡着了，彭辉却久久不能入睡。俗话说"每逢佳节倍思亲"，彭辉首先想到了自己的双亲，父母要是活到现在该有多好，他会让他们把人间所有的福都享受遍了。彭辉当然也想到了小芳，想起了他和小芳分手前的那个晚上。

当时刚入冬，天气不是很冷。彭辉和小芳在池塘边枯黄的草坪上，在皎洁月光的照耀下，你恩我爱，如胶似漆。一番疯狂暴雨般的云雨之后，小芳搂着彭辉叮嘱道："到了北京就赶紧给俺来个信，不然俺会担心的。"

小芳的语调和神情跟韩秋惊人的相似，唯一的不同是，韩秋并不像小芳那么伤感，也许小芳当时已经预感到那是她和彭辉的诀别了。

辗转反侧了两个多小时，彭辉才迷迷糊糊地睡去。刚一入睡，彭辉就梦到了小芳。

梦里的小芳流着泪质问彭辉："小辉，你怎么忍心把俺丢在老家不管呢？你怎么可以把对俺的那份感情转移到别人身上呢？你这样做对得起俺吗？等你百年以后，你还有脸见俺吗……"彭辉很想对小芳做一下解释，可他的嗓子眼像是被什么堵着，干张着嘴说不出话来。后来，小芳又把韩秋揪到了彭辉面前，逼着韩秋跟彭辉断绝关系。韩秋跪在地上哀求小芳原谅她和彭辉，千万别把她和彭辉拆散。小芳不仅不宽恕韩秋，还不停地扇韩秋的耳光，打得韩秋满脸是血。彭辉用力咳嗽几声，喉咙里滚出一个血糊糊的东西，终于能够开口讲话了。彭辉央求小芳不要再打韩秋了，说韩秋是无辜的，一切都是他的过错。小芳根本不搭理彭辉，在歇斯底里地冷笑了几声之后，猛然从怀里抽出一把匕首，冲着韩秋的胸口刺了过去。只听韩秋一声惨叫，随即倒在了血泊之中。随后，小芳又把匕首刺向了自己的喉咙……

彭辉从梦中惊醒了，惊出了一身冷汗。彭辉再也睡不着了，没等到天亮就起了床。李彤睡觉轻，彭辉一起床他也醒了，他问彭辉是不是马上动身。

彭辉低沉地说："这离我的老家不远了，我想回老家看看。过年了，我想给我父母烧烧纸。"

彭辉想给父母上坟不假，但他主要还是想去小芳的坟前求小芳宽恕他和韩秋。彭辉一直相信灵魂不死，因为小芳经常出现在他的梦里，他认为这是小芳的灵魂在托梦给他，大概小芳不想让彭辉把她忘了。

在彭辉的老家有个迷信的说法，死了的人要是总托梦给你，你最好到他（她）的坟前烧烧纸，跟他（她）念叨念叨就没事了。

临清距商丘二百多公里，六点动身，九点半左右就到了。彭辉的老家彭家庄离商丘市二十五公里，去彭家庄要横穿公社的那条县级公路，对了，现在已经叫乡了，公社还是彭辉在老家时的叫法。不过老家有个风俗习惯没有改，那就是腊月二十六乡里是大集，而且是春节前的最后一个大集。就是这个大集，给彭辉留下了许多美好记忆，也留下了难以忘怀的屈辱和痛苦的回忆。美好的记忆是他和小芳逛过这个集，一起看戏，一起买好吃的，一起买做新衣裳的布料。屈辱的回忆是，彭辉的父亲在这里受过批斗游过街。痛苦的回忆是父亲就死在公社卫生院里。这些屈辱和痛苦对于彭辉而言是刻骨铭心的。

路上，彭辉给李彤讲了很多他和小芳的故事，在到达这里之前，彭辉又将这里的美好和这里的屈辱也一并告诉了李彤。李彤理解了彭辉为什么对韩秋那么疼爱，同时也知道，彭辉对韩秋仅仅是疼爱，不是爱，彭辉爱的是小芳，彭辉把韩秋当成了小芳。李彤很为韩秋感到悲哀和担忧，因为彭辉迟早会有醒悟的那一天，真到了那个时候，痛苦的是韩秋。

集上车多人挤，彭辉害怕刮着自己的宝马车，一再提醒李彤开慢一点。后来彭辉索性下了车，他让李彤把车开到前面的桥头等他。彭辉下车一是要在集上买些上坟用的祭奠用品，二是触景生情勾起了他的怀旧情结。

彭辉多次跟小芳一起逛过这个集市，事情虽然过去了许多年，但他一看到这里的情形，马上又都回想起来了。那个戏台还在，父亲在那个戏台上挨过红卫兵的批斗，那天也是个集，人很多。那是彭辉和小芳第一次来赶集，他们早早就来了，并不知道这里有批斗会。当时彭辉才九岁，心里很难承受那样的打击，若不是小芳在一旁劝慰，他非得跳井不可。也是那个戏台，彭辉和小芳多次看过革命豫剧，每次都因回去太晚受到大人们的数落。就是在这个集上，他们从吃糖人儿到买风筝，从彭辉给小芳买书本到小芳给彭辉买中山装，他们的爱情就是从这条街上衍生出来的。

彭辉在集上买了一大摞冥币，买了几样小芳最爱吃的水果和熟食，还买了两挂鞭炮。

彭辉不想让村里人看到他，让李彤直接把车开到了自家的祖坟边上。彭辉是在母亲死后第三年把母亲的骨灰弄回来与父亲并葬的，父母的坟前立了一块很大很精制的墓碑，墓碑是彭辉从北京运回来的。

彭辉懂得老家的规矩，不仅祭奠了父母，还把纸钱分别在每一个长辈的坟前烧掉，算是他没忘了列祖列宗。

然后，彭辉让李彤在车里等他，他独自提着祭品来到池塘边。

池塘里结着冰，有几处被砸开了，砸冰窟窿钓鱼是彭辉的发明，以前村里人都不知道冬天也能钓到鱼，村里人都以为鱼会跟青蛙一样在冬天钻到泥里冬眠。一到冬天，彭辉就叫上小芳来这里钓鱼，他们砸开冰面撒下一把窝头渣，一会儿就有鱼游过来，然后他们就开始用自制的鱼钩钓鱼，每钓一条，小芳都高兴得一蹦老高。

池塘边的那棵柳树又长粗了不少，只是现在光秃秃的没有树叶，显得有些凄凉。当年彭辉就是在这棵柳树下给小芳讲了《一千零一夜》，听得小芳总不愿回去睡觉。柳树下的那块草坪，此时也是枯黄的，彭辉清晰地记得他和小芳在那里的两次做爱，小芳就是躺在那里对彭辉说"俺这辈子就是你的人了"。一切回忆都勾了起来，彭辉的心口越来越堵得慌。

草坪南端那个坟头，只是个很小很小极不起眼的小土堆儿，上面有几棵飘动的枯草，看上去已有多年没人添坟了。这也难怪，彭辉回来的第二年，大山叔就死了，大山叔是喝农药死的。彭辉是那年把母亲的骨灰弄回来的时候才知道的，村里人说大山叔就是神经了，大山叔是想媳妇想闺女想神经的，不神经咋能把农药当酒喝呢。

彭辉不用任何挖土工具，而是用两只手给小芳的坟头培土，地冻得特别瓷实，彭辉的双手很快就磨出了血。培好了坟头，彭辉把供品一一摆好，然后一边烧着冥币一边念叨着："小芳，我来看你了，我知道你肯定会想我的。小芳，我这次是特意来向你请罪的，我必须得来向你请罪，不来，我的心就不能安宁。我知道你怪我、怨我、恨我，你怎么惩罚我，我都接受，你就是把我千刀万剐，我也决不申辩一句。小芳，我这次来还要求你一件事，求你不要怪罪韩秋，因为她是无辜的，如果怪罪，你就怪罪我好了。小芳，我向你坦白，我的的确确是真的喜欢韩秋，我之所以喜欢她，就是因为她长得太像你了，自从见到她的第一天起，我就把她当成你了。因为我没有机会向你赎罪，我便把对你的那份感情全部倾注在了韩秋身上……"

彭辉说着说着便流出了眼泪，他的声音哽咽了，后来就说不下去了。再后来，彭辉郑重地给小芳的坟头磕了四个头，老家的习俗，只是晚辈给死去的长辈磕头才磕四个。彭辉觉得自己给小芳磕四个头一点儿也不冤，因为他欠小芳的太多了。

回京的路上，彭辉的心情明显轻松了许多，他认为小芳肯定会原谅他的，以后就不会再找他和韩秋的麻烦了。

韩秋家的一个邻居看到了彭辉的宝马车，还看到了帮韩秋往车下搬东西的李彤。于是街坊们很快就传开了，说韩秋在北京找了个有钱的帅小伙。当然，也有热心的人来问韩秋和韩秋的父母，韩秋只是红着脸不语，韩秋的父母则既惊喜又有些担忧。

"秋啊，是交了朋友吗？"这个问题只能由母亲来问。

"没有，只是一般朋友。"韩秋不知如何回答。

"一般朋友？一般朋友能这么老远送你回来？有人看到了，说是辆北京牌子的高级小卧车。"母亲想知道更多的情况。

"人家是顺路。"韩秋还想搪塞。

"听人说，长得不错，高高大大，白白净净，戴个眼镜文绉绉的。"母亲盯着韩秋。

"他是我们公司的工程师，清华大学的高材生。"韩秋知道母亲把李彤误认为她的男朋友，为了搪塞母亲，韩秋暂时只能将错就错了。

"他多大了？家里都有什么人？"母亲开始刨根问底。

"还没到那一步，您就别问了。"韩秋借故走开了。

韩秋不能再让母亲问下去了，再问下去肯定得露馅，因为她不善于说谎。为此，韩秋特意去了趟小慧家，叮嘱小慧万一母亲问起此事，让小慧无论如何得替她糊弄一下。

小慧笑着说："没问题，保证给你编得有鼻子有眼的。"

韩秋担忧地说："你可别编得太过火了，不然以后不好收场。"

小慧摇了摇头说："唉，其实要说般配嘛，我觉得你跟李工还真是天生的一对，只可惜李工是个打工的。"

韩秋皱起眉头说："快别瞎说了，人家李工已经够冤枉的了，你就别再编排人家了！"

小慧也严肃起来说："唉，其实啊我早就看出来了，李工一直对你有那层意思，可是他哪儿争得过彭哥呀！"

韩秋忙阻止道："你又来了不是，人家李工根本就没那个意思！"

小慧说："他不是没有，而是不敢有啊！这就是李工的可贵之处，也就是人们常说的人贵有自知之明。"

坦率地说，如果没有彭辉，韩秋很有可能喜欢上李彤。在同龄人中，李彤也算是佼佼者了，每年近十万元的收入对韩秋这样的人也是有诱惑力的。但是最先进入韩秋视线的偏偏是彭辉，彭辉像许多成功的男人一样，具有一种特殊的魅力——让女性感到有依靠。正是这种特殊的魅力遮住了李彤的英俊和才华，李彤注定只能是彭辉的陪衬，所以韩秋没机会，也不可能对李彤动心，她和李彤也注定是擦肩而过。

韩秋总觉得自己是个卑微之人，能得到彭辉的垂爱已经是造化了，哪还敢有更高的奢望呢？只要能让自己的家早日摆脱困境，就是给彭辉做一辈子情人她也无怨无悔，何况彭辉又是真心喜欢她呢。小慧曾经问过韩秋，是不是真的爱上了彭辉，韩秋说："我不知道，我实在不知道爱是个什么东西，我就觉得我这辈子应该把自己交给彭哥，我这辈子再也离不开彭哥了。"

韩秋的确很难离开彭辉了，一方面，她觉得自己欠彭辉的太多，另一方面，她还觉得自己和自己家的命运都掌握在彭辉手里了。

第十章 瑞雪未必兆丰年

春节期间，除了陪崔副局长在楼外楼潇洒了两个晚上，剩余的时间彭辉基本上都把自己关在了家里。即便是陪崔副局长出去的那两个晚上，彭辉也没一点儿兴致，而且后面的一次，也就是初六这天晚上，彭辉还借口小姐不会来事，早早地把小姐退了。崔副局长见彭辉耍了单，自己也就不好意思多玩儿了，他提出换个地方消磨时间，两个人便找了家咖啡厅喝着啤酒聊起了天。崔副局长知道彭辉的心情，所以聊天的话题始终是韩秋。

"彭老弟，你对韩秋是不是过于投入了？"崔副局长说。

"实不相瞒，自打韩秋走了以后，我就总提不起精神。"彭辉并不否认自己坠入了迷茫。

"恕哥哥我直言，你这么在乎韩秋，可是很危险的呀！"

"我知道，我早就意识到了。其实我也多次提醒过自己，别这么投入，可我实在管不住自己啊！唉，真是瘸子屁眼儿——邪门儿，除了小芳，我还从没这么在意过哪个女人。"

"这就叫不是冤家不聚头，这就叫当局者迷呀！我之所以说很危险，就在于你和韩秋都深深地陷了进去。"

"崔局，您说句心里话，韩秋值不值得我这么对她？"

"值！太值了！实话跟你说吧，我都有点嫉妒你了，眼下哪还有这么纯情的姑娘？真是打着灯笼也难找啊！"

"不怕您笑话，我连和她私奔的心都有。我真想抛弃眼前的一切，带着她找一个与世隔绝的世外桃源过隐居生活。"

"是啊，是啊，所以我才说你们很危险，为了韩秋，你什么事情都有可能做得出来。"

"其实我真应该知足了，该享受的我都享受过了，享受得都有些过头啦。可自打有了韩秋以后，我就觉得以前的享受都他娘的是瞎扯淡，都他娘的是过眼烟云，都他娘的是醉生梦死。这么跟您说吧，是韩秋让我知道了什么是真情，是韩秋让我重新找回了过去的我，是韩秋让我找回了当年我和小芳在一起的那种幸福感觉。"

"人鬼情未了，看来你真把韩秋当成小芳啦。"

"是的，我甚至觉得韩秋就是小芳。"

"你会为韩秋离婚吗？"

"离婚？其实我……"彭辉险些说出自己已经离婚的事，话到嘴边又突然收了回去。

"离婚的问题你可得慎重哟！"崔副局长很严肃地说。

"是啊！我现在还不敢想这个问题，要是真到了那一天，我想我会的，为了韩秋，我什么都可以舍弃。"

"不过离婚可没那么简单，尤其像你这样的人，到时候你的财产问题就是很大的麻烦。"

"财产？是啊，财产的确是个大问题，如果我离婚，我很可能会变得一无所有，那样的话，我就无法帮着韩秋……说实在的，其实我也不想有太多的钱，钱多了是祸害。崔局，您也许还不太了解我的内心世界，我是很有钱了，可这金钱除了让我比别人多了几个女人，除了让我毫无节制地放纵自己，又给我带来了什么呢？什么也没有！正应了那句话，除了钱我什么也没有了。老婆，把我当成了银行，就知道支取、支取、再支取，儿子把我当成摇钱树，就知道挥霍、挥霍、再挥霍。亲情，谁家没有亲情？可我的家就没有！我本想老老实实地陪老婆和儿子过个年，可媳妇和儿子都出去旅游了！媳妇和同事去了海南，儿子和同学去了哈尔滨！而且一走都杳无音信，居然谁都没有打个电话问我怎么过的年。我给他们打电话，您猜他们怎么说？他们说根本就不信我能自己在家里待着！您说说，这他娘叫什么事呀？"

"你一年到头不着家，人家哪儿会想到你能在家待着呀！"

"别人家喜庆团圆、大鱼大肉，我却一个人躲在家里泡方便面！您看这有多滑稽、多讽刺？得亏韩秋还挂念着我，几乎每天都跑到小慧家等我的电话，要不然我……"

过节期间，彭辉唯一的安慰就是每天都能跟韩秋通一两次电话，他很想告诉韩秋自己现在是孤家寡人，可他不知道怎么开口，而且他也怕韩秋在家待着不踏实。的确如此，韩秋要是知道彭辉从初二到初八都是一个人过的，肯定会提前返京的。

"唉，人比人气死人哟！小慧只是在三十晚上给我发了一条短消息，后来再没一点音信了。"

"也许她不方便。"

"你就别为她开脱了，她再不方便也比韩秋方便呀！人家韩秋就是比她懂事儿！就是比她心里有人啊！"

"多一两个电话说明不了问题，您就别较这个真儿了。"

"一滴水可以见太阳，这可不是什么小问题！我想好了，等她回来我一定跟她好好理论理论，她要是还拿我这块槽子糕不当干粮，我就一脚蹬了她！"

聊到后来，崔副局长有点儿饿了，彭辉便点了两份小点心。吃饱喝足之后，崔副局长对彭辉说："反正你回去也是一个人，索性再找俩人打牌得了。"彭辉点点头说："行，我还真不愿一个人回去守空房。"说着，彭辉给李彤打电话，崔副局长给老魏打电话。

李彤和老魏很快都过来了。

彭辉的本意是去他家玩儿，大过年的，他怕家里去贼。老魏说："你家又没有保姆伺候，我看还是去楼外楼吧，那里吃喝都方便。"老魏在家憋了七八天，肯定又想干那种事了。彭辉也正想犒劳犒劳孤孤单单的李彤，因为节前太忙没顾上他，便依了老魏。

楼外楼桑拿洗浴中心共有六个棋牌室，都在休息厅的左侧，而且都是里外套间，外间有麻将桌，里间有床，可以做按摩，也可以睡觉。

进去以后，彭辉对服务生说："挑几个顺眼点儿的过来陪我们打牌。"

服务生说："彭总，小姐们都回家过年去了，留守的这些恐怕您不一定能看上眼。"

彭辉问："还有几个？"

服务生说："闲着的也就七八个。"

彭辉说："那就矬子里拔将军吧，通通叫过来，让他们挑。"

七八个小姐鱼贯而入，彭辉一多半都认识，有的他以前还睡过。崔副局长、老魏和李彤依次选过之后，彭辉也选了一个。

　　受亚洲金融风暴影响，各行各业都显得不景气，现在就连小姐的身价也直线下跌了。原先这里做一次"全活儿"最低是五百，现在三百都抢着干，春节期间小姐少，价码微微上浮了一些，但最高价也超不过五百。

　　小姐们各就各位之后，彭辉一本正经地说："我提前把话说好了，今儿晚上主要是陪我们打牌，不按钟点算，五百包夜。谁要是嫌少我们也不勉强，现在就可以走。"

　　小姐们都知道彭辉的脾气，何况给的又不少，所以没人敢说不。有个小姐还大大咧咧地说："彭哥，您说这话可就见外了呀！您就是分文不给，我们也不敢说半个不字呀！"

　　桑拿的小姐要比夜总会小姐开放多了，彼此之间也都不避讳，还没等你挑逗她们，她们就各自施展本领撩拨你了。一圈牌还没打完，陪老魏的那个小姐就借口空调的温度太高，开始敞胸露怀了。老魏一只手打牌，另一只手已经在揉搓小姐的乳房了。陪崔副局长的小姐也不示弱，坐在崔副局长的腿上，搂着崔副局长的脖子用性感的双唇在崔副局长的脸上不停地亲来蹭去，崔副局长也时不时地回敬一口。陪李彤的小姐见李彤文绉绉的，便采取了比较温柔的方式，坐在李彤身侧把头依靠在李彤肩上。李彤看到彭辉情绪不高，也不好意思对小姐有过分的言语和举动。

　　还得说彭辉会享受，没等陪他的小姐犯浪，便说自己有肩周炎，一玩牌儿就得有个人为他捶背揉腰。彭辉知道这里的小姐谁会真正的按摩，所以选了个手法不错的小姐。其实这些小姐都不愿做正规的按摩，钱少不说，还要累出一身的臭汗，尤其是伺候彭辉这样的人，你甭想偷工减料，他比你还门儿清呢。小姐们私下里管正规按摩叫做"小活儿"，把陪睡称为"大活儿"，到了这种地方，自然都乐意做实惠的"大活儿"。所以大部分小姐都有各自的绝招儿，都会尽量用自己的手和嘴动员自己的客人由"小活儿"过渡到"大活儿"。

　　提前说好只打两锅，也就是八圈牌，两个多小时就可以结束。最后一把是彭辉和了个七小对儿，彭辉问还打不打了，众人都说天快亮了，算了吧。

彭辉便说要是不打了，就都免单了。老魏笑着说："算你聪明，你要也没人给呀！"他们玩儿牌早形成了惯例，最后一把牌一般都不给钱。

彭辉说："剩下的时间自由活动，用不用再开几个房间？"

老魏说："开什么房间？我的意见就轮流在里面干吧，省下的钱多打一炮好不好！"

崔副局长也说："别开了，都这钟点儿了，值不当的。老魏，你岁数最大，还是你先来吧。"

老魏心里早急了，嘴上却假意说："别介呀，您是老大，还是您先来。"

崔副局长说："你就甭客气啦，快去吧。"说着，崔副局长把老魏和陪老魏的小姐推了进去，并随手关上了房门。

陪彭辉的小姐说："彭哥，我就爱听您说笑话，给我们来一段儿吧。"

彭辉不耐烦地说："今天累了，还是改日吧。"说完，彭辉连着打了几个哈欠。

崔副局长说："彭老板今天心情欠佳，还是我给你们猜个谜吧，这是前两天我在市里开会的时候听到的。都听好了，我说的这个可是荤谜素猜呀，洞房花烛夜，打《水浒》人名。"

"我听说过，宋江，林冲，还有鲁智深。"陪崔副局长的小姐抢着说。

"我也知道，九纹龙史进。"陪彭辉的小姐又做了补充。

"你们说得都对，但是还不够全面。人家说了，只有猜出十个以上的，才算是高智商。"崔副局长嘿嘿一笑。

李彤想了想说："吴用应该算一个吧？"

陪李彤的小姐说："吴用？吴用怎么能算呢？"

崔副局长笑道："吴用应该算，我琢磨好几天了，也想到了吴用。"

那个小姐又问："得讲出道理来呀！"

崔副局长故作严肃地说："待会儿你跟你李哥多办几次，就知道什么是'吴用'了。"

彭辉也忍不住笑着说："照这样说，阮小二也应该算一个啦。不信你们待会儿检查一下，魏哥出来肯定就成了软小二了。"

李彤赞道:"精辟!一成了软小二,自然就无用了。"

崔副局长高兴地说:"好好好,还是人多力量大,集体的智慧是无穷的。现在已经有七个了,再想想就能凑够十个啦!"

李彤说:"这样说,花逢春也应该算一个,洞房花烛夜,也可以引申为枯木逢春呀!"

崔副局长说:"花逢春是《水浒后传》里的人物,沾了《水浒》的边,可以算一个,继续猜,再有两个就够了。"

彭辉说:"我觉得晁盖晁天王也应该算一个。"

众人齐声:"怎么讲?"

彭辉说:"大家都知道,北京人管男人那玩意叫什么?叫雀儿,也就是鸟的意思。男人的叫鸟,女人那玩意自然就是鸟的巢穴了,男女一干那事儿不就把巢穴盖上了吗?"

众人大笑,都说精彩。再猜出一个就凑够十个了,憋了半天,直到老魏系着衣扣出来,也没人再想得出来。彭辉懒洋洋地自嘲:"看来咱们的智商还不行,还是一群俗人啊。"

李彤请崔副局长进去,崔副局长笑着说:"还是你先来吧,你们年轻人都是快枪手。"

彭辉也打趣道:"对,就得让崔哥退后,崔哥的功夫无人能比,他要是先进去,别人得等到吃午饭的时候!"

李彤当然还得让一让彭辉,彭辉悄悄说:"我今天没兴趣,就是想让你爽一爽,你就别客气了。"

李彤感激地点点头说:"恭敬不如从命,那我就听您的了。"

李彤的确是个快枪手,不到十分钟就结束了战斗。其实李彤还是很有战斗力的,一是不好意思让外面的人等得太久,二是他现在对这种事没什么兴趣。崔副局长则与那个小姐打了一场持久战,一个多小时才完事。后来众人又都劝彭辉也爽一爽,彭辉说:"我的身体欠佳,今天就免了。"

老魏见彭辉执意不肯,便厚着脸皮说:"彭老板,你这样不就太委屈人家小妹妹了吗?不然让兄弟我替你代劳?"

彭辉笑着说:"没问题!那你就再献身一次吧,省得这位小妹妹觉得对不起那五百元小费。"

陪彭辉的小姐只是掐了彭辉一下,并没有过分反对,老魏一拽,她也就半推半就地依了老魏。里面的门刚一关上,崔副局长就笑着说:"要说性大,还得说人家老魏,半百的人了,居然还能一枪打俩,我真佩服!"

众人又都笑了起来。

这就是现在的男人,这就是现在一些有点钱有点儿权的男人,玩儿女人已经成了他们生活的一个重要组成部分。

从楼外楼出来,众人才知道下雪了,而且雪下得还不小。

崔副局长和老魏愉快地打起了雪仗,崔副局长喜滋滋地发着感慨道:"好雪好雪!这才叫瑞雪兆丰年呀!"

望着纷纷下落的雪花,彭辉却露出忧虑的神色。彭辉问门口的保安雪是什么时候下的,保安说是凌晨四点左右就开始下了。彭辉之所以忧虑,因为他的民工大都在今明两天返京,而且相当一部分又是乘长途汽车。节前开工的这个工程工期相当紧,民工们要是不能按时赶回来,就该误事了。

做工程的都有这样的体会:谈工程的时候就像跑马拉松,没有毅力准得半途而废。一旦工程谈下来就变成了百米冲刺,根本没有喘息的机会。这是个旧楼改造工程,内装修很容易做,外装修却有一个不大不小的难题,就连李彤都还没有拿出切实可行的施工方案。偏偏又赶上过春节,无形中已损失了两周的时间,如果再耽误,肯定不能按时完工。

外立面施工的难度就在于一二层之间有一个挑檐,也就是人们常说的雨搭子。挑檐长近百米,宽一点五米,厚二十五公分,是钢筋混凝土浇注的。五十年代的水泥可不像现在的水泥,别提多结实了,打出的混凝土比天然的石头还硬几倍。由于外立面要做玻璃幕墙,这个巨型挑檐必须打掉,甲方特别提出不能使用机械设备,怕影响整栋大楼的坚固性。工程地处闹市区,白天又不允许施工,晚上又存在扰民的问题。彭辉之所以对工期没有把握,就怕打掉这个挑檐耽误了时间,因为不把它消灭,外立面的装修就无法进行。

彭辉把这个难题交给了李彤,李彤憋了好几天也没想出最佳方案。大年三十晚上彭辉还跟李彤通了个电话,李彤沮丧地说:"实在没什么辙,看来只能用人工凿了，过了节就多预备钢钎和大锤吧。"彭辉很相信李彤，李彤要说没别的办法，那就是真没有别的办法了。用人工凿，就得多雇壮劳力，彭辉已经给河南的两个工长打了电话，让他们务必在初八之前多带一些壮劳力过来。

　　下雪路滑，长途汽车必然减少，这就意味着今天民工们未必都能赶到。彭辉觉得这场雪未必是什么好兆头，今年时时处处都得小心为好。李彤很理解彭辉的焦灼情绪，其实他比彭辉还着急，因为是他具体组织施工。这个春节李彤过得并不开心，韩秋不在，彭辉住家里，整个公司几乎就剩下他独自一人，加之工程又这么棘手。其实，如果李彤静下心来，凭他的智慧和经验，应该可以找到一个合理的施工方案，可他的心里始终乱糟糟的。无论是打开电脑还是展开图纸，韩秋的影子总是在他眼前晃来晃去的。他甚至希望韩秋能再来个电话，哪怕只是简单地聊上几句，或许他的灵感就来了。初一上午，韩秋曾打来电话，是专门给李彤拜年的。当时李彤激动得眼眶都湿了，尽管他早知道韩秋只是出于礼节，决没有半点儿别的意思。

　　李彤这几天一直渴望着韩秋回来，哪怕吃上一碗韩秋做的鸡蛋面，或许他就振作起来了。

　　崔副局长和老魏哼着小曲上了桑塔纳，车屁股上突突突地冒了几股白烟，走了。雪再大也不会影响崔副局长和老魏的工作和生活，他们是不会为了雪天犯愁的。他们的确该回家好好睡一觉了，明天就该上班了，还有许多革命工作等着他们去做呢。说不定一上班，区领导就得视察文化活动中心，他们得以饱满的革命精神和昂扬的状态迎接区领导。

　　彭辉仰头看天，雪花比刚才更大更密了。彭辉便骂了起来："我操他娘的老天爷！早不下晚不下，偏偏他娘的今天下！李彤，打电话听听天气预报，看看这该死的雪什么时候停！"

　　李彤打过电话后说："预报说明天多云见晴，但是大风降温。"

　　彭辉叹了口气说："明天路上肯定得结冰，闹不好长途车都停了，咱们的民工们肯定来不齐啊！"

　　说完，彭辉让李彤给小慧家拨电话，让小慧务必转告韩秋，买不到火车票就晚来几天，千万别坐长途汽车。过节期间都是这样，如果是彭辉和韩秋约好了通话时间，都是他自己直接拨过去，因为那边接电话的准是韩秋，如果不是约定的时间，彭辉都是让李彤帮他打。彭辉怕小慧的家人接听，一旦小慧的家人问这问那，他会感到难堪。

韩秋原计划这两天返京，彭辉真怕韩秋乘坐长途汽车，现在长途汽车大都是个体的，安全系数要比国营的小多了。彭辉其实是个很心细的人，尤其是对当年的小芳和现在的韩秋。

虽然民工回来得不齐，初八这天还是如期开工了。不能再拖了，否则肯定不能按时完工。前妻和儿子都是今天的飞机，彭辉没有去机场接他们，彭辉在电话里分别告诉前妻和儿子，让他们到了机场自己打车回家。

彭辉在工地待了一整天，始终把眉头皱得很紧，就连李彤都没见他这么急过。该死的挑檐实在太坚固了，几把大锤一整天没停歇，十几个民工的手都磨出了血泡，才砸掉了几米。就这几米还是顶着雷干的，要是让环卫、城管等衙门口的人看到了，肯定会有麻烦的。这也是彭辉不敢离开这里的原因，各衙门口他基本都有熟人，万一有人来找麻烦，他可以抵挡一阵子。

彭辉和李彤都认为这种蚂蚁啃骨头的办法不行，看来还得使用电动工具。为了不让甲方的人知道，他们决定后半夜再干，先用电锤打孔，再用大锤敲，敲开一道缝后，再用钢锯锯断里面的钢筋，这样就可以一大块一大块地卸下来。夜幕降临以后，李彤让几个民工试了试，果然快了许多，彭辉的脸上这才有了一点笑模样。

彭辉和李彤刚要去吃晚饭，韩秋打来了电话，问彭辉在哪里。彭辉一整天都在等韩秋的电话，他既盼着韩秋回来，又担心路上危险。手机上显示的是北京的市话号码，彭辉便知道韩秋已经到了。

"宝贝儿，我在工地，你在哪儿？"彭辉的语气很激动。

"我在赵公口长途汽车站，我这就去工地找你！"韩秋的话音也充满了兴奋和激动。

"你怎么不听我的话呢？这种天气坐长途车多不安全呀！在那里别动，我们这就去接你！"彭辉怪怨的语气里满含着疼爱。

"不用不用，我坐大公共，正好有直达车。"韩秋说。

"让你别动你就别动，我和李彤都还没吃晚饭，正好接上你一起吃。你就在车站北门等着我们，我们十几分钟就到。"说完，彭辉挂断了电话。

李彤犹豫着说："您还是自己去吧，我就别去当电灯泡了。"

彭辉笑着说："瞧你说的，我能忍心把你甩下吗？"

李彤说："那我开车吧？"

彭辉说："还是我来吧，你开得太慢。"

一上三环，车速就上了一百迈，所有车辆都被他们甩在了后面。彭辉觉得自己实在有点儿不可思议，居然如此急迫地要见到韩秋，多一分钟都等不得了。

"车多，您还是悠着点儿吧。"李彤的神色有些紧张。

"才一百二十迈，不快。"彭辉故作轻松地用右手敲击着方向盘。

"还不快呢？再快就该飞起来了！这可不是高速公路，您还是松一松油门儿吧。"李彤目不转睛地瞄着前方。

"兄弟，你也该谈个女朋友啦。"彭辉把车速降到了一百迈。

"不急，俗话说三十而立，还差好几年呢。"李彤笑了笑。

"对了，崔局说想给你介绍一个，是他一个同学的女儿，比你小三岁，今年大学毕业，是学财务的。"彭辉看了李彤一眼。

"我不喜欢别人介绍，您想想，两个素不相识的人被别人硬拉到一起，多尴尬呀！"李彤摇了摇头。

"可生活中没那么好碰呀？何况咱们整天都泡在工地上，我真怕把你给耽误了呀！"彭辉说的是心里话。

"老板，这种事情可遇不可求，急也没用，我想将来会有机会的。"李彤苦笑着说。

说话间到了赵公口，刚一驶入便道，彭辉和李彤同时瞥见了韩秋。韩秋站在车站大门口的左侧向着这边眺望着，她显然看到了彭辉的车，挥着手向这边走来，脸上挂满了幸福的笑。

车站附近有许多大大小小的酒店，彭辉选了一家有停车场的海鲜酒楼。就座之后，彭辉让李彤点菜，李彤清楚彭辉和韩秋的口味，很快就点好了。

彭辉喝着茶问韩秋："为什么没把你父母接来？"

韩秋说:"我动员了好几天,母亲就是不肯来,说等天暖和了再说。其实我知道她的心思,她就是怕花钱。"

彭辉说:"再等俩月也行,到时候天就暖和了,工程也干完了。"

韩秋见彭辉明显消瘦了许多,心里很不是滋味,但她当着李彤的面又不好意思说关切的话。凉菜上来后,韩秋一边给彭辉夹菜一边说:"过年人家都吃胖了,你瞧瞧你自己,瘦得眼窝儿都陷下去了。"

"嘿嘿,瘦点儿好,瘦了不爱得病,别担心。不过,你倒是胖了点儿,还是胖点儿好看。"

彭辉也不在乎李彤在不在场了,笑眯眯地看着韩秋,还轻柔地在韩秋的脸上摸了摸。

韩秋的头发留起来以后,显得比以前成熟了许多。韩秋希望自己能比实际年龄大上几岁,那样就可以在外表上缩小她和彭辉的年龄差距了。在已过的半年里,韩秋也一直有意识提高自己的素养,衣着打扮朴素得体,言谈举止文静贤淑,公司的人都说她像个小大人。韩秋在彭辉心里的位置越来越重要,似乎已经把小芳挤到了次要的位置,韩秋很少再听到彭辉念叨小芳了。

"我有什么变化吗?"韩秋见彭辉总盯着她,笑着问。

"你的气色越来越好了,我刚认识你的时候,你就像个柴火妞儿。"彭辉说着喝了口啤酒。

"现在我也是柴火妞儿呀!"韩秋又给彭辉夹过一块平鱼,她知道彭辉就喜欢吃平鱼带鱼。

"你让李彤说说,你是不是有很大的变化。"彭辉说着,随手递给李彤一支中华烟。

"韩秋,你的变化确实很大,主要是在精神面貌上。"李彤礼貌地先给彭辉点上烟,然后才点自己的。

"我爸妈倒没说我有什么变化,只说我胖了。我跟他们说,咱们公司的伙食可好了,每天都有鸡鸭鱼肉,哪有不胖的道理。"韩秋说的是实情,自她到了公司以后,彭辉就请了个厨师专门为他们做饭。说着,韩秋又给李彤夹菜。

"胖点儿好,你以前瘦得太可怜了。"彭辉请厨师主要是为了韩秋,他认为韩秋的瘦弱是缺少营养。

"韩秋，你可能不信，我以前也跟麻杆儿似的。自打跟了彭总，天天山珍海味，每年都得长七八斤肉。"李彤边说边给彭辉满酒。

李彤说的不假，彭辉在吃喝上很大方，即便没有应酬，每天也得到外面撮一顿。他常说："挣钱干吗？就是为了吃喝玩乐。只要能落一副好下水，死了就不冤！"在彭辉的潜意识里，自己在老家的十年和回到北京的最初几年，实在太委屈自己的肠胃了。所以他的吃喝玩乐并不像别的暴发户那样只是为了摆谱儿，而是带有一种强烈的报复心理。彭辉一直觉得那十几年毁掉了他最美好的青春年华，一定要把那十几年的光阴找补回来，这也是他有了钱以后毫无节制地放纵自己的缘故。

彭辉成了富有者之后，心态依旧平衡不了，仍然认为倘若那十几年的光阴不被浪费，他应该比现在活得更滋润更潇洒：也许他会跻身官场，因为他自信自己的智商和能力不比崔副局长他们那些人差；也许他会成为一名作家，父亲说过他很有文学细胞；也许他会成为一名巨商，认识他的人都说他的机敏和胆识是超乎常人的。

彭辉对那些春风得意的官场人物一向很鄙夷，认为他们不是依靠老子的光环，就是靠着溜须拍马，靠真本事晋升的寥寥无几。尤其是看到一个个官员被他拉下水之后，更让他感到了他们的自私、平庸和贪婪。彭辉很有心计，他把那些官员一个不落地留在了日记里或录音机里，只要有谁敢对他不仁，他就会对他们不义，就会毫不犹豫地把他们送进地狱。彭辉嫉妒那些大红大紫的作家学者们的同时，也满含着轻蔑，觉得他们都是软骨头，都是御用文人，所以他很少看小说和电视剧。彭辉曾经跟李彤说过，鲁迅以后就没见过敢说真话的文人。彭辉对那些和他一样富裕起来的人也同样不屑一顾，觉得他们比他的心更黑，也比他更为奸诈，他多少还经过了一番艰苦的创业，而他们几乎无一不是靠投机取巧乃至违法违纪暴富的。

彭辉只对平民百姓没有敌意，并对生活中的弱者十分同情，这也是他多次对希望工程慷慨解囊的缘故。倘若不是同情韩秋的家境，韩秋即便长得再像小芳，彭辉也未必能对韩秋如此关爱。

小慧过完十五才回到北京，还是崔副局长让韩秋电话催了两次才回来的。回来以后，小慧就正式到文化活动中心上班了。小慧只负责检票，工作既轻松又自由，因为文化活动中心对外售票的时候很少。

文化活动中心的人并不知道小慧和崔副局长的关系，只知道小慧肯定有背景，有人甚至传言小慧是区长的亲戚，因为区长和小慧是同姓。中国人大都喜欢猜测，而且有着超凡的想象力和联想力，如果小慧和市长同姓，肯定也会有人说她跟市长大人有某种血缘关系。小慧是个很有心计的人，她很快就从崔副局长嘴里了解到区长本人及区长家人的情况，于是她便选择适当的时机散布出去，文化活动中心的人就更对她仰视了。没过多久，便有人跟她套近乎，还有人给她送礼托她办事。小慧自然就去磨崔副局长，在崔副局长的过问下，小慧还真给别人办成了几件不大不小的事。这下可不得了了，小慧简直成了神仙，烧香磕头的人越来越多，弄得小慧都有些应接不暇了。

小慧是个爱炫耀的人，少不了要把自己的时来运转向韩秋吹嘘一番。韩秋总觉得小慧这样做有些不妥，便把自己的担忧对彭辉讲了。彭辉也曾提醒过崔副局长，崔副局长却并没往心里去，崔副局长觉得小慧不会给他惹什么麻烦。崔副局长也知道小慧给别人帮忙不是无偿的，谁要是想见崔副局长一面，小慧都得向人家要千八百的"引见费"。

小慧得到的第一笔好处费是梁老板给的，梁老板通过小慧巴结上了崔副局长。当梁老板把三千元好处费交给小慧的时候，还一个劲地千恩万谢，小慧则一脸的得意。如果不是看在表姐的面子上，如果不是考虑到自己在楼外楼工作过，小慧会毫不客气地要五千的。娱乐场所每个月都得按流水的比例向文化局交纳管理费，楼外楼的规模比较大，每个月都得交万把块钱。自从小慧跟崔副局长说过之后，楼外楼就只交两千了，小慧让梁老板捡了大便宜。其实，崔副局长也愿意送这个人情，楼外楼是他的活动乐园，梁老板曾经为他提供过两个处女。

这晚，小慧让韩秋帮她数钱，又是一个五千，是"梦幻人间"娱乐城的老板给她的好处费。

"我劝你还是收敛些好，你这样可是受贿行为呀！"韩秋对小慧说。

"你懂法不懂？利用职务之便为他人提供方便才叫受贿呢！我既无官又无品的，根本够不上。"小慧撇着嘴说。

"可你是托了崔哥呀！崔哥可是政府的人！"韩秋皱起眉头。

"他又没拿一分钱，跟他没关系。"小慧嘻嘻一笑。

"你说没关系不成，到时候崔哥就该说不清楚了。"韩秋摇了摇头。

"我都不操那份心，你着得哪门子急啊？哼，趁着他有这个权利，我能捞一笔是一笔，这就叫有权不使，过期作废！"小慧收起了脸上的笑。

"你呀，就是太贪心！"韩秋不想再说了。

"告诉你吧，我这叫拿青春赌明天！你想想，他又不可能跟我结婚，我干嘛不多图点儿实惠呢？韩秋，我劝你也实际一点儿，彭哥更没有离婚的可能，你千万别抱什么幻想。"

"我也从没想过要嫁给他呀！只要他真心对我好，只要他在乎我，我就不觉得冤枉。"

"你的确不冤，而且够幸运的。实话说吧，我都没想到彭哥能对你这么的认真，按说你该满足了。"

"是啊，我还有什么不满足的？彭哥为我可没少花钱了，就拿春节说吧，不算他给我的那一万，光买的那些年货就好几千。"

"哟哟哟！真是小农意识！你觉得几千是钱啊，人家彭哥不过是拔了几根汗毛而已！"

"反正我知足了，他就是不为我花钱，我也知足了，我就念他对我是真心实意的。"

小慧还想说什么，韩秋往外推她说："都十二点了，你快去睡觉吧。"

小慧摇着头说："你呀！让我怎么说你好呢？"说完，小慧便回到了自己的房间。

韩秋洗了澡，然后脱衣上床。韩秋没有马上躺下，而是靠在床头独自沉思起来：我对彭辉一无所求，将来我还要给彭辉生个女儿，我自己带着，而且还要把她培养成大学生。

韩秋躺下以后也没有马上入睡，只要彭辉不在，她总喜欢这样躺在床上想入非非。

第十一章 物欲横流的世界

春节过去已经两个月了，在彭辉的再三催促下，韩秋再次给家里打电话催问母亲来京之事。父亲在电话里说，母亲还是不想来北京治病，母亲的意思是等等再说，等弟弟参加完高考视情况而定。春节回家时，母亲就多次提到了弟弟，母亲说弟弟要是考上大学就得用一大笔钱，考不上再复读也得花不少钱。母亲不肯来京的原因归结到底还是个钱字。

彭辉说："依我看就别商量了，过一段不忙了，我让李彤开车跟你回趟家，把他们接来就是了。"

韩秋说："你不了解我妈的脾气，她要是不同意的事情，谁也拗不过她。因为她身体不好，爸爸一直顺着她，我和弟弟也从不敢跟她顶嘴，我们家的事情都是她说了算。依我看索性就再等等，弟弟要是考上了大学，我想她一高兴也许就来了。"

彭辉说："你别为钱发愁，你就跟家里说，弟弟的学费你包了，将来他要是想出国留学你也全额赞助。"

韩秋相信彭辉说的是心里话，现在彭辉说什么话韩秋都相信。韩秋和绝大多数女孩子一样，一旦真正喜欢上一个男人，就会迷失自我，那个男人就成为了她心目中的神明。

工地整日加班加点，彭辉很少待在办公室，这样一来，公司的许多事就落在了韩秋头上。韩秋也不分份内份外，公司是彭辉的，她是彭辉的，公司的事就是她的事。就连往工地送工具送材料这样的脏活累活，彭辉和李彤忙不过来的时候，韩秋都会抢着做。彭辉在工地上就像换了个人，总板着面孔，对韩秋说话也是凶巴巴的，可韩秋依旧乐意去，她乐意多看这时的彭辉几眼，她觉得当老板就该这样威风凛凛，就该这样唯我独尊。更让韩秋想不到的是，彭辉有时还亲自动手干活，干活的动作又是那么的潇洒娴熟。李彤悄悄告诉韩秋，彭辉就是从一点一滴干起来的，每一道工序、每一项技术他都非常精通，所以公司上下都对他佩服得五体投地，没有谁敢偷奸耍滑。韩秋记得彭辉说过这样的话："还是干体力活痛快，出他娘的一身臭汗，然后冲个凉水澡，保证每顿饭多吃一个馒头，保证一觉睡到太阳晒屁股。"

这天下午，韩秋又跟着公司的大面包车送材料来了。路上，彭辉打电话让她到批发市场买几百斤西瓜，韩秋还真有点儿心疼，眼下的西瓜两块钱一斤，三十几个西瓜花了七百多块钱。韩秋觉得与其让民工们吃了，还不如多给他们发点儿奖金实惠。

彭辉特别喜欢给民工弟兄们买水果吃，橘子苹果大鸭梨、香蕉西瓜水蜜桃，无论什么季节，只要市场有，彭辉都舍得给民工弟兄们买。彭辉认为多吃水果不爱生病，干活有劲儿。李彤也赞成这个观点，还给彭辉找来了依据，有本杂志上说，新疆有个县至今没有发现一个癌症病例，就因为那里盛产杏，那里的人常年吃杏、杏干和杏仁；南太平洋上有个岛国很少有人患心血管病，就是因为那里的人一年四季都吃柑橘。彭辉的父亲死于癌症，母亲死于脑血栓，彭辉总是这样想，父母生前要是多吃些水果，兴许就不会生病。彭辉还对韩秋说："我年轻的时候，谁要是给我半个苹果，我能给他家白干一天木匠活儿。"

在这个季节，城市居民又有几户舍得买西瓜吃，而这里却有一帮子民工们一人捧着大块的西瓜在路边啃。过往的行人都露出了惊异而又嫉妒的目光，有的还直往肚子里咽口水。彭辉拿给韩秋一块说："快吃，倍儿甜。"韩秋哪好意思当着众人啃西瓜，接过那块西瓜钻进了面包车。西瓜的确很甜，这还是韩秋在这个季节第一次吃西瓜。

彭辉浑身的木屑和涂料，一手拎着安全帽，一手托着块西瓜，说着笑着甩开腮帮子大口大口地啃着。此时此刻，此情此景，又有谁会相信他是个百万富翁？这就是彭辉，这就是富有了以后的彭辉。从这件事上可以看到他当年干木匠时的影子，可以看到他当过农民、当过工人的痕迹。

彭辉始终忘不了在老家和返城最初几年的日子，他总是毫不忌讳地对别人说他就是苦孩子，他的骨子里流的是劳动人民的血。除了重要的应酬，彭辉很少西装革履，平时大都是休闲服，而他最喜欢的还是穿一身布衣布褂，再加一双布底老头儿鞋。

有一次，彭辉在一家高档酒楼请朋友吃饭，因为工地有事耽误了时间，赶到酒楼的时候，才发觉自己的身上挂着油漆和涂料。迎宾小姐见他那副样子自然把他挡在了门外。彭辉问为什么，迎宾小姐指了指"衣冠不整，请勿入内"的牌子说，对不起先生，我们这里是涉外酒楼。彭辉把上衣脱掉，只穿件跨栏背心说这样总可以了吧。服务员依旧不许他进，他便急了："今天是我请客，你们要是不让我进去，那就麻烦你们把我那几位朋友叫出来吧。"经理闻声走了过来，经理认识彭辉，忙客气地把彭辉领了进去。

　　彭辉的口音里带着明显的河南味，遇到有人用鄙夷的眼神看他，他偏要换成纯正的老家话。前不久，他和韩秋在装饰城选购灯具，在讨价还价的时候，他跟那个北京老板争执起来，那个老板很狂傲，嘴里还带着很脏的口头语。彭辉不仅揍了人家，还噼里啪啦地砸了人家的柜台，吓得韩秋浑身直哆嗦。彭辉事后笑着说："要不是你在场，我非让那小子喊我爷爷不可！"

　　韩秋虽然害怕彭辉惹事生非，可也十分欣赏彭辉的这股子豪气，觉得彭辉是个顶天立地的男子汉。自从跟了彭辉以后，韩秋便觉得自己有了依靠，有彭辉在她身边，她就什么都不怕。

　　韩秋怀孕了，韩秋自己并不知道，还是彭辉最先意识到的。

　　日子过了快一个月了，韩秋还没来例假，彭辉便有些沉不住气了，赶忙带着韩秋去了医院。得知自己怀了孕，韩秋不仅一点不慌乱，还一本正经地说："就让我生下来吧，我自己养着。"

　　彭辉一脸严肃地说："你开什么玩笑？这要是让你们家知道了，还不得闹翻了天啊！"

　　韩秋笑着说："我不会先不让他们知道，等我把孩子抱回家的时候，他们再说什么也晚了。"

　　彭辉见韩秋不像是在开玩笑，便着急地说："不行，绝对不行！我不能让你这样不明不白地生孩子，听我的韩秋，你必须得做了！"

　　韩秋不解地说："我这辈子是你的，我乐意给你生个孩子，我不要什么名分，真的，不要。"

　　韩秋真心实意想给彭辉生个孩子，她要是有了彭辉的孩子，彭辉就会永远把她留在身边。韩秋跟小慧说过这样的话："我这辈子别无所求，只要不离开彭哥我就知足了。当然了，最好能和彭哥生个孩子，有了孩子，在彭哥不能陪我的时候，我就不会感到孤单了。"当时小慧就说："瞧瞧！当初我说什么来的？这回应了我的话了吧？你这就叫陷进去了，这就叫身不由己！不过我相信，你要是真有了彭哥的孩子，你这辈子也算是有福享了，彭哥肯定不会亏待你。就冲他对你的喜欢劲儿，说不定还能分你一半财产呢！"

韩秋从没想过分彭辉的财产，一是自己没那个资格，自己充其量只是彭辉的情人；二是她觉得自己已经影响到了彭辉的家庭，再有别的奢望就更不道德了。以前韩秋就有过很幼稚的想法，只要能让自己的家摆脱困境，就是把自己卖给别人她都没有怨言。现在她有了彭辉，彭辉已经让她的家有了希望，她真的别无所求了。更何况她又是如此喜欢彭辉，她现在把彭辉看得比自己重要，甚至觉得这个世界可以没有她，却不能没有彭辉，现在就是让她替彭辉去死她都毫无怨言。都说恋爱中的女人傻，的确如此。

但是韩秋还是把孩子打掉了，因为彭辉真的急了，韩秋看不了彭辉着急上火的样子。但是把孩子做掉的那个晚上，韩秋哭了，而且哭得很伤心。她觉得自己失去了一次报答彭辉的机会。

韩秋躺在床上哭着说："我会恨你一辈子的。"

彭辉把韩秋搂在怀里说："你太年轻，考虑问题太简单，你不会想到一个单身女人带个孩子有多苦。你想要孩子也不是不可以，那就是等着我，等到我能正式和你结婚的时候。"

此时，彭辉很想把实情告诉韩秋，可是却又无法开口，因为他能想象韩秋父母的态度。即便韩秋的父母知道他已经离了婚，肯定也不会同意韩秋和他结合的，一旦无法跟韩秋结合，受伤害的肯定是韩秋，那样的话，他的心灵永远得不到安宁。

"彭哥，我跟你说心里话，我从没想过和你结婚，我不能干那种缺德事，我就想给你生个女儿。"

"难道我不想吗？可是……"

"可是你让我把咱们的孩子做了，我有感觉，肯定是个女儿。"

"听话韩秋，别哭了，你哭我心里难受。请你相信我，假如到了我可以完全承担责任的那一天,我一定遂了你的心愿。"

"我说了,我不要你承担任何责任,我跟你在一起是我主动的,到什么时候你都不欠我的。"

"你可以这么想,可我却不能那么自私。只要我一天不正式娶你,咱们之间就不平等,我就永远欠你的。"

韩秋止住了哭泣,因为她看到彭辉的眼神里充满了歉疚,只要彭辉一流露这样的眼神,韩秋的心里就感到不安。韩秋一直在告诫自己,他整天那么忙碌,千万别再给他增加烦恼了。韩秋也确实是这样做的,她一直很温顺,从不像小慧那样张牙舞爪颐指气使。今晚是韩秋自结识彭辉以来第一次埋怨彭辉,以前她都没在彭辉面前皱过一次眉头,什么事都百依百顺。韩秋也不知道自己为什么这么想要个孩子,小慧也问过她这个问题,她只是说只要给彭辉生个孩子就不觉得欠彭辉的了。

彭辉让韩秋多休息几天再上班,韩秋说:"我没那么娇气,再说上班又累不到哪去。"

韩秋只休息了一天就上班了,因为现在公司的很多事都得她处理,彭辉和李彤根本没时间。

工程进入收尾阶段,这几天彭辉和李彤是最忙的。

近来,韩秋对崔副局长产生了严重的不满,因为崔副局长根本不管彭辉有多忙,照样一到晚上就把彭辉叫走。韩秋知道崔副局长什么正经事也没有,不是去唱歌就是去蒸桑拿,说白了就是去泡小姐。彭辉并不瞒着韩秋,偶尔也跟韩秋发发牢骚,他说从没见过崔副局长这么大兴趣的人,崔副局长就没有玩儿烦了的时候。可是彭辉又从不拒绝崔副局长的要求,只要崔副局长一来电话,彭辉交代一下就走。

彭辉说:"这两个工程崔副局长让我赚了将近二百万,做人得讲良心,人家就是让我陪着到美国爽去,我也得乖乖地陪着去呀!"

韩秋说:"他让你赚了二百万不假,可是你为他花出去多少?恐怕一百万也打不住呀!"

彭辉说:"做工程都这样,你要舍不得花,往后就没人给你工程了。"

到公司上班以后，韩秋才渐渐知道彭辉肩上的担子有多重。公司的房租一年二十万，民工的工资除外，管理人员的工资每个月也得七八万，办公费、水电费、汽油费、汽车修理费也得一大笔，再加上没完没了的应酬，一年没有二百万根本支撑不下来。那些不能摆在桌面上的钱，就更没数了。就拿春节来说，是韩秋帮着彭辉分装的信封，一共装了五十多个，信封里最少的是两千，最多的是两万。当时彭辉按照一张表编了号，韩秋看到那张表了，区政府某某某，工商局某某某，税务局某某某，文化局某某某，分局某某某，设计院某某某，质检站某某某，防火科某某某，街道办事处某某某……韩秋真怕彭辉记混了。彭辉说按着编号送就错不了，这些年我都是这么干的，逢年过节的都得想着他们，哪灶香烧不到就有可能出乱子。

每次送礼回来，彭辉都把礼单和一盘录音带锁进保险柜，彭辉冷笑着说："害人之心不可有，防人之心不可无啊。这些人大都是软骨头，没几个靠得住，他们要是真有倒霉的那一天，说不准就把我供出来。哼，他们要是敢对我不仁，我就对他们不义，这些东西就是我将来收拾他们的证据。"

如果说韩秋对彭辉有什么不放心的话，就是这件事了，韩秋知道行贿和受贿是同等的罪过。但是韩秋不敢说出来，因为彭辉跟她说过："你就当什么也没看见，这件事连李彤都不了解底细，你可不许对任何人吐露。"由此可见，彭辉对韩秋已经是百分之二百的信任了，连他自己也说不清究竟是为什么。彭辉一直认为女人是祸水，生意上的事情决不能让女人知道。尧淑君、红霞和方晓瑛，包括他的前妻，他都信不过，惟独对韩秋不存戒心，就如同当年什么事都不瞒着小芳一样。

当年，彭辉和父亲做木匠活挣了多少钱（有时人家给粮食），自己开的自留地里收了多少斤时令蔬菜，用鸡蛋换了几斤酱油，养的兔子换了多少斤全国粮票，彭辉都会及时透露给小芳。小芳总打趣说："啥事你都告诉俺，你就不怕俺检举你们搞资本主义？"彭辉说："嘿嘿，你才舍不得呢，我要是被专政了，还不是你给我送衣送饭？"彭辉跟小芳说这些的时候，小芳都会露出喜悦，因为每次彭辉说给她的第二天，彭辉的父亲都会让彭辉给她家送去一些"实惠"，她的父母就会好几天乐得合不拢嘴，她再找彭辉玩儿也不会遭到父母的呵斥了。

小芳对彭辉说:"其实俺彭叔挺喜欢咱俩在一起的,不然他就不会总拿东西堵俺爹娘的嘴了。"

彭辉得意地说:"俺爹早就不把你当外人了,俺爹说俺妹妹不在身边,就把你当成俺妹妹了。"

后来他们长大了,彭辉再说这话的时候,小芳就会脸红心跳了。彭辉临走的那个晚上,非要把一万八的存折交给小芳保管,说:"我要是不来接你,里面的钱就都归你了。"小芳说:"俺才不稀罕呢,俺要的是你的人,你的心,你的心要是变了,俺要钱还有啥用?"

韩秋跟小芳一样,看中的是彭辉的人,看中的是彭辉的心,所以,韩秋在彭辉的眼里就是小芳。现在韩秋就是我的知己,我不该对韩秋有任何隐瞒,彭辉一直在心里如是说。

春节前梁老板给谢伟亮发了五千过节费,当时谢伟亮挺知足,高高兴兴地回了东北老家。过了年回来后,谢伟亮听说孟雅萱的过节费是一万,便一肚子的不高兴,他不考虑孟雅萱与梁老板的特殊关系,只考虑自己是经理,认为经理就应该比领班拿钱多。

谢伟亮明显消极起来,有时还无故不上班。梁老板发现后问他,他就说身体不舒服。梁老板对谢伟亮一点儿也不客气,说你要是不想干就趁早滚蛋,我这里可不养闲人。谢伟亮暂时没有去处,只好忍气吞声。谢伟亮心里越来越烦,心烦就想生事,几次都险些和孟雅萱吵起来。为了不影响他们表兄弟的关系,孟雅萱还是挺迁就谢伟亮的,可越迁就谢伟亮越蹬鼻子上脸。后来,孟雅萱实在忍不下去了,她要求梁老板把他们分开,梁老板便把谢伟亮调到了夜总会。

整天目睹彭辉和崔副局长在夜总会里潇洒快活,那股无名火在谢伟亮的心里越烧越旺,烧得他几乎要爆炸了。后来谢伟亮得知,夜总会少交文化局管理费是小慧的关系,他就猜到了崔副局长这一层,再联系到崔副局长和彭辉的甲乙方关系,于是他便给区政府写了一封匿名信。

因为匿名信只是猜测没有实际内容,并没有引起有关方面的重视。而且崔副局长的业绩不错,又会走人际关系,在区领导的眼里挺吃香,所以也没人愿意找他的麻烦。谢伟亮见崔副局长依旧常来常往，知道自己的匿名信没起到作用，于是又开始了他的下一步阴谋。他决定把小慧当作一枚炮弹，他相信这枚炮弹发射出去以后，必然会引起一次大爆炸。区里马上就要开人代会了，谢伟亮打听到崔副局长是区人大代表，他便决定在人代会期间把崔副局长和小慧的事当作花边新闻散布出去。

谢伟亮的确是个小人，小人在失意的时候会憎恨所有比自己出色的人。谢伟亮现在已经不考虑他表哥的利益，恨不得楼外楼明天就关张。谢伟亮也嫉恨小慧和孟雅萱，恨她们轻蔑他、恨她们跟了有钱有势的人。谢伟亮更恨彭辉和崔副局长，恨他们有钱有权，恨他们仗着钱和权抢走了他喜欢的女人。当然了，谢伟亮最恨的人还是彭辉，他曾经想过许多报复彭辉的办法，如：在夜深人静的时候烧掉彭辉的宝马车，或雇几个东北老乡绑架彭辉的儿子，或雇人偷偷潜入彭辉的工地在电源上做做手脚，或给民工们的炒菜锅里撒上泻药……也就是谢伟亮这样的小人才能想出这样的歪点子。谢伟亮则不够胆大，一想到做那些事有可能坐牢，他就不敢付诸行动了。

小人永远干不成大事，却往往可以坏别人的好事。后来崔副局长被双规就是谢伟亮捣乱的结果，此是后话，这里暂且不表。

这天上午工程进行了验收，甲方领导很满意，当即表示下一个连锁店的装修工程依旧交给彭辉。彭辉把甲方的几个主要负责人请到楼外楼酒楼，准备招待人家走一个系列。工程顺利竣工，甲方领导没那么多的顾虑。先前彭辉都是分别请他们的，怕他们彼此有忌讳，从今天的情形看，彭辉的担心是多余的，因为他们到了一起并不避讳各自的风流韵事。难怪有人说，现在有的官员越来越肆无忌惮了，越来越活得潇洒滋润了。

饭桌上的主题很快转移到女人身上，几乎每个人都有自己的看家节目。那位正职领导干了一口茅台后说："我先讲一个故事，算是抛砖引玉吧。"

于是他便讲了起来："某国的一位警长有个非常漂亮的妻子，这位警长常常对属下炫耀他的美貌妻子对他如何如何体贴，对他如何如何忠诚，他让妻子如何如何满足，甚至说妻子明明知道他在外面有风流韵事也从不跟他吵闹。一次警长外出办案，说好了三天后才回来，但是案子办得顺利，第二天晚上就回来了。警长拿自己的钥匙开门，进去后竟然发现一个下属正与他妻子颠鸾倒凤。警长拔出手枪怒喝：'好一对狗男女，你们他妈的吃了豹子胆了吗？'下属居然毫无惧色地说：'头儿，千万别开枪，请您冷静点，您也不必担心，因为我并不想长久占有您的妻子，您最清楚，我的妻子并不比您的妻子逊色，尤其是在床上的时候。我不过是跟同事们打了个赌，同事们说我要是也能让您戴上绿帽子，他们就在下周警长选举的时候都投我一票。现在，我可以告诉您，您很快就要卸任了，以后您应该像我们一样，对上司的放纵保持沉默。'属下说这番话的时候，不仅没有停止做爱，而且还加快了动作的频率。警长一想到未来的日子，便哑口无言了，因为属下的妻子的确让他多次享用过。警长只好把怨恨的目光投射给妻子，妻子在呻吟的同时说：'老公你别这样看着我好不好，你这样的目光会影响到我的高潮来临，求求你好吗？你就是真要打死我，也让我领略了这次高潮后再说，那样我就不冤了。我跟了你这么多年，唯一的遗憾就是你从没让我达到过真正的高潮，跟你这个下属做爱之后，我才知道是因为什么了。'警长疑惑不解地问：'因为什么？'妻子说：'因为你的那个玩意儿在婚前就被别的女人用得过于频繁，所以在我第一次领略的时候就明显感觉到它太小了，所以我就一直没有感觉。你的这位下属就不同了，我能在他升官之前领略他未经磨损的玩意儿，也算是我的荣幸。老公，说句实话，你那个玩意儿真没他的大哟！'"

众人都笑了起来，有的还说这个故事有"三言""二拍"的味道。

彭辉当然也跟着笑了，是那种带有鄙夷的笑。彭辉甚至诙谐地想，这位正职的玩意儿会不会也被他下属的妻子们磨损小了呢。奶奶个熊！彭辉在心里用老家话骂了一句。

紧跟着是那位办公室主任让大家猜谜语，并一再声明是荤谜素猜。这些都是老掉牙的笑话，彭辉没往耳朵里进，与那位正职喝着酒聊了起来。

这位正职说："酒差不多就行了，不然该影响下面的节目了。"

彭辉悄声说："您放心吧，我今天给您安排了一个雏儿，是从泰国来的。"彭辉知道那是个假雏。现在什么都可以做假，连处女膜都能以假乱真。

那位正职面露喜悦说："真的吗？西洋妞我尝过了，东南亚的妞，还真没领略过呢。"

彭辉说:"其实西洋妞没什么意思,还是国产的和东南亚的对路。"

那位正职说:"就是就是,什么马配什么鞍嘛!咱们的型号跟他娘的西洋妞不匹配。"

彭辉心说,又他娘的一个腐败分子,比崔副局长还有过之。这位正职是崔副局长的大学同学,据崔副局长讲,上大学的时候这位正职就是个品学兼优的高材生,大二时入了党,毕业后平步青云,现在的职务相当于正局级,仕途之路比崔副局长宽广。在彭辉的眼里,现在的清官太少了,但是彭辉心里也明白得很,若没有这些腐败的官员,他的公司决不会发展到今天。彭辉并不羡慕那些官员,因为他觉得自己活得比那些官员自在潇洒。彭辉当然也不讨厌那些官员,没有那些腐败官员,他就成了断了奶的孩子。彭辉觉得自己和那些官员是鱼和水的关系,既对立又统一,是一根绳上拴着的两只蚂蚱。

蒸完桑拿,彭辉先陪着几位甲方在休息大厅喝了杯茶,然后便带着他们走进通往按摩房的走廊。洗浴中心的经理一直屁颠屁颠地跟在后面,彭辉说赶紧把最漂亮的都招呼过来,让我的朋友们挑。经理悄声问彭辉那个"雏儿"安排给哪位,彭辉指了指那位正职说就是这位先生。经理点点头说明白了,随后又问彭辉今天让哪个小姐伺候。彭辉说我随便,找个会做正规按摩的就行。

一切安排就绪,彭辉点了支烟往大厅走,经理追过来问:"彭总,您不在按摩室做吗?"

彭辉皱着眉头说:"你糊涂了是吧?你什么时候看见我进过按摩室?"

彭辉不喜欢按摩室里的气味,而且他知道那里面很不干净。以前他也从不在按摩室里干那种事,都是把小姐带到客房里。彭辉要了扎啤酒,他习惯蒸了桑拿后喝着啤酒做足底按摩。啤酒刚喝了一半,进来个服务生说:"彭总,外面有个小姐找您,您见还是不见?"

彭辉不耐烦地问:"什么小姐?桑拿的还是夜总会的?"

服务生说:"都不是,她说是您公司的。"

彭辉大为不悦地说:"你脑袋进水啦?我公司的人你说什么小姐,应该称女士，懂不懂？"

服务生扇了下自己的嘴："对不起彭总，下次不敢了。"

的确，现在很多女士都不愿意让别人称呼自己小姐，尤其是在这种见不得人的场合。彭辉那么在乎韩秋，岂能允许别人亵渎韩秋，因为他已经估计到是韩秋找他。

"快让她进来！"彭辉说完又连连摆手道，"算了吧，还是我出去吧。"彭辉不想让韩秋来这种藏污纳垢的地方。彭辉来不及换衣服，穿着浴衣急匆匆来到了前厅。

韩秋站在前厅，一脸的焦急。

彭辉不解地问："你怎么来了？出什么事了？"

韩秋语气急促地说："嫂子往公司打了好几次电话，说晓强跟别人打群架受伤了，嫂子让你赶快去医院！"

彭辉沉下脸说："这个小兔崽子，三天不惹事他就难受！你等会我，我这就去换衣服。"

韩秋说："你别着急，我问嫂子了，晓强没什么大事。"

彭辉换好衣服，又对李彤做了交代，这才走了出来。彭辉一边看手机一边对韩秋说："我媳妇是给我打过电话。"

韩秋说："我也打了，见你总不接电话，只好来这里找你。"

韩秋想陪彭辉去医院看看，彭辉想了想说："你就别去了，我觉得你还是不和我媳妇见面为好。"

韩秋没再勉强，说："那我回公司等你的消息，有事你就给我往公司打电话吧。"

彭辉说："我身上现金不多，你让会计提五万放你办公室，如果需要你就给我送去。"

彭辉先给韩秋招手叫过来一辆出租，待韩秋走了之后，他才疾步走向自己的宝马车。

彭辉赶到医院的时候，医院已经报了案，警察正在对几个伤势比较轻的人做笔录。这场群架有近二十人参与，双方都动了刀子。

前妻悄悄告诉彭辉:"晓强的左臂和右臀各挨了一刀,虽然没伤着要害,可也流了不少血。"

彭辉问:"别人呢?"

前妻说:"有两个伤得比较重,正在抢救呢。"

彭辉预感到事情小不了,赶忙走到外面打电话。彭辉有个朋友是分局预审处的副处长,他得提前跟人家打声招呼。那个朋友在电话里说,只要不死人事情就好办,他先问问情况,回头再跟彭辉联系。

彭辉回到前妻身边说:"好了,你也不用着急了,我已经给分局的朋友垫了话了。"

前妻一脸恐惧地说:"你说晓强傻不傻呀?到这时候了还愣充英雄,不仅承认自己是头儿,还说刀子都是他买的,人也是他捅的,与别人没关系。这下好了,他成了主犯了。"

彭辉摆摆手,示意前妻什么也不要说了,彭辉现在最关心的是那两个伤势比较重的人。学生打群架其实也不是什么大不了的事,如果没有重伤残都不一定立案,大不了多赔点儿钱。一旦死了人就不好说了,虽然年龄还不到,但有可能判劳动教养。

彭辉在医院里待了两天两夜,直到那两个重伤号脱离了危险,他才回到家睡了一觉。

在彭辉的多方面活动下,晓强没有被拘留,韩秋次日送去的五万现金都用于上下打点了。两方面的家长都同意私了,彭辉自然得出大头儿,谁让自己的儿子硬充好汉呢。负责处理此事的一位副校长特意找彭辉谈了一次,说晓强在学校越来越霸道了,动不动就打人,谁帮他打架都能得到一定的报酬。副校长还说晓强经常花钱雇人写作业,就连考试的卷子都敢让别人帮着答,再这样发展下去是很危险的,必须要好好管管了。

彭辉本想狠狠教训晓强一顿,可是晓强一回来,前妻就赶紧把晓强的姥姥姥爷接了过来。前妻知道有两位老人在,彭辉就不便发作了。前妻对晓强的所作所为一向瞒着彭辉,如果不是前妻的娇惯袒护,晓强也不会这么胆大妄为。彭辉原来对晓强是抱有很大希望的,可是近两年晓强越来越让他失望了,花钱请了那么多好家教,晓强的学习成绩总是上不去。

彭辉不想在家生闷气，两位老人一到，他就开车去了公司。

韩秋这两天也是吃不香、睡不着，她知道彭辉很疼爱晓强，真怕彭辉急出个好歹来。昨天韩秋去医院送钱，是让李彤陪着去的，彭辉的前妻在场，韩秋也没好意思过多地劝慰彭辉。彭辉提前在电话里向李彤做了交代，在彭辉前妻面前李彤尽量表现得跟韩秋很亲近，怕彭辉的前妻怀疑什么。好在彭辉前妻的心思全用在儿子身上，又见韩秋不是那种轻薄之人，也就没往心里去。韩秋执意去医院，就是想看彭辉一眼，才一天没看到彭辉，她就心神不宁，坐卧不安。

彭辉一到公司，韩秋顿时轻松起来。

"这段时间公司又没啥大事，你就在家多待两天呗。"韩秋把泡好的茶端给彭辉。

"在家待着更烦人！"彭辉叹了口气。

"事情总算平息了，也算是不幸中的万幸，你就别着急了。"韩秋关切地望着彭辉。

"一见小兔崽子我就来气，打又不能打，骂又不能骂，他妈又……"彭辉想说前妻太护孩子，话到嘴边又咽了回去，他觉得还是少在韩秋面前提自己的前妻为好。

"你得劝劝嫂子，孩子不能太惯着。"韩秋好像意识到彭辉想说而没有说出来的话。

"唉，都是她把晓强惯坏的，还有孩子的姥姥姥爷，打小儿就不许我动那小兔崽子一手指头。"彭辉气愤地说。

"你别光说人家，难道你就一点儿责任也没有吗？你就知道满足晓强的物质要求，不注意对他的思想教育，今后你得多用心才是。"韩秋尽量把语气放得很和缓，因为她知道彭辉很难听进别人的意见，尤其是女人的意见。

"爱他妈怎么着吧！反正我对他是不抱希望了！"彭辉烦躁地摆着手，越说越来气。

"你哪能这样啊？再怎么说他也是个孩子。"韩秋见彭辉额头在冒汗，把纸巾递给了他。

"孩子？可他干的那些事……"彭辉又止住了。

副校长在跟彭辉谈话的时候，特意讲到了男女问题，说晓强在这方面已经成熟了。据校方掌握的情况，晓强已经跟好几个女同学发生过性关系，这次打群架也是因为争风吃醋，晓强新喜欢上一个女同学，那个女同学原本跟另一方的一个男同学关系不错，晓强却硬要从人家手里抢过来。彭辉之所以生气，因为班主任跟彭辉的前妻讲过晓强这方面的问题，可前妻怕彭辉揍晓强，便一直瞒着彭辉。彭辉问起的时候，前妻还竭力为晓强辩护，说晓强出手大方人缘好，都是女孩子追晓强。彭辉拽着前妻到晓强的房间检查，不仅查出了黄色光盘，还找出了女孩子的内衣和胸罩，在晓强的书包里居然还有一盒开过封的避孕套。

"看看，他才十五岁！十五岁的孩子怎么会这样呢？"彭辉质问自己，也在质问妻子。

"你问谁呀？还不是遗传了你的基因？"妻子不阴不阳地回了一句。

"你……"要不是考虑到晓强的姥姥姥爷在客厅坐着，彭辉肯定得给前妻一个大嘴巴。

韩秋不知道晓强发展到如此严重的地步，开始劝彭辉："他还小，经过了这件事也许就改好了。"

"算啦，不说他了，一说他我就想打人！"彭辉摇着头，把拳头攥得嘎巴嘎巴直响。

"你千万别打人！现在我一听打架就哆嗦。你要是实在想打人的话，就打我几下出出气吧。"韩秋说的是心里话。

彭辉叹了口长气说："净说傻话，你又没犯错，我打你干吗？你去叫李彤过来吧，我跟他商量点儿事。"

韩秋点点头出去了。

其实李彤早就听到彭辉回来了，他之所以没有马上过来，就是为了给韩秋和彭辉多留点时间，尽管他心里不舒服。在确认韩秋已经倾心彭辉以后，李彤的理智就告诉自己，不能再对韩秋报有幻想了，那样的话只能让自己陷入不仁不义的境地。喜欢一个人，不一定非要占有她，只要韩秋自己乐意，只要韩秋觉得跟着彭辉幸福，就应该为韩秋高兴。李彤已经把辞职报告悄悄撕了，他觉得自己应该留下来辅佐彭辉，只要彭辉的公司继续辉煌，韩秋的幸福就有保障。韩秋对李彤很尊重，不仅仅是因为李彤很耐心地辅导她操作电脑，还因为李彤的人品和才能。韩秋常跟彭辉说，李彤把全部心思都用在公司了，要是没有李彤，你会更辛苦的。彭辉当然清楚李彤的作用，他告诉韩秋，再过两年，公司就实行股份制，到时候他退居二线，公司交给李彤打理。韩秋听了很高兴，觉得彭辉这样考虑很好，觉得彭辉选对了人。

高考成绩下来了，韩秋的弟弟没达到本科录取线。

按平时的成绩，韩秋的弟弟考上本科应该没问题，可他偏偏在考前一个星期得了中毒性痢疾，考试的那两天走路还打晃呢。韩秋在电话里得知，父母在弟弟是否复读的问题上有分歧。父亲说上大专也行了，没必要再复读一年，父亲肯定是考虑到了家里的经济状况。母亲则坚持让弟弟复读，说哪里还省不出这一年的学费，咱儿子是上大学的材料，还是让他考个正经大学吧。韩秋在电话里谈了自己的意见，她也希望弟弟复读一年，并再次提出让弟弟来北京补习。

韩秋之所以这样说，也是因为彭辉的态度很坚决，彭辉说现在没学历越来越不好找工作，最好让你弟弟到北京来复读，我给他联系一所好一点儿的学校。彭辉对韩秋家人的关心很让韩秋感动，韩秋深知这是彭辉疼爱她的缘故，都说爱屋及乌，彭辉若是不爱她，就不会对她的家人这么关心。韩秋对爱这个字眼并没有很深的理解，她认为彼此喜欢，彼此为对方着想就是爱。韩秋坚信自己是爱彭辉的，因为她现在把彭辉看得同她的家人一样重要，在某种程度上甚至超过了她的家人。有了彭辉以后，韩秋就不像以前那么恋家了，她已经把大部分心思都放在了彭辉身上，彭辉的喜怒哀乐就是她的喜怒哀乐，彭辉的事业就是她的事业。

现在公司的人大都知道了韩秋和彭辉的关系，由于韩秋待人和善，一点儿架子也没有，人们对她并不反感。彭辉也感到很舒心，韩秋来了以后，无论从工作上还是生活上，她都让他无可挑剔。无论彭辉在不在公司，韩秋都把一切整理得井井有条。韩秋非常有灵气，学什么都快，除了已能熟练地操作电脑，对公司的业务也很快熟悉了。韩秋总说，我既然在公司干就不能两眼一抹黑，就得做好你的帮手。

彭辉丝毫不怀疑韩秋对他的感情，同时也更加坚信韩秋就是转世再生的小芳，他要尽自己所能帮助韩秋以及她的家人摆脱困境。这就是彭辉一再督促韩秋接父母和弟弟来北京的缘故，他认为，这是对韩秋的一种补偿，不然他总感到欠着韩秋。

经过多次电话劝说，韩秋的父母终于同意来京了。

彭辉把这边的安置工作做好以后，立即安排李彤和一名司机开公司的大面包车陪着韩秋去临清。彭辉之所以安排李彤去，是因为韩秋的父母已经把李彤当成了韩秋的男朋友，索性将错就错，省得韩秋的父母想别的。彭辉在韩秋动身前歉疚地说："按说应该是我陪着你去，可那样一来，你的父母肯定会怀疑咱俩的关系，我觉得还是不让他们知道为好。"韩秋假意嗔怪说："瞒得了初一，瞒得了十五吗？早晚他们得知道，到时候看你咋办？"彭辉不安地说："最好永远都不让他们知道，因为他们是理解不了的。"韩秋并不知道彭辉的心思，在她看来，只要她乐意，她的父母终究会理解她的。

来京的路上，韩秋的母亲就一直对李彤问个不停，现在她对李彤是韩秋的男朋友确信无疑了。李彤也只能将错就错，尽量把戏演得像那么回事。韩秋却格外地别扭和不安，因为她很担心她和彭辉的以后，父母的先入为主势必会给她和彭辉的将来蒙上阴影。

彭辉一直用电话与李彤保持着联系，他不敢打韩秋的手机，怕韩秋的父母产生疑问。

韩秋离京前就把房间整理好了，她搬到小慧的房间住，把她住的房间让给了父母。客厅里新添的一个两用沙发，是为弟弟准备的，弟弟虽然在学校寄宿，节假日还是要回来住一两宿的。彭辉原打算单独给韩秋一家人租一套房子，韩秋坚决不同意，即便是彭辉想给这套房子再添置几样家具，韩秋也不同意，说现在这样已经很不错了。韩秋是不想浪费钱，她现在知道做工程赚钱很难，更清楚彭辉肩上的担子有多重。

中午在沧州吃的午饭，下午三点多平安到京。李彤还挺会来事，抢着把韩秋的母亲背上了四楼。

母亲见房子布置得很讲究，问韩秋房租是不是很贵。韩秋谎说是小慧表姐家的房子，每个月只象征性地收三百元，她和小慧分摊。韩秋还说，是小慧的男朋友帮助联系的医院，弟弟补课的学校是李彤托的关系。韩秋真替彭辉喊冤，明明都是彭辉的功劳，却安在了李彤和小慧的头上。但她还是略微向父母透露了一点儿彭辉及公司的情况，说彭辉是个心地善良、为人正派的好老板。韩秋说这些，是给她和彭辉的以后做铺垫。

韩秋很想让彭辉见一见自己的家人，可彭辉考虑再三还是没有见，倘若真见了面，他可以装得没事人似的，韩秋未必能掩饰得住自己。彭辉给了韩秋一个两万元的活期存折，半开玩笑地说："我把你一年的工资预支出来了，你就敞开了花吧！"韩秋本不想要，可一看存折写的是她的名字，再争执也没用。接着彭辉又说："你父母这辈子太不容易了，也该让他们享享福了，他们想吃什么你就给他们买什么，别舍不得。"

彭辉的心很细，听小慧说韩秋的母亲使用的轮椅是自制的，很不好使，便托人给韩秋的母亲买了一个高级轮椅。彭辉叮嘱小慧，就说是小慧买的。这种借花献佛的事，小慧当然很高兴做。韩秋的父母不停地向小慧道谢，小慧装得还挺像，说我跟韩秋就跟亲姐妹一样，我孝敬阿姨是应该的。韩秋的父母看到小惠和韩秋亲如姐妹，自然很高兴，有这样一个姐妹般的人照顾韩秋，他们对韩秋也就放心多了。

三天后，韩秋的母亲住进了中心医院，中心医院治疗风湿病不仅在全国数一数二，在国际上也是很有名的。因为是单间病房，医院允许家属陪床，韩秋和父亲轮流在医院守护。韩秋的弟弟也想排班，韩秋说你就专心致志地补课吧，你明年要是能考上一所好大学，就算对母亲尽孝了。

韩秋的母亲问住院费交了多少，韩秋骗母亲说医院院长是小慧男朋友的亲戚，只交了两千。韩秋怕父母去问别人，于是又叮嘱父母说，因为是走了后门才交得少，可千万别说出去呀！别人要问就说交了五千。父母将信将疑，却也没再深问，他们很相信自己的女儿。

弟弟在一所重点中学复读，复读费是彭辉带着韩秋去交的。这件事崔副局长帮了忙，崔副局长和教育局长的关系不错。因为有教育局长的介绍，校长亲自接待了彭辉和韩秋。

彭辉递上了名片以后，校长说："我刚好买了楼房，以后得请教您。"

彭辉爽快地说："明天我就让公司负责设计的工程师去看一下，保证给您设计一套最好的方案，到时候我再抽几个技术过硬的工人给您干。"

校长说："那可太好了，这下我可省大心了。"

彭辉又大方地说："工料我也包了，就算是我对您的感谢吧。"

校长说："那多不合适，料钱我还是要出的。"

彭辉说："您就别客气了，只要是这个学生考上个好大学，我们就感激不尽了。"

校长满口应承说："没问题，我们学校百分之八十以上的考生都能考进重点大学。"

回公司的路上，韩秋责怪彭辉说："你也太大方了！连工带料起码得五六万啊！"现在韩秋很清楚装修一套三室一厅的价格。

彭辉笑着说："只要咱弟弟能考上大学，就是花上十万也不多。对了，我正要告诉你呢，我准备给咱弟弟在远郊区买个户口，那样的话他就可以在北京参加高考了，我听说北京的录取线要比外地低六七十分呢！"

"你千万别那样，买个户口可不是一笔小钱，我不能再让你……"

彭辉打断韩秋的话说："你怎么还跟我这么见外？我不是跟你说过吗？我的钱就是你的钱。"

其实彭辉是连同韩秋的户口一起办的，他之所以暂时不说，就是想到时候给韩秋一个惊喜。彭辉准备在远郊区投资一百万办个新型装饰材料厂，地皮都已经买了，据说投资一百万就可以得到两个进京户口的指标。彭辉想好了，这件事要瞒着前妻，将来这个厂的法人就是韩秋，赚了钱也都是韩秋的。彭辉觉得到那时他就可以心安了，也不枉韩秋跟了自己一场。

第十二章 爱是否可以重来

韩秋的母亲住院以后，韩秋和彭辉在一起的机会就少多了，只有在父亲陪床的时候，韩秋才有机会和彭辉恩爱一次。韩秋当然希望彭辉去她那里，可是彭辉很谨慎，怕韩秋的父亲回来撞上，一直不敢去。彭辉一般都是把韩秋留在办公室或在楼外楼开房。开房韩秋心疼钱，在公司韩秋又怕影响不好，所以即便两人在一起，也不像以前那么尽兴。为此，韩秋总觉得有些对不住彭辉，总想找机会好好陪彭辉过一个晚上。

这晚小慧去了姨母家，走的时候给韩秋打电话说晚上不回来了。韩秋心里十分高兴，很想让彭辉跟她一起回去住。

"今晚就我自己在家，你跟我一起回去吧。"韩秋来到彭辉的办公室，悄悄对彭辉耳语。

"小慧呢？"彭辉正在看书，不忙的时候他喜欢看金庸的武侠小说。

"去她姨妈家了。"韩秋走过去撞上门，然后快步走过来从背后搂住了彭辉的肩。

"去你那我不踏实啊，万一你爸或你弟弟回来，就露馅儿了。"彭辉扭回头在韩秋的额头吻了一下。

"放心吧，他们是不会回来的。你要是不放心，咱们就晚点儿回去。其实露了馅儿也没啥不好，总这么藏着掖着也太委屈你了，我不忍心。"韩秋撒娇地坐在了彭辉的腿上。

"咱们多少天没在一起住了？"彭辉摩挲着韩秋过了肩的长发。

"整一个礼拜了，我……我想你了。"韩秋第一次说得这样直白，她的脸颊爬上了常有的羞红。

"还是去楼外楼吧？"彭辉显然还有顾虑。

"我实在不想去那里，我怕碰到熟人。"其实韩秋主要还是心疼钱。

"那咱们就还住公司吧，待会儿咱俩出去吃晚饭，吃了饭，我送你到医院转一圈，然后咱就回来。"彭辉把脸贴在了韩秋的头上。

"我就觉得在咱家里自在。"韩秋把双唇印在了彭辉的脸上，她很少这样主动过。

"我知道。"彭辉吻住了韩秋乖巧的双唇。

正在这时，崔副局长打来了电话。崔副局长问彭辉吃晚饭了没有，彭辉说正准备出去吃，问他有什么吩咐。崔副局长说："那你就直接到楼外楼吧，我和老魏正往那儿去呢。"

彭辉放下电话把两手一摊说："你看，计划赶不上变化，崔哥的电话，我还得去楼外楼。"

韩秋失望地说："那我就不去了，我去了崔哥该不好意思了。我在公司等着你，你尽量早点回来就是了。"

彭辉说："没事儿，你一起去吧，今晚上主要是打牌，对了，你去告诉李彤一声，让他也一起去。"

每次打牌，即便人手够，彭辉也愿意叫上李彤，他玩儿累了可以让李彤替他打一会儿。彭辉一点儿牌瘾也没有，玩儿牌纯粹是为了应酬。李彤则很上瘾，嘴上说玩儿牌可以锻炼脑子，其实心里并非这么想。每次玩儿牌，彭辉大都带着韩秋，只要有韩秋在场，李彤就很有兴致，而且手气出奇的好。现在玩儿牌也不像以前了，不用刻意让着崔副局长和老魏了。李彤喜欢韩秋看他打牌，韩秋给他倒水，韩秋给他点烟，他觉得是莫大的享受。虽然李彤对韩秋早就没了非分之想，但他仍希望韩秋能常在他的视线里，只要能看到韩秋，他就觉得充实，就觉得不那么孤独，不那么寂寞。韩秋现在跟李彤也不那么拘谨了，虽然她比李彤小不少，可她愿意从彭辉那里论，而且李彤私下总叫她小嫂子，她很喜欢李彤这样叫她，所以渐渐地她就把李彤当成弟弟看待了。

彭辉很理解李彤，一个单身汉又没有别的爱好，玩儿玩儿牌泡泡女人，也没什么不好，只要不耽误工作就行。彭辉也经常让韩秋陪着李彤出去买材料什么的，这方面彭辉对李彤没有丝毫的担心。虽然韩秋和李彤的年龄相貌般配，但他相信李彤的人品，他更相信韩秋的忠贞。看到韩秋对李彤很关心，彭辉心里还是很高兴的，因为他知道韩秋是为了他和公司，韩秋也跟他说过，她关心李彤就是关心彭辉，李彤毕竟分担了彭辉一大半的工作。在彭辉看来，有韩秋关心照顾李彤，他也可以减少对李彤的感情投资。彭辉很注意感情投资，不仅仅是对李彤，对公司其他人也是如此。

彭辉他们到了楼外楼，崔副局长和老魏已经点好了菜。

彭辉看了看菜单，又加了几只海蟹和一斤基围虾，这两样都是韩秋最喜欢吃的，彭辉每次都忘不了。天气热，几个人都不想喝白酒，于是便要了一瓶法国红酒，并让服务员多加了些冰块。现在韩秋已经能喝一点了，彭辉说喝点儿红酒养身养颜，韩秋信彭辉说的，彭辉说什么她都觉得是真的。韩秋第一次喝红酒的时候，彭辉又想到了小芳。彭辉和小芳分手的那一晚，彭辉花七毛五买了一瓶佐餐葡萄酒，小芳喝了几口就脸红了。韩秋第一次喝红酒也是没喝几口就脸红了，而且跟小芳的语气神态一样地说，这酒劲儿真大。

原本可以单独跟彭辉一起度过一个晚上，现在让崔副局长和老魏搅了，韩秋心里多少有些不高兴。但是韩秋表面上并没有显露出来，她还主动给大家满酒夹菜，在这方面从她不让彭辉难堪。虽然韩秋的酒量不大，只要彭辉开车，她就尽量替彭辉喝，她担心彭辉酒后开车出事。她几次想跟彭辉说自己要学车本，那样她就可以让彭辉坐在车上休息了。可她又一直没有开口，一是公司现在离不开她，二是学车本要花钱。

正吃着喝着，小慧打通了韩秋的手机。小慧说往家打往公司打都没有人接电话，就估计韩秋和彭辉在一起呢。韩秋不知道崔副局长是怎么跟小慧说的，所以没敢说崔副局长也在场。可是小慧已经听到了老魏和彭辉划拳的声音，断定崔副局长也在，便让韩秋把电话交给了崔副局长。崔副局长对小慧解释说："宝贝儿，你别误会，来楼外楼是临时决定的。"小慧语气严肃地说："不许你要小姐，我这就打车过去！"

崔副局长挂断电话苦苦一笑说："瞧，家里的老警察还没怎么着，小警察却跟看贼似的。"

彭辉笑着说："这说明人家小慧在乎您，您就别发牢骚了。"

老魏也笑着说："就是就是，我倒希望有个人对我不放心呢，可我没那个福气哟！"

崔副局长指点着老魏的脑门讥讽道："哼！就冲你那个抠劲儿，也没人对你动真情！你自己说说，除了送小姐个呼机，你还送过别的东西吗？而且还都是数字机！一个汉显呼机能多花几个钱？"

老魏嘿嘿一笑说："实不相瞒，那些数字机也不是我花钱买的，都是购物时商家白赠送的。"

崔副局长继续讥讽道："老魏呀老魏，你让我说你什么好呢？现在寻呼台大都关门了，呼机已经是废品了。"

彭辉和李彤对视了一眼，都笑了起来。韩秋也笑了。韩秋从彭辉的嘴里没少听老魏吝啬的故事。比起老魏，崔副局长要大方多了。韩秋觉得崔副局长对小慧还是有感情的。

韩秋的父母来了以后，小慧和崔副局长的幽会同样受到了制约，他们只好把约会改在了宾馆。好在崔副局长外面经常采野花，对小慧的需要并不像以前那么迫切了。

小慧虽然猜到崔副局长在外面有别的女人，却始终抓不到把柄，也不好对崔副局长发作。小慧总劝自己说："我又不是他的媳妇，管那么多干吗呀！只要他不亏待我就得了呗。"在已过的半年里，小慧利用崔副局长的关系没少捞实惠，她一只手拼命地捞好处费，另一只手还时不时地从崔副局长的钱包里往外掏。崔副局长为了堵住小慧的嘴，也隔三岔五地给她一些钱，当然不用他自己破费，几乎都是彭辉替他给。

小慧是个聪明人，并没有表现得过于贪婪。每次崔副局长给钱的时候，小慧都假意推却一下，彭辉要是在一旁，她就拒绝得特别坚决。这让崔副局长的自尊心得到了很大的满足，因为他可以在彭辉面前炫耀小慧和他的关系并不完全是建立在金钱上。若说小慧和崔副局长一点儿感情没有也不确切，人嘛，毕竟是感情动物，只是他们的感情不像韩秋和彭辉那么深罢了。

三个月前的一个晚上，小慧还曾令人感动地为崔副局长掉过眼泪。当时两人正疯狂地做爱，崔副局长突然犯了心绞痛，脸色煞白、额头冒汗、手脚冰凉，小慧喊叫的声音都变了调。韩秋和彭辉听到喊叫之后赶忙跑了过去，小慧竟然连衣服都忘了穿，抱着崔副局长哭成了泪人。事后韩秋对彭辉说：

"这是我第一次看到小慧姐这么伤心,她母亲去世都没见她掉过这么多的眼泪。"彭辉则略带挖苦地说:"她的眼泪不是假的,但未必是为了崔局,崔局在她的心里究竟重要到什么程度我还不清楚吗?"

小慧虽然吃过了晚饭,见有大虾和螃蟹,仍然很有胃口,还主动跟大家各干了一杯。有小慧在场,场面立马就热闹多了,小慧根本不管有没有人在场,总是很放肆地和崔副局长打闹调情。崔副局长在小慧面前始终文雅不起来,一咬文嚼字小慧就喊牙酸,他只好顺着小慧说些粗俗之语。小慧喜欢荤段子,崔副局长为了迎合小慧的口味,也为了显示自己有学问,逮着机会就卖弄几个。崔副局长一方面让老魏给他搜集,一方面自己从网上找,所以他一直可以推陈出新地抖落一些给小慧。三杯酒一下肚,小慧又开始缠着崔副局长讲荤段子,崔副局长便和老魏轮流讲了起来。

有些黄段子的确很逗乐儿,就连一向腼腆的韩秋都忍不住掩口而笑。韩秋悄悄问彭辉:"这么多荤段子都是谁编的呀?"

彭辉对韩秋耳语道:"还能有谁?还不是他们这些当官的编的!整天闲着没事就喜欢琢磨这个。"

韩秋想想也是,普通老百姓既没这个水平,也没那么多闲工夫。韩秋当服务员的时候也常听客人讲,多数都是官场上的人物。那时韩秋还不好意思听,别人一说她就赶忙找借口离开。现在韩秋听习惯了,也就不觉得有什么了,因为彭辉也时不时讲上一段。当韩秋和彭辉恩爱的时候,还特别乐意听彭辉给她讲一些黄段子。韩秋也曾羞涩地问彭辉是不是她学坏了,彭辉说这很正常,生理正常的人都这样。

现在玩儿牌不像以前那样照顾崔副局长和老魏了,用彭辉的话说,这叫"磕官牌",也就是说该怎么玩儿就怎么玩儿。玩儿到零点,老魏最先开始喊累。彭辉知道老魏的色瘾又发作了,正好他早就不想玩儿了,便说都没什么大输赢,今天就到此结束吧。彭辉让李彤给前台打电话开四套房子,然后他亲自去夜总会给老魏和李彤选小姐。

到了自己的房间以后,韩秋不解地问彭辉:"李工以前也要小姐吗?"

彭辉说:"他也是正常的男人,当然也有生理需要啦!"

韩秋摇摇头叹息道："完了完了，这个世道真够呛了！连李工这么好的人都开始学坏了，别人就别说了！"

彭辉一笑说："要不每次有活动我都不愿带你呢，就是怕你看不惯。我这么跟你说吧，男人只要有了钱，最想做的事情就是在外面找女人。"

韩秋再次叹息道："他们就不怕得病吗？再者说了，跟一个素不相识的人做那种事，有啥意思？"

彭辉把韩秋搂在怀里说："我现在是有了你，要是没你的话，我和他们一个德行，甚至比他们还要坏。"

韩秋捧着彭辉的脸说："答应我，以后不许了。"

彭辉点点头说："不会了，永远都不会那样了。"

两人一起洗了澡，洗澡的时候韩秋就克制不住自己的情绪。他们先是在洗手间里做了一次，而且没有采取任何措施。彭辉倒是问了韩秋，韩秋说："你就放心吧，上次倒霉都快一个月了，现在肯定是安全期。"

别人都怕未婚先孕，韩秋却一点儿也没有顾虑，而且还特别想怀孕。上次迫不得已打了胎，韩秋伤心了好长时间，那时她就想，假如再怀了孕，就是打死她也决不再冒那个傻劲儿了。可是彭辉却一直小心谨慎，总说："我可不忍心再让你受那份罪了，打胎不仅会催人老，还会影响人的生育能力。"

韩秋现在越来越喜欢孩子了，在街上看到年轻女子抱着孩子，她总投以羡慕的目光，还经常上前逗一逗人家的孩子。韩秋尤其喜欢襁褓中的婴儿，她说这时的孩子不知道认生，谁抱都行，最讨人爱。彭辉觉得韩秋的这份爱心也很像当年的小芳，小芳就特别喜欢抱别人家的孩子，有了好吃的也舍得给人家吃。小芳手巧，孩子们让她剪窗花，绣荷包，叠纸人，她从不拒绝。彭辉觉得韩秋和小芳一样，都充满了母性之爱，都有一颗菩萨心肠。小芳说过，他们要是有了孩子，一定聪明伶俐，也一定很好看。韩秋几乎说过同样的话，但是小芳说的是要给彭辉生个儿子，因为小芳知道彭辉家三代单传。韩秋却总说给彭辉生个女儿，因为彭辉已经有了儿子，彭辉说过他更喜欢女儿。

其实韩秋喜欢孩子是在跟了彭辉以后，以前她并不是这样，那时她的全部心思都放在了家里，根本无暇去顾及别人家的孩子。现在，她觉得家庭的负担不像以前那么重了，心情也渐渐地释然了，人一轻松兴趣就广了，固有的爱心也开始萌发了。韩秋总觉得无法报答彭辉对她的关爱，能做的就是给彭辉生个女儿，因为彭辉说过他唯一的遗憾就是没有女儿，还说要是把儿子换成个女儿他会更加疼爱的。

韩秋也知道彭辉为什么喜欢女孩儿，因为晓强没让彭辉省过心。还是在上幼儿园的时候，晓强就把老师气哭过多次，几乎没人愿意带他，他做的那些淘气事儿数也数不清。如：小朋友们睡午觉的时候，他偷偷把自己的尿撒在奶瓶里，然后挤到每一个小朋友的脸上；小朋友们吃饭的时候，他悄悄地把彩色粉笔折断，然后扔到小朋友们的碗里，说是给小朋友们加糖块。上了小学，晓强就更淘得没样了，如：他在夜幕降临后用水果刀把街坊家养的花全部拦腰削断；他在雨后捡来蚯蚓悄悄放入女同学的铅笔盒；他从自由市场偷来水果送给老师说是自己买的，等老师刚咬了一口，他便滑稽地对老师说感谢老师帮我销赃，这是我偷的。上了中学以后，晓强就更出圈了，若不是彭辉为学校做了许多贡献，晓强早被学校开除好几回了。这就是晓强，其实彭辉早就对晓强失去了信心。彭辉总感叹地说："假如晓强是个女孩儿，我得多省心啊！"

韩秋已经把自己的一生交给了彭辉，给彭辉生个女儿也就成了她唯一的心愿，她觉得这并不是一件难办的事。

就是在楼外楼的这个晚上，韩秋再次怀孕了。

韩秋决定瞒着彭辉，所以，当彭辉半个月以后问她来没来例假的时候，她骗彭辉说已经来过了。

又过了半个多月，韩秋的妊娠反应开始了，不仅经常恶心呕吐，还浑身酸软无力。韩秋骗彭辉说是肠胃不好，彭辉忙得也没往心里去，后来见韩秋吃什么吐什么，他这才意识到韩秋有可能怀孕了。彭辉要带韩秋去医院检查，韩秋说什么也不去。彭辉说那你就实话告诉我，是不是又怀孕了。韩秋知道瞒不住了，只好点头承认。彭辉说你现在还不能要孩子，你父母要是知道了，会气晕的。彭辉知道，韩秋的父母要是看出端倪，肯定要问个水落石出，他们决不会容忍他和韩秋的关系。

正当彭辉反复动员韩秋打掉胎儿的时候，医生通知韩秋说，她母亲的病拖得时间太久了，恐怕很难彻底治愈了。母亲听说后坚持要出院，韩秋拗不过母亲，只好暂时依了母亲。

韩秋的母亲出院那天，彭辉经不住韩秋的哀求，决定到医院去一趟。为了不让韩秋的父母多想，去的时候彭辉特意带上了李彤。

韩秋的母亲住院以后，李彤一直代替彭辉往医院跑，虽然韩秋一再否认她和李彤有那种关系，但是父母都已经认可了李彤。他们对李彤的印象很好，他们认为李彤不仅有才有貌，而且既明事理又大方。为了联系方便，彭辉给韩秋买了手机，韩秋怕母亲责备她花钱，也只好按照彭辉的叮嘱说是李彤给她买的。虽说是临时替代彭辉出面，李彤却是实心实意地对待韩秋的家人，不仅韩秋的父母认可他，就连韩秋的弟弟也跟李彤相处得非常融洽。这段时间里，李彤跟韩秋接触的机会也很多，几乎每天都能跟韩秋单独相处。近距离的接触，让李彤更加了解韩秋，尤其是韩秋对父母的孝敬和对弟弟的疼爱很让李彤感动。李彤认为，韩秋具备中国女人所有的美德，韩秋就是完美和善良的化身，所以李彤就更加遗憾和懊悔了，如果时间可以倒流，他决不会把韩秋拱手让给彭辉。

经过治疗，韩秋的母亲可以站起来走路了。彭辉他们去的时候，韩秋和她父亲正陪着她母亲在医院的花园里晒太阳。韩秋知道彭辉要来，特意选了这个好环境。停车场就在花园旁边，彭辉的车一到，韩秋就看到了。韩秋喊了声"李工"，然后冲着走出停车场的彭辉和李彤招手。彭辉和李彤走了过来，韩秋把彭辉介绍给父母。

"爸，妈，这是我们老板。"在介绍彭辉的时候，韩秋的脸红了。

韩秋的母亲从横椅上起身，说："您那么忙还来看俺，谢谢啦！"

彭辉一见韩秋的母亲马上愣住了，怎么这么面熟呢？再一听她说话，心里更是一咯噔，这个声音也十分耳熟。但是彭辉暂时顾不上多想，先跟韩秋的父亲握手，然后又跟韩秋的母亲握手，并说了几句关心的话。彭辉说话的时候，韩秋母亲的身子突然抖了一下，眼睛也骤然一亮。

韩秋母亲的情绪变化没有逃过彭辉的眼睛，他立即想到了小芳。

虽说已经过了二十年，虽说彭辉和韩秋的母亲都有了很大的变化，但是他们还是感觉到了对方是谁。倘若不是有人在场,他们肯定会叫出对方的名字。彭辉的惊诧远远胜过韩秋的母亲,他实在无法相信眼前的事实:韩秋的母亲居然就是那个已经"死"去二十年的小芳。

韩秋的母亲——小芳尽量稳住自己的情绪,她假装不认识彭辉似的说:"谢谢你们来看俺,谢谢你们对韩秋这么好。"

彭辉的脑子已经乱成了一锅粥,他语无伦次地说:"没……没什么,我……我们没……没做什么。"

小芳怕彭辉继续失态下去,忙对韩秋说:"秋啊,你和小李子,不,还有你爸,你们去病房收拾东西吧,我想跟你们老板说会儿话。"

韩秋不解地看看母亲,又看看彭辉,她感到有些诧异。李彤见彭辉直给他使眼色,便拉了韩秋一把说:"韩秋,大叔,咱们走吧。"

韩秋的父亲、韩秋和李彤刚一离开,小芳就用颤抖的声音问:"你姓彭?俺听得出你是俺老家口音,你就是小辉吧?"

彭辉异常激动地说:"我是小辉!我是小辉!你真的是小芳吗?我不会是又在做梦吧?"

小芳痴呆地望着彭辉,大概是出于意外和激动,干张着嘴,一句话也说不出来,眼泪顷刻间流了出来。

彭辉声音颤抖得更厉害了:"小芳,这到底是怎么回事儿?这到底是怎么回事呀?你这不是还活着吗?可是……可是我真的以为你死了,我给你上过坟,就在半年前,也就是今年春节我还去过一次呢!"

小芳哽咽道:"俺是死了,自从俺知道你不要俺了,俺的心就死了呀!"

彭辉的眼眶也湿润了,声音嘶哑着说:"我压根儿也没说过不要你呀!是大山叔大山婶的那封信让我……"

小芳说:"那封信是俺爹让别人代写的,俺也是后来才知道。可你怎么就信了呢?你就不能回去问问俺吗?"

彭辉说:"当时我母亲住在医院里,我实在脱不开身啊!"

小芳说:"那你为啥连封信都不给俺写?"

彭辉申辩道："我给你写了呀！我几乎隔几天就给你写一封，可你一封也没回过。我就接到大山叔大山婶让别人代笔写给我母亲的那一封，他们说不许我再给你写信，说你已经定了亲。"

小芳依旧哽咽道："可是俺根本就没看到过你的信，俺爹娘给俺提了门亲事不假，可俺压根就没答应。俺跟他们说，俺这辈子是不会嫁给别人的，俺要等你来接俺。"

彭辉吃惊道："这么说是大山叔大山婶扣了我的信？这么说是他们在信里欺骗了我母亲？天啊！他们为什么要那样做啊？"

小芳哭着说："俺爹娘不信你会娶俺，他们说你是北京人了，大城市的人是不会娶一个乡下姑娘的，说你很快就会忘了俺的。"

彭辉委屈地说："小芳，我怎么能忘了你呢？我是对你发过誓的呀！就因为始终忘不了你，我的婚姻才那么的不幸！正因为忘不了你，我后来的人生之路才那么可悲可恶！"

小芳的情绪稍微稳定了一些，她目不转睛地看着彭辉，她已经意识到她和彭辉之间有误会，那些误会无疑都是她的爹妈和彭辉的母亲一手制造的。正是她看了彭辉母亲的那封信，才认为彭辉变了心。彭辉的母亲在那封信里特意给小芳写了一大段话，还附了一张彭辉未婚妻的照片，说彭辉并不喜欢她，只是不忍心伤害她，才欺骗她说以后会接她到北京去的。

在彭辉的一再追问下，小芳讲了下面的故事。

当年彭辉走后，久久没有收到彭辉的信，而且父母又逼着她嫁人，小芳伤心极了，几次想偷偷离家来北京找彭辉，都被父母追了回去。大山叔几次用烧火棍痛打小芳，小芳仍执拗地说："就是把俺的双腿都打断了，俺也要爬着去北京，只要俺亲耳听到小辉说不要俺了，俺就死心了。"看着自己的肚子渐渐鼓了起来，小芳万分焦虑。这时，离父母给她订的婚期越来越近了，父母对她的看管也越来越严了，后来索性把她锁在了家里。小芳流着眼泪绝食了整整三天，大山婶心疼了，趁大山叔去田里干活的时候，把小芳放了出来。小芳骗大山婶说她想吃临村的驴肉火烧，大山婶赶忙去给她买。大山婶一走，小芳就跑到公路上，拦了辆长途车。

小芳身上没有多少钱，只够买到临清的车票。

在临清一下车，小芳又饿又渴晕倒在车站门口。当时天色已晚，来去的旅客都不愿意管闲事，虚弱的小芳就一直静静地躺在那里。车站上那个叫韩大勇的调度员实在看不下去了，把小芳抱到了值班室。韩大勇让小芳喝了些热水，又给小芳煮了挂面卧了鸡蛋。小芳吃喝过后，体力渐渐恢复了，思维也正常了。韩大勇问她为什么拖着个病病歪歪的身子出远门，小芳便呜呜呜地哭了起来。韩大勇见小芳如此伤感，就没再往下问。

小芳感到韩大勇是个好心肠的人，在哭了一阵之后，主动说了自己离家出走的原因。韩大勇说："你的身体这么弱，恐怕到不了北京还得晕倒。这样吧，你先在我家休息两天，等身体复原了再走。"见小芳连连摇头，韩大勇紧接着又说，"你不用担心，我家里只有我和我姨母，你要是住我家，我就住单位。"

当时小芳连走路的力气都没有，只好依了韩大勇。

韩大勇是在孤儿院长大，参加工作后才找到姨母的。唐山地震的时候，姨母一家五口只有姨母一人幸存下来，后来姨母就回到老家和韩大勇相依为命了。因为家里穷，韩大勇过了三十还没成家。姨母对小芳很好，姨母觉得这是老天爷给韩大勇送来了一个俊媳妇。在得知了小芳的不幸之后，姨母对小芳更加同情和疼爱，也对小芳更加体贴入微了。后来在姨母和韩大勇的劝说下，小芳终于放弃了北上的念头。

十天以后，韩大勇见小芳的身体基本恢复了，便把小芳送回了老家。临行前姨母叮嘱韩大勇，到了小芳家好好跟小芳的父母说，争取把小芳带回来。

到了小芳家已经是后半夜了，小芳没敢让韩大勇跟她一起回家，她让韩大勇去镇上的旅店住下。

小芳到家时，大山叔已喝得烂醉如泥，一见小芳，大山叔就把所有的难听话都骂了出来。小芳万万没想到，就在她走后的第二天，母亲便离开了人世。大山叔认为是大山婶放走了小芳，整整打了大山婶一宿，悲伤的大山婶没等到天亮就喝了农药。小芳悲痛欲绝，连夜跑到母亲的坟前大哭。天放亮时，小芳来到池塘边，她哭喊着彭辉的名字，她要把自己心中的哀怨都倾吐出来。小芳问老天爷为什么要这么残忍地对待她，不仅让她心爱的彭辉把她抛弃，又让她的母亲离开了人世。小芳觉得自己无法再留在这个世上，这个世界已经没有任何人值得她留恋了。小芳把身上穿的那件花衣服脱下来扔进了池塘，那件花衣服是彭辉买的布料，她一针一线做出来的，她要在临死之前斩断她和彭辉的一切瓜葛。尔后，小芳又开始拼命敲打自己的肚子，肚子里怀着彭辉的孩子，她不想带着这个孩子去阴曹地府。

　　善良的韩大勇并没有去镇上，他一直在暗中盯着小芳家的窗户。韩大勇听到大山叔骂小芳的那些话，就更不放心了。当小芳跑向祖坟的时候，他也悄悄跟了过去。后来他又跟着小芳来到了池塘边，就在小芳要跳入池塘的时候，他从后面抱住了小芳。

　　韩大勇把小芳带回了临清，几个月后和小芳举行了婚礼。

　　小芳犹豫再三，还是没有把当时怀孕的事告诉彭辉，她觉得已经过去那么多年了，没必要再跟彭辉说那么多了。这时，韩秋、李彤和韩秋的父亲走了过来，小芳和彭辉的交谈也只好结束了。彭辉悄悄说，咱们找机会再好好聊吧，小芳擦着眼角默默地点了点头。

　　李彤开车，彭辉坐在副座，韩秋和父母坐在后面。韩秋见母亲和彭辉的情绪都有些反常，心里很是纳闷，可她又不便多问。李彤似乎感觉到了什么，他说着话，想尽量缓解车里的郁闷气氛，并不时地从后视镜里看韩秋和她妈。韩秋长得的确太像她妈了，假如退回二十年，她妈一定就是韩秋现在的样子。难道她就是彭辉心里念念不忘的那个小芳？这也太巧了吧？果真是那样的话，韩秋和彭辉的事就要有大麻烦了。李彤不敢往下想了。

　　到了韩秋的住处，彭辉没有上楼。小芳进楼门前，又回头看了彭辉一眼，彭辉也正在车里看着她。

　　李彤帮着韩秋把东西搬上去，很快就下来了。

　　回公司的路上，李彤见彭辉依旧默不作声，也不敢问，但是他对韩秋的母亲就是小芳已确信无疑了，否则彭辉不会这么失态。不久前，彭辉向李彤详细讲过小芳的故事，李彤知道小芳在彭辉心里的位置，假如韩秋的母亲果真就是那个小芳，彭辉肯定会相当为难，因为无论从哪个角度讲，小芳都不会允许自己的女儿和彭辉有这种关系。

　　此刻，彭辉很想和李彤聊几句，可是他又觉得难以启齿。

　　"李彤，你知道吗？韩秋的母亲就是小芳呀！"彭辉在办公室坐下后，终于唉声叹气地开了口。

"老板,我已经感觉到了,因为她的山东话里带有河南味儿。"李彤为彭辉沏了一杯浓茶端过去。

"我居然跟她女儿……唉!这叫什么事呀?"彭辉用力拍打着办公桌,痛苦不堪地摇着头。

"这件事是挺棘手啊,您……您打算怎么办呢?"见彭辉叼上一支烟,李彤忙给他点着了。

"我现在也懵了,我觉得这件事要出大麻烦。"彭辉猛吸几口烟,眉头拧成了疙瘩。

"是的,恐怕她们母女俩都无法接受这个事实。"李彤也叹了口气。

"不管出多大的麻烦,我都要把她们从贫困中解救出来,我一定要让他们一家人过上好日子。不然的话,我的良心不安呀!"彭辉站起身来。

"这对您来说不是难办的事,关键是她们母女俩能不能接受。"李彤显然对韩秋的家庭有了很深的了解。

彭辉不停地在房间里踱步,转了几个来回,猛然停下了脚步。彭辉语气严肃地说:"兄弟,你尽快帮我办一件事。"

李彤说:"什么事?您说吧。"

彭辉说:"你尽快在附近物色一套三室一厅的房子,然后以公司的名义买下来,让韩秋他们一家搬进去住。到时候你就对他们说,是别人抵债抵给公司的房子,公司奖励给你了。"

李彤点点头说:"行,明天我就去办。"

彭辉走到老板台前,用座机打通了崔副局长的电话:"崔局吗?您好,麻烦您在文化局系统给我安排一个人……您问是谁?我就不瞒您啦,他是韩秋的父亲……什么?明天就可以去上班?好,那我就先替韩秋谢您啦!"

彭辉挂了电话,李彤问:"老板,您还需要我做什么?"

彭辉说:"为了不引起韩秋父母的怀疑,以后我就不出面了,韩秋家的一切事情都由你出面打理。"

李彤说:"我明白,您就放心吧。"

彭辉走到窗前望着外面,用一种很复杂的语气说:"简直就像是做梦,我这辈子就喜欢过两个女人,而这两个女人居然是母女俩!"

李彤摇了摇头没有说话,他认为彭辉已经深深地爱上了韩秋,已经很难离开韩秋了。彭辉前几天酒后说过这样的话:"我想好了,我要让韩秋陪我度过下半辈子。"李彤跟彭辉干了这么多年,对彭辉相当了解,彭辉向来对那些草率离婚的人嗤之以鼻,若不是动了真情,彭辉是不会产生离婚念头的。

李彤办事很麻利,第三天就把购房的一切手续办齐了。

那套房子也是在公司后面的小区里,是一套三室一厅的二手房。房子是装修好的,韩秋一家很快就搬了进去。搬家的当天,李彤还按照彭辉的旨意给韩秋的母亲找了个保姆。

韩秋知道这一切都是彭辉的安排,心里异常的感激,她对彭辉说:"你对我这么好,我真不知道该怎么报答你!"

彭辉表情复杂地摇着头说:"这是我应该做的,这样做我的心里才会好受一些啊!"

搬进去的当天,小芳向韩秋和李彤询问了公司的一些情况,并拐弯抹角地询问了彭辉家里的情况。李彤理解小芳的心情,尽量说得很详细,并有意识地把彭辉当年从老家回来被母亲逼着结婚的事情说了,李彤还说彭辉的心里至今念念不忘那个叫小芳的人。韩秋还有些纳闷,平时从不谈彭辉隐私的李彤,今天为什么突然要说这么多。临走,李彤很巧妙地把彭辉的名片留给了小芳,这是彭辉授意他的。

这天午后,彭辉带着韩秋在楼外楼酒楼跟崔副局长等人玩儿牌,玩儿了不到两个小时,彭辉就把李彤叫了过来。彭辉让李彤先替他支应着,然后他又去开了个房间。彭辉已经有两个星期没跟韩秋温存了,韩秋虽然向他暗示了几次,他都没有抻茬儿。中午吃饭的时候,韩秋曾噘着嘴说:"你要是再这样冷落我,明天我就让我父母回临清。"

韩秋在母亲出院后问过母亲,母亲说俺连北京都没来过,俺咋会认识你们老板呢?韩秋信母亲的话,见母亲又恢复了以往的平静,她心中的疑团也就渐渐消除了。韩秋见彭辉总是心事重重,自然也关切地问过,彭辉搪塞说新开工的工程不太顺。韩秋虽然很想和彭辉在一起,却又不愿勉强彭辉,今天是实在忍不住内心的委屈才说了那些话。

彭辉也不忍心继续冷落韩秋，决定利用今天下午的时间好好陪一陪韩秋，但是他不想再跟韩秋做爱了。

"听话韩秋，还是抓紧把孩子做掉吧。"两人在沙发上坐下后，彭辉捧着韩秋的脸蛋说。

"不，这回我再也不听你的了，我一定要生下这个孩子！"韩秋紧紧地搂着彭辉，语气异常坚定。

"那……那怎么行呢？你……我……"彭辉一脸的惶恐，自从小芳出现，彭辉就觉得他和韩秋之间有了一条鸿沟。

"你不是总说想要个女儿吗？就让我给你生一个吧！"韩秋笑着说。

"想要个女儿不假，可现在哪儿成呀？别的都好说，你父母那一关就绝对过不去！"彭辉想到了小芳，别说生孩子了，就是知道了他和韩秋有这种关系，小芳就得气死过去。

"先不让他们知道，等他们知道的时候，生米也就做成熟饭了。"韩秋的语气带着顽皮。

韩秋在这个问题上的确已经打定主意，因为她预感到自己肯定能给彭辉生个女儿。韩秋觉得自己越来越离不开彭辉了，哪怕是一辈子就这样不明不白地跟着彭辉，她也无怨无悔。而且韩秋认为自己以后一定能够说服父母，父母迟早会认可她和彭辉的关系。

其实在未见小芳之前，彭辉已经意识到自己离不开韩秋了，不然他也不会产生和韩秋结婚的念头。可是自从知道了韩秋是小芳的女儿，彭辉的心情就一天比一天沉重，总感到有一双哀怨，责怪，甚至是憎恶的眼睛在看着他，那双眼睛当然是小芳的。那双眼睛似乎在说：小辉，你不能这样！你实在不该这样啊！你跟俺有过这种事，怎么可以跟俺女儿有这种事呢？你这是作孽你知道吗？你这样做是把俺往绝路上逼呀！

彭辉有了这样的心理障碍，在同韩秋做爱的时候不仅缺乏往日的热情，也显得有些单调和机械，而且还有一种莫名的负罪感。韩秋以为是他这段时间太过于劳累的缘故，并没有往心里去，还善解人意地说："你不要因为怕委屈我而勉强你自己，咱们在一起不一定非得做那事不可，只要你能单独跟我亲热一会儿，我就满足了。真的，我说的是心里话。"彭辉只能苦苦一笑，他无法把内心的苦闷告诉韩秋。

彭辉一直想抽个时间去看望小芳，因为他还有许多话要对小芳讲。他要请求小芳宽恕他，他要让小芳知道她在他的心中一直占据着很重要的位置，他还要让小芳不必再为今后的生活犯愁。彭辉已经打定主意，今后每个月都要从自己的收入里拿出一笔钱接济小芳一家。但是彭辉又迟迟不敢去，他怕他和小芳的隐情被韩大勇发现。虽然小芳并没有过多地讲韩大勇，但是彭辉能看出韩大勇对小芳的关爱程度，毕竟是二十多年的夫妻了，小芳现在不可能离开韩大勇重新回到他身边，他也不能去破坏这个虽然贫困却十分和睦的家庭。彭辉更怕被韩秋发现，如果韩秋知道自己的母亲就是小芳，一定会非常的痛悔，说不定会离开他的。一想到韩秋会离开，彭辉就心如刀绞。

医院那短暂的一面，给彭辉留下印象最深的就是小芳的泪水，他实在不忍心再看到小芳的泪水，小芳的身体刚刚有所好转，不能再让小芳因为他和韩秋的事而发生意外，小芳的身心经不起感情潮水的冲击。彭辉也怕在小芳面前暴露他和韩秋的关系，因为韩秋告诉过他，母亲曾问过她是怎么认识李彤和彭辉的，又是怎么到彭辉公司的。

小芳的确怀疑过韩秋与彭辉的关系，后来见李彤总是跑前跑后地照顾他们一家，又得知李彤尚未成家，便把心放回了肚子里。虽说李彤比韩秋大七八岁，但李彤生得细皮嫩肉，看上去并不显大。小芳也试探着问过韩秋，韩秋就按彭辉的叮嘱，既不承认也不否认。只是说我还小，现在还不想考虑这个问题。

李彤受彭辉之托，对韩秋一家照顾得无微不至，别说韩秋的家人被蒙蔽了，就连韩秋都觉得于心不忍。人家是名牌大学高材生，又是公司举足轻重的人物，让人家一天到晚地替自己家干这干那，实在是过意不去。

跟彭辉的会面虽然是猝不及防而又短暂的，却把小芳压抑在心底多年的苦水搅动起来，把她的五脏六腑搅动得难以平静。她有很多话想对彭辉说，她要知道彭辉这些年是怎么过的，所以她也非常渴望能和彭辉再见上一面。小芳觉得彭辉肯定还会找个借口来看她的，她一直在期待着，一直在煎熬中期待着，等得有些焦灼不安了。

小芳很婉转地向韩秋打听过彭辉的情况，韩秋为避免她的怀疑，并没有说得太多。韩秋只对她说："我们老板家庭出身不好，少年和青年时代都是在河南老家度过的。我们老板是个很善良、很正派也很有本事的人。李彤告诉我说，我们老板之所以对我格外关照，就因为我长得很像我们老板的初恋情人，我们老板一直对他的初恋情人念念不忘。"韩秋说这些话的时候，两眼始终注视着母亲的反应，韩秋显然是想验证一下自己的母亲究竟是不是那个叫小芳的人，她当然不希望是。

小芳当时竭力掩饰着自己的情绪，并把目光移到了别处，因为她觉得自己眼底又开始潮湿了。

小芳得知彭辉没有娶她是出于无奈，而且至今仍旧念着她，她的内心已经得到了一些安慰。自从自己改了名字嫁给韩大勇，小芳就决定把她和彭辉的往事埋葬在心底，就决定把彭辉的名字从她的记忆中抹去。可是自从见到彭辉的那一刻起，她就意识到她根本无法埋葬往事、无法抹去记忆，彭辉在她心目中依然占据着很重要的位置。

小芳已经开始在心里原谅彭辉了，其实她也很清楚，她对彭辉一直是只有怨没有恨。都说爱得越深恨得越深，实际生活中并非如此，真正相爱的人，到什么时候都恨不起来。正是因为曾经爱得太深的缘故，小芳不仅没有恨，而且始终认为彭辉违背诺言必有他的苦衷，因为她到死也不相信彭辉会欺骗她的感情。现在这一点得到了证实，彭辉当时是迫不得已，小芳甚至觉得彭辉婚姻的不幸，显然也有她的因素。这样一想，小芳的心里就平衡多了，积蓄在内心深处的怨也渐渐消释了一些。但是，小芳依然心绪难平。她想跟彭辉好好聊聊，不然她的心很难静下来。

小芳只想跟彭辉推心置腹地长谈一次，她要把积聚在内心深处二十年的委屈和痛苦一股脑儿地倒出来。小芳还想找个适当的时机跟彭辉说说韩秋的终身大事，因为她觉得李彤不错，希望彭辉尽量促成韩秋和李彤的婚事。当然，她也希望彭辉能够多关照韩秋，她担心自己在这个世界上不会活太久。

如果不是当年怀了彭辉的孩子，小芳或许不会离家出走，母亲就不会被父亲逼上绝路，她的身体也不会变成如今的样子。小芳当时答应嫁给韩大勇的唯一条件，就是韩大勇同意她把孩子生下来，韩大勇同意了，并对小芳承诺，无论小芳生男生女，他都像对待自己的亲生骨肉一样。

这天下午，小芳终于克制不住自己，打通了彭辉的电话。

彭辉正在办公室跟韩秋和李彤商量工作，一看来电显示是韩秋家的电话，顿时紧张起来，赶忙起身走到窗前接听。

"请稍等，我正在跟李彤和韩秋谈工作，一会儿我给您打过去。"

彭辉之所以这样说，就是要告诉小芳，韩秋在旁边，他不方便说话。挂断电话，彭辉说是崔副局长打来的电话，有事情要谈。李彤似乎看出了缘由，找个借口把韩秋叫了出去。

彭辉关好房门，忐忑不安地拨通了韩秋家的电话。

"你好，小芳，我是彭辉。"

"千万别让秋知道，更不能让秋她爸知道。"

"嗯，我知道。"

"俺这条命是秋她爸给的，他是个好人，俺不能伤害他。"

"我知道，所以我一直不敢给你打电话。小芳，是我对不起你，是我把你害惨了……"

"小辉，别这样说，这就是命，也不能全怨你。"

"小芳，我不会再让你受苦了，自从我有了能力，我就去找你，可是当时我……"

"小辉，你错了，俺那时看上的是你这个人，俺从没想过跟着你享福，你是知道俺的。"

"我知道，我知道，可是我现在没有别的办法补偿你啊！"

"你待秋这么好，就算是对俺的补偿了，俺知道你这些年没忘了俺，俺也知足了。小辉，俺现在就求你一件事，帮俺照看好秋，如果秋能跟小李子成了，俺就高兴了。"

"小芳，我……我一定善待韩秋，我……"

"秋总跟俺夸你是个好人，俺心里欢喜，秋在你身边上班，俺放心了，真的放心了。"

"小芳,我想单独请你吃顿饭,你选时间。"

"俺也想单独见见你,可是俺是有家的人了,那样不好,以后咱们最好不要见面了。"

"小芳,我……"

彭辉和小芳聊了大约有两个多小时,彭辉感叹着告诉小芳,他的妻子无法跟小芳比,简直就是一个天上一个地下。小芳劝彭辉不要怪妻子,既然成了夫妻就是缘分,况且妻子替他尽了孝,又给他生了儿子。彭辉想告诉小芳他已经离了婚,可是又担心小芳听了之后内疚,所以犹豫再三还是没说。小芳依旧那么善良,她不仅原谅了彭辉,而且还劝彭辉不要再内疚了。小芳还安慰彭辉说,这辈子能再见到彭辉,知道彭辉心里有她,就什么也不想了,死了也没什么遗憾了。彭辉劝小芳一定要继续治疗,他可以给她找北京最好的中医,因为医生说了,有些病西医也许治不了,中医或许就能治好。小芳说千万不要为她花钱,花彭辉的钱,她心里不踏实。

小芳之所以对彭辉这么宽容,不仅仅是她的善良,还因为她对彭辉的爱是刻骨铭心的。虽然彭辉不可能再属于她,她还是希望彭辉能活得轻松一些。小芳的宽容让彭辉更加无地自容,说到最后,彭辉掉了眼泪,声音也哽咽了。小芳虽然也很激动,但她心疼彭辉,所以尽量克制着自己,她要是掉泪,彭辉心里肯定会更难受。最后彭辉说,现在他唯一的安慰就是小芳活着,这样他就有了赎罪的机会。但是一想到韩秋,彭辉的心情就越发沉重了,他很清楚,一旦小芳知道他和韩秋的事,决不会对他这么宽容。

如果不是一个意外发现,彭辉和韩秋之间的关系还能保持一段时间。然而,事情还是提前爆发了。

小芳已经坚信李彤就是韩秋的男朋友,由于自己有过类似的经历,小芳并没有责怪韩秋早恋,只是担心韩秋重走她的老路,所以,在跟彭辉通电话的第二天,她突然提出要见一见李彤的父母,她要把韩秋和李彤的婚事订下来。

韩秋慌了神,她暂时还没有勇气向母亲坦白她跟彭辉的隐情,只能顺水推舟地说等等再说。小芳却坚持见李彤的父母,而且越快越好。小芳和韩大勇已经商量过了,准备过一段就回临清。小芳觉得北京的消费太高,还是回老家过日子省钱,走之前她必须把韩秋的终身大事订下来,否则她不安心。小芳对韩秋说:"李彤人不错,你跟了他俺们放心,俺们希望你们能早点把婚结了。"韩秋搪塞说:"我年龄不够,肯定办不下结婚证。"小芳说:"领不领结婚证我不管,反正俺们得看到你们把婚礼办了,这里不行就回咱老家办。"

韩秋马上把这件棘手的事告诉了彭辉,彭辉听后更加不安起来。

彭辉再次劝韩秋把孩子做掉,韩秋拗不过彭辉,只好答应了。彭辉说:"现在有一种堕胎药,吃了以后很快就能把孩子打掉,而且一点也不受罪。"韩秋说:"那你就给我买去吧,不过我还是那句话,我早晚得给你生个女儿。"

随后,彭辉把李彤叫了过来,彭辉对李彤说:"兄弟,这下可麻烦了,韩秋的父母真把你当成韩秋的对象了。现在咱们只能将错就错,为了我和韩秋,你还得继续把这个虚名担着。要是韩秋的父母问起你,你就先答应了,后面的事情咱们再想办法。"

李彤说:"老板,您就放心吧,为了您,我什么事都可以做。"

李彤说的是心里话,自从他应聘到这里以后,彭辉不仅对他一直很信任,而且在各方面都很照顾他。李彤每个月的工资加上奖金和加班费,至少能拿到四千以上,工程提成还不包括在内。彭辉在其他人员面前总是一副唯我独尊的大老板姿态,对李彤则不然,一直以兄弟相称,就连李彤泡小姐的费用都由他出。在韩秋来公司之前,李彤就是彭辉的第一嫡系,即便是有了韩秋,在工作中,尤其是工程技术方面,彭辉依旧最信赖李彤。彭辉的装饰公司之所以常胜不衰,除了彭辉"瓦解"甲方有高招之外,还因为李彤的设计总是高人一筹,每个设计方案都能让甲方满意。

李彤是个知恩图报的人,不仅对彭辉忠心耿耿、言听计从,就连彭辉玩儿过的女人他都不嫌弃。以前,彭辉经常是在自己享用完了之后对李彤说:"这个女人有点儿味道,你也领教领教吧。"李彤不想睡都不行,因为彭辉已经提前把小费预付了。李彤把这种"掏井"之事当成是一种恩赐,觉得彭辉没把他当外人,是对他的信任和体谅。

李彤知道彭辉对韩秋是真心的喜欢,因为他从未见过彭辉对哪一个女人如此上心。彭辉和韩秋的事在公司并没有公开,但是彭辉却从不背着李彤,尤其是韩秋的父母来了之后,彭辉全权委托李彤代替他前去照料,以至于让韩秋的家人都认为李彤就是韩秋的男朋友。

第十三章 从迷茫走向死亡

没过几天，小芳再次督促韩秋，韩秋只好骗她说李彤的父母去国外讲学还没回来。于是，小芳决定先回老家，等李彤的父母回国以后再说。小芳让韩秋打点行装，准备这个星期日就动身。小芳之所以决定星期日动身，就是考虑星期日彭辉可能休息，她希望彭辉来送他们，她想再看一眼彭辉。

彭辉当然也很想在他们走之前单独见一下小芳。这天，彭辉安排李彤开车带着韩秋、韩秋的父亲和弟弟去了世界公园。小芳意识到这是彭辉的苦心安排，所以他们劝她一起去的时候，她借口自己的腿脚还不方便没去。在他们走后，小芳就让保姆上街买菜去了。

小芳和彭辉整整聊了一个上午，两人没有丝毫的亲昵动作，尽管彭辉很想抱一抱小芳，但他克制住了。小芳没有对彭辉隐瞒自己的感情，她告诉彭辉，虽然韩大勇对她一直很好，可她的心里一直没有忘记彭辉。彭辉也把自己这些年的思念诉说给了小芳，小芳笑了，笑得跟当年一样甜。小芳问彭辉，她是不是老得没法看了，彭辉说小芳在他眼里永远都是最好看的。小芳说彭辉变化很大，变得一点当年的影子都没了。彭辉说自己变坏了，变腐败了。小芳说他能理解，她早就看出彭辉能出人头地。彭辉没有说自己曾有过很多女人，他怕伤害小芳，他要是如实说了，小芳肯定会自责的。彭辉很想吃一顿小芳做的饭菜，所以到了中午也没说走。彭辉不担心韩秋他们突然回来，因为他已经交代过李彤，回来之前一定要打电话通知他。小芳在厨房做饭的时候，彭辉一直在旁边看着，当年他就喜欢看小芳做饭，小芳做饭很麻利，彭辉百看不厌。现在，小芳依旧还是那么麻利，依旧让彭辉百看不厌。

彭辉走的时候，小芳的眼眶湿润了。彭辉攥住小芳的手，小芳把头贴在了彭辉的肩头。

他们毕竟刻骨铭心地相爱过，尽管小芳已经不再年轻，彭辉内心的情感依旧被唤醒了。彭辉在征得小芳同意后拥抱了小芳，就在这拥抱的瞬间，彭辉萌生了和韩秋分手的念头，因为他知道，小芳永远都不会接受这个残酷的事实，既然他心里还爱着小芳，既然小芳还真实地活着，他的感情就应该回归到小芳，他就不能再把韩秋当成小芳。

当晚，小芳又找韩秋聊了一次，还是聊韩秋和李彤的婚事。韩秋竭力掩饰着自己，违心地答应母亲，李彤的父母一回来，就马上通知家里。韩秋觉得彭辉的话有道理，母亲的身体刚有好转，不能让母亲带着担忧离开北京。

这一晚，韩秋总想这件烦心的事，几乎一宿没合眼。

次日早上，韩秋起晚了，她着急去上班，忘记锁写字台的抽屉了。小芳替韩秋收拾房间的时候，无意间看到韩秋的一本影集。

小芳万分的惊悸，影集里没有一张是韩秋和李彤的单独合影，而绝大部分都是韩秋和彭辉的合影，有几张合影里虽然有李彤，但李彤明显是配角。小芳的脑子里就像炸响了一个惊雷，顿时天旋地转起来，眼前一黑，险些没栽倒。傻子都可以从这些照片里得出结论，韩秋的男朋友不是李彤而是彭辉，而且韩秋和彭辉的关系已经到了非常亲密的程度。

天啊！韩秋的男朋友居然不是李彤，而是她最担心的彭辉！

你们现在究竟到了什么地步？你们不会已经……老天爷呀！求求你可怜可怜俺吧！俺这辈子可一件缺德事也没做过呀！老天爷啊，你不该这样惩罚我，你不该把俺往绝路上逼呀！

彭辉呀彭辉！你这是造孽呀！你怎么可以和俺的女儿……小辉，你怎么可以这样呢……

韩秋呀韩秋！你为什么要欺骗俺呀？你要是早告诉俺实情，俺兴许能阻止你们走到这一步，你要是真的和他……你让我怎么活……

小芳哭得几乎昏厥过去，她愤怒地把韩秋和彭辉的合影照全部撕碎，然后又一股脑地烧掉，她希望能把韩秋和彭辉的一切通通化为灰烬。

小芳已经无法冷静了，她马上给韩大勇打了电话，让韩大勇立即去买四张回临清的车票。韩大勇问为什么，小芳歇斯底里地说："什么也别问了，你马上去买！就买今天的，越早越好！"

韩大勇说："闺女和儿子干吗也走？"

小芳嚷道："大勇，俺求求你了，别问了好不好？买到车票你就去学校接咱儿子！"

韩大勇一向对小芳百依百顺，小芳的话就是圣旨。

随后，小芳又给韩秋打了电话，说有十分要紧的事，让韩秋马上回来，越快越好。

韩秋说："我正在打印一份很重要的合同，打完了就赶回去。"

小芳说："不行！一分钟也不能耽搁！"

韩秋说："好吧，您别着急，我这就回去。"

韩秋以为母亲的身体出现不适，匆忙收拾了一下，然后给彭辉打了个电话，便出门打了辆出租车。

紧接着，小芳又打通了彭辉的手机，手机里是彭辉焦急的询问声，小芳却好长时间说不出话来，她实在不知该怎样说。彭辉意识到出了大事，因为他刚刚接过韩秋的电话，韩秋的语气就异常的慌乱。彭辉一直喂喂喂地呼叫着，他听到了电话里小芳那急促的喘息声，后来小芳抽噎了几下。

"小芳，你说话呀！究竟出了什么事儿？"

"呜……"小芳依旧无语，抽噎得更加厉害了。

"小芳，你别哭，就是出了天大的事情，有我在你都不用怕。"

"俺……你让俺咋说呀？"

"小芳，你别着急，慢慢说。"

"小辉，俺……俺求你一件事。"

"别说一件了，就是一千件一万件，我也决不会说半个不字！"

"那就好，俺们一家马上回临清，韩秋也一起走，俺求你往后千万不要再找韩秋了！"

"为什么？"

"别问为啥，反正是为你好，为俺好，更为韩秋好。"

"是韩大勇知道什么啦？"

"韩大勇什么都不知道，韩大勇至今不知道，你就是当年那个让俺流落异乡的人。"

"那又是为什么呢？韩秋跟着我，你还有什么不放心的吗？"

"求求你别问了，你要是还念着俺当年对你的那点儿好，就答应俺，而且你要对天发誓。"

"这……"彭辉为难了。

"小辉，你要是不答应，俺马上死给你看。信不信由你，俺可以打开煤气罐的阀门，然后划一根火柴。"

"小芳别……我答应你。"

"你发誓！"

"我……我发誓。"

"俺要你亲口说出来。"

"说什么？"

"你发誓从今往后再也不见韩秋了。"

"我……"

"俺数一二三，你要是再不发誓，我就……一、二……"

"小芳别，千万别……好好好，我……我发誓，我发誓从今往后再也不见韩秋了。"

"小辉，你还得答应俺，韩秋要是问你，你不能说是俺给你打了电话。"

"行，我答应你。小芳，非得走吗？"

"必须走！"

"我可以送送你们吗？"

"不可以，你要是敢来，俺依旧死给你看！"

小芳说完就挂断了电话，因为她听到韩秋在门外叫她和开门的声音。韩秋每次回来都先说一声"妈，我回来啦！"然后再用钥匙开门。

任凭韩秋怎么追问，小芳就是不说突然决定回临清的原因，急得韩秋带着哭腔说："妈，您要是不说出个一二三来，我就不走！"

小芳瞪着韩秋大声嚷道："你要不走的话，俺就一头撞死在墙上！不信你就试试！"

韩秋从没见母亲发过这么大的脾气，她有些怕了。韩秋只好答应跟着走，等回到家里再说。韩秋想给彭辉打个电话，可电话线早被小芳拽断了。韩秋拿出手机刚要拨打，被小芳一把抢了过去。

不一会儿,父亲和弟弟回来了,父亲买的是下午一点多的车票。父亲和弟弟见小芳和韩秋都阴沉着脸,也都没敢问为什么。

韩秋一家人叫了一辆出租车,因为坐公共汽车已经来不及了。

不远处停着一辆出租车,车上坐着戴墨镜的彭辉。彭辉怕被小芳发现,没敢开自己的车,而是打了辆出租守候在这里。韩秋一家走出没多远,彭辉就让司机追了上去。彭辉仍然是一头雾水,怎么也弄不清小芳是怎么知道他和韩秋的隐情的。他的确很奇怪,因为今天早晨一上班,韩秋还跟他说,小芳急着要见李彤的父母呢。

回到家已经三天了,三天里,小芳始终阴沉着脸一言不发。韩大勇知道小芳的脾气,一直没敢问为什么。韩秋如坐针毡,除了肚子里的孩子,她也十分挂念彭辉,自己的突然离去,彭辉肯定会非常着急的。韩秋的手机被小芳藏了起来,韩秋想找个借口出去打电话,小芳坚决不许她出门,说你就死了这份心思吧,哪也不准去,你就老老实实给俺待在家里。

到了第五天,韩秋再也沉不住气了,可怜兮兮地拉着小芳的手说:"妈,您这么做究竟是为了啥呀?"

小芳愤怒地甩开韩秋的手说:"为啥?你说为啥?你们合起伙来骗俺,你让俺说你啥好?"

韩秋心里一惊:"妈,我……我们咋骗你啦?"

小芳更来气了:"俺不想说!"

韩秋说:"妈,您别生气,我……"

小芳说:"你们瞒得了初一,瞒得过十五吗?啥也别说啦,你不是想去北京吗?那你就让小李子来临清,只要俺看着你和小李子结了婚,俺就放你走!"

韩秋傻眼了,让李彤来一趟并不难,但是李彤不可能把假戏演至洞房花烛夜呀!韩秋意识到不能再对母亲隐瞒了,她的小腹已经凸起了,再这样拖下去,一切都不说自明了。与其让母亲看出来,还不如自己主动招认为好。挨一顿臭骂是肯定的,兴许还得挨一顿打,但母亲毕竟是疼爱她的,而且母亲又是个心慈手软的人,说不准还能看在肚子里孩子的份儿上放她一马。

"妈，请您不要生气，我是骗了您，李彤的确不是我的男朋友，我是怕您理解不了，才没敢跟您说。"

"过去的事情不要再提了！你要是俺的女儿，就跟你们老板一刀两断！"

韩秋愣住了，她没想到母亲已经知道她和彭辉的事了。

"妈，您听我说……"

"俺不想听！告诉你，只要俺活着，就不允许你再见他！就是俺死了，也决不允许你们……"

"可是我……"

"没有可是！你给俺听着，俺就是变成灰，俺的鬼魂也会永远横在你和他中间！"

"妈，他是个好人，他对我……"

"好人也不成！先不说他比你大多少，他有家你知道不？你怎么能做这种丧天良的事啊？"

"妈，我……"

"你不为自己考虑，也得为俺们考虑啊！要是让街坊四邻知道了，俺们还咋出门见人？你给俺听好了，你要是不跟他断，俺就死给你看！"

"妈，您这是把我往死路上逼呀！"

"你就是死了，你的魂也得离他远远的！"

"可是我已经……"

"不要再说了！你要是再说下去我就一头撞死！"

韩秋"咕咚"一声跪在了小芳面前，泪水成串成串地滑过面颊，她觉得自己就像是挂在悬崖边的小树杈上，马上就要坠落到万丈深渊。

"妈，我已经怀了他的孩子，我不能……"

小芳想阻止已经来不及了，她最怕的就是从韩秋的嘴里听到她最不愿听到的这句话。

"啪！"小芳使出所有的气力扇到了韩秋的脸上，然后气急败坏地，不，是歇斯底里地说："你……你不该说出来，你不该说出来呀！你不该……"话没说完，小芳就一头栽倒在地上。

韩秋吓坏了，甚至忘记了给急救中心打电话。

韩秋把母亲背到马路上，截了辆车去了医院。

小芳一直处于昏迷状态，韩秋的父亲和弟弟赶到后，小芳才睁了下眼，但很快又闭上了。一个小时以后小芳才清醒了一些，见丈夫和儿子出去了，她才用微弱的声音对韩秋说："你让他来，俺有话跟他说。"

韩秋跑到医院门口的电话亭，哭着给彭辉打电话。

韩秋告诉彭辉，母亲知道他们的事了，一着急，脑干出血了，医生说很危险，随时都有可能咽气。得知小芳有话要跟他说，彭辉毫不犹豫地告诉韩秋，他马上动身赶过去。

韩秋说："我觉得天要塌了！你快来吧，你不来我会急疯的。"

彭辉说："韩秋，你别着急，天黑之前我一定赶到！"

彭辉本想一个人去，李彤执意陪他走一趟。

路上，彭辉的话很少，他的脑子乱了。彭辉知道脑干出血的严重性，这种病是很难抢救过来的。倘若小芳就这样离开人世，无疑是他间接杀死了小芳。彭辉不仅更对不起小芳，恐怕也没勇气面对韩秋了。

彭辉和李彤赶到医院的时候已经是下午六点多了，当时韩秋的父亲和弟弟到外面吃晚饭去了，病床前只有失魂落魄的韩秋。

韩秋把彭辉拉到小芳的病床前，轻轻说："妈，他看您来了。"

彭辉轻声说："我来了。"

昏迷中的小芳一听彭辉的声音，身子马上动了一下，面部肌肉紧跟着剧烈地抖动了一阵，不一会儿便睁开了眼睛。彭辉见小芳向他招手，忙走近了一些，看到小芳病情如此严重，彭辉心痛极了。小芳虚弱地摆摆手，示意韩秋和李彤出去，韩秋怕母亲为难彭辉，站着没动。小芳再次皱着眉头摆手，彭辉便示意韩秋先出去。韩秋用哀求的目光看了母亲一眼，这才一步三回头地走了出去。

小芳的声音很虚弱，彭辉只好俯下身来听。

小芳断断续续地说："小辉，俺可能要死了，你既然来了，就说明俺俩的情分还在，说明老天爷不允许俺再瞒着你啦。"

彭辉说:"你说吧,我听着呢。"

小芳说:"小辉,你们不该这么做孽啊!"

彭辉说:"小芳,原谅我,我要是知道韩秋是你的女儿,我……"

小芳直勾勾地望着彭辉:"俺的女儿?小辉啊,难道你就没想过,她是你的女儿吗?"

彭辉一惊:"小芳,你别吓唬我。"

小芳躲开彭辉的目光说:"秋今年十九,你走的时候是初冬,秋是第二年秋天生的,不是你的是谁的?"

彭辉先是一愣,随即攥着小芳的手说:"不!这不可能!小芳,你怎么惩罚我都行,千万不要用这样的话杀我啊!"

小芳说:"小辉,俺没有骗你呢。当时俺拼了命要去找你,就是因为俺怀了你的孩子。"

彭辉还是不信,因为韩秋说过她出生的日期。

彭辉说:"不,这不是真的!我看过韩秋的身份证,她是在我走了两年之后出生的,她绝对不是我们的女儿!"

小芳说:"小辉,俺真的不骗你,身份证晚报了一年,俺是为了秋他爹的面子,俺不想让人家对我和韩大勇说三道四。小辉,还记得咱们分手的头一个晚上吗?俺就是那一次怀上秋的。俺之所以能活下来,就是因为怀了秋,俺觉着不能白喜欢你一场,俺一定得给自己留个念想。小辉,你别这样看着俺,俺不能怪你,因为你不知道啊,这怨不得你。现在,俺只求你一件事,你要是不想让俺带着罪孽离开人世,你就让秋把肚子里的孽障打掉吧,不能让她把孩子生下来呀!"小芳紧紧攥住彭辉的手。

"天啊!我这是做的什么孽呀!"彭辉险些没晕倒。

彭辉面如死灰,小芳的话他不能不信,因为小芳从没对他说过谎,更不可能用这样的谎话来骗他。豆大的汗珠布满了彭辉的额头,他浑身不停地痉挛着。彭辉知道自己犯下的罪过天理难容,唯一的归宿就是下到十八层地狱,此刻,他甚至有了陪着小芳一起死的念头。

"小辉,这都是命啊!"小芳的声音充满了哀怨和无奈,她紧紧盯着彭辉的眼睛,一动不动。

"小芳，我答应你，我一定让韩秋打掉孩子！"彭辉的声音低沉得似从远古飘来，他把身子俯得更低一些，轻轻地吻了小芳。

小芳枯涩的眼睛里又滚出两颗晶莹的泪珠。

小芳说："小辉，你要把这个秘密守住，千万不能跟任何人说啊，秋要是知道了，肯定会寻短见的！"

彭辉说："你放心吧，我不会说的，我也没法张开这个口啊！"

小芳说："俺可能快死了，能在临死前跟你见上一面，把这件事告诉你，俺也可以闭眼了。"

彭辉说："小芳，你不会死的，我不能让你死。我会请最好的医生，花多少钱我都舍得。"

彭辉离开病房，去找医院的院长。

彭辉把带来的十万现金放在院长的办公桌上说，如果能救活小芳，这十万块钱就由院长支配了。院长没有接受，他对彭辉说，救死扶伤是他们的天职，他们一定全力挽救小芳的生命。

一周以后，小芳奇迹般地活了下来，彭辉这才松了口气。

在小芳昏迷期间，韩秋在彭辉的苦苦哀求下，做了人工流产。

起初，韩秋死活不肯做，彭辉说她要是不做，她母亲醒来还会着急，这种病就怕着急啊。韩秋哭了，哭得格外伤心，为了母亲的安危，她别无选择。母亲是天下最好的母亲，韩秋不能失去母亲，母亲失去就没有了，而孩子失去了还可以再要。

韩秋做了人流，为了不让父亲知道，她一天也没有休息。

小芳脱离危险后，彭辉又去看了她一次。为了不让韩大勇怀疑，他依旧是在韩大勇不在的时候去的。

小芳攥着彭辉的手问他后悔不后悔，他摇摇头说，只要小芳活着，他什么都可以舍弃。彭辉还告诉小芳，他回京后就把公司交给李彤打理，然后他就带着老婆和儿子去一个韩秋找不到的地方。小芳点点头说，这么多年过去了，你还这么在乎俺，俺知足了。

小芳相信人能转世的说法，她答应彭辉，下辈子一定跟彭辉在一起。彭辉也点点头说，如果他下辈子还能做人，肯定只有小芳一个女人。小芳笑了，笑得很舒心，也很自然。

临回北京前，彭辉把那十万块钱办了个存折交给了韩秋。韩秋说等母亲一出院她就回北京，彭辉劝她不要任性，一定要听她母亲的，母亲要是不同意，就先不要急着回去。韩秋想去宾馆陪彭辉住一宿，彭辉借口她的家人知道了不好，没有答应。韩秋觉得彭辉突然变了一个人，变得冷漠了，陌生了，但是她没往别处想，她认为这是母亲给彭辉的压力太大了，等以后她说服了母亲，她一定能把原来的彭辉拉回到自己身边，她相信自己迟早能说服母亲。

分别的时候，彭辉再三叮嘱韩秋，一定要好好照顾她的母亲，千万不要记恨她的母亲，无论母亲做出什么样的决定，都是为她好。韩秋答应了彭辉，彭辉能为她的母亲这样考虑，很让她感动。韩秋奇怪的是，彭辉对他们俩的事情只字不提，不仅不提，她刚一开口还被他岔开了。

望着远去的蓝色宝马车，韩秋一脸的茫然。

回到北京的第二天，彭辉便把公司的兼职律师叫了过来。

彭辉异常严肃地对律师说："我有几个重要文件交给你保管，请你答应我一件事，以后无论谁问起来，你都说这些东西是我在一年前交给你的。"

律师说："您放心吧，我会按您的意思办的。"

彭辉把一张转账支票交给律师说："这是十万，就算是我提前支付你的酬金和封口费，以后无论出现什么事情，你依旧担任这个公司的法律顾问。你在给我担任法律顾问的几年里，让我相信了你的智慧和你的为人，所以我希望你继续为这个公司服务下去。"

律师说："嗯，我答应您。"

随后，彭辉交给律师三份文件：第一份是从文件签发之日起，彭辉的所有财产分成三份，彭辉的前妻、儿子和小芳各占一份；第二份文件写的是，如果彭辉出现什么意外，公司由小芳的女儿韩秋接任总经理，李彤为第一副总，李彤享有百分之三十的股份；第三份是写给李彤的一封信，请求李彤照顾好他的儿子和小芳一家，如果李彤想自己当老板，五年以后，李彤可以买下小芳的股份成为公司的大股东。

彭辉还特别关照律师说，这三份文件只有在他永远离开公司的情况下才能拿出来。

送走了律师，彭辉又把李彤叫到了办公室。

彭辉说："兄弟，我这半辈子做过两件错事，第一件是辜负了小芳，第二件是不该喜欢韩秋。这两件事是我这辈子无法弥补的过错，尤其是韩秋，她太无辜了。韩秋本来可以有一个很好的未来，可是，由于我的迷茫和贪婪，把她给毁了。我今天跟你说这些，只有一个要求，那就是，有朝一日当我无法照顾韩秋的时候，请你帮我照顾她。可以吗？"

李彤没有说话，因为他听了之后，心里很不是滋味。

李彤明白彭辉的意思，彭辉这样说，就是把韩秋的一生托付给了他。李彤不否认自己喜欢韩秋，可他决不会在彭辉依然爱着韩秋的情况下，对韩秋什么有非分之想。李彤很敬重彭辉，并把彭辉当成兄长和朋友，朋友妻不可欺，到什么时候他都不会对韩秋越雷池一步。

彭辉又说："你对公司贡献很大，我很快就把公司改成股份公司，我会给你一定的股份。"

李彤这才开口说："老板，您放心吧，不管给不给股份，我都会尽力的。其实我最近也在考虑我自己的未来，也许我会打消自己做老板的念头，因为我觉得自己不是当老板的料儿。"

彭辉点点头说："你认识到这一点我很欣慰，因为不是哪个人都可以当老板的，别看当老板很时髦很风光，可是商海的险恶和残酷，终究是要把绝大多数人淘汰掉的。"

当晚，彭辉和李彤在办公室一起喝酒，一直喝到了深夜。

见李彤醉倒在沙发上睡着了，彭辉又从酒柜里拿出了一瓶轩尼诗。这瓶酒还是中秋节前彭辉给韩秋的父亲买的，韩秋没有拿回去。韩秋当时笑着说："一千多块钱一瓶，太贵了，你想把我爸烧死呀？我爸要是喝了，保准说没有二锅头好喝，还是你自己留着喝吧。"彭辉说："好吧，那我就听你的，等到了咱们一周年纪念的那一天再喝。"

望着发出均匀鼾声的李彤，彭辉苦笑着摇了摇头，自语道："这小子还是没我的酒量大，才半瓶就倒了。"

彭辉拿过一只高脚杯，把两个杯子先后斟上酒，然后用自己的杯子碰了下那个杯子说："来，韩秋，咱爷俩喝个告别酒吧。因为我再也无法面对你了，你是个好孩子，你没有做错任何事情，错的是我，是我把你推向了万丈深渊，我知道你爬上来很难，但我还是希望你能凭借自己的力量爬上来，你要是能爬上来，或许还能开始新的人生。来吧，陪我干一个，也是最后一次了。从此以后，我不会再让你见到我了，也许你无法承受我的突然消失，但是我没办法啊！我只能选择离开你们，我只能这样啊……"

说着，彭辉先干了自己的杯中酒，尔后又把另一杯酒喝了。

彭辉又把两个杯子斟上酒，依旧两个杯子碰了下说："小芳，现在该咱俩喝了。我已经把你们的将来做了安排，从此以后，你们的生活就不会再有问题了。小芳，你知道吗？我现在很茫然，真的很茫然，从未有过的茫然。我觉得我面前已经没有路可走了，真的，没有路了。小芳，其实你不该原谅我的罪过，你不该那么宽容，那么善良，你应该痛骂我，你应该折磨我，你应该诅咒我才是啊！那样的话，我心里或许能够好受些。我说了，如果我下辈子还能够转世成人，我一定好好补偿你，可是我自己很清楚，像我这样罪孽深重的人，是不可能再投胎成人了，这才是我最痛苦的，也就是说，我永远都没有赎罪的机会了，下辈子都不能跟你在一起了！"

说完，彭辉又先后把两个杯子里的酒干了。

彭辉就这样循环往复地喝着，就这样边喝边叨唠着，很快，大半瓶酒就喝掉了。

彭辉醉了，彻底醉了，他从没有这么醉过。彭辉开始喷着酒气骂自己："我他妈的禽兽不如！我他妈的伤天害理！我他妈的该千刀万剐！我他妈的该下十八层地狱！"彭辉骂着骂着便落下了眼泪，于是他又开始数落自己：这是老天对我的惩罚呀！自打我抛弃小芳的那天起，老天爷就给我记下了这笔账！难道我当时就真的一点儿希望也没有吗？不！在我对母亲的妥协中，除了我的懦弱，也有我的私心啊！只有我自己最清楚，回京以后，我的思想也起了微妙的变化，我没有足够的勇气娶个农村姑娘呀！

彭辉醉倒在地上，倒在地上以后的他继续喝着，喝了一通之后，又开始自责起来："说到底，是钱害了我呀！假如我是个一贫如洗的人，我就不会那么放纵奢侈，我就不会那么醉生梦死，我也不会作孽到自己的亲生女儿身上啊！可怜的韩秋，你是那么年轻，那么天真，那么纯洁，你就像你妈妈当年一样，你是多么的无辜啊！韩秋，我无法再面对你，我只能永远让你蒙在鼓里了。万幸的是，你并不知道你自己的身世，否则你也无法活下去啊！"

"完了，酒喝完了，我也该走了。"

天蒙蒙亮的时候，一瓶轩尼诗终于见了底。彭辉撕了张台历，在上面写了一行字：李彤，我去石家庄办点儿事。

石家庄有彭辉的一个好友，在彭辉事业起步的时候，那个朋友曾经无私地资助过他，他一直没有机会报答。最近，彭辉听说那个朋友炒股赔得很惨，他早就想去还这个人情了。

彭辉从衣袋里拿出宝马车的钥匙，放在了老板台上，然后从李彤的手包里找出切诺基越野车的钥匙，晃晃悠悠地走了出去。

韩秋一早就来到了医院，今天是小芳出院的日子。

韩秋今天的心情很好，母亲的病好了，她就有希望了。

病床前，梳洗完毕的小芳望着韩秋，韩秋明显消瘦了许多。小芳知道这是为什么，她有点儿心软了。

小芳说："秋啊，别怪妈，妈是为你好。"

韩秋说："嗯，我知道。"

小芳说："俺知道你们老板是个好人，可你们的年龄悬殊太大，你跟了他是不会幸福的。"

韩秋说："妈，有啥话还是回家说吧。"

小芳说："没事，现在这里又没有旁人。听妈的，忘了他吧，他跟俺发誓了，从今往后不会再见你了。"

韩秋一惊："什么？您说什么？"

小芳说："他发誓了，从今往后再也不见你了。"

韩秋说："不会的，除非他离开这个人世，不然他是不会离开我的，他不会的，他是说话算话的。"

小芳一惊:"你说什么?离开人世?"

韩秋说:"是的,他跟我说过,只要他活在这个世上,就不会让我受任何委屈和伤害,就会让我和咱家过上好日子的。"

小芳的脸色突然变了,变得惨白如纸。

韩秋说:"妈,您咋了?您别生气啊!好了,我不说,我不说了。"

小芳有些失魂落魄地:"秋啊,带电话没?"

韩秋疑惑地:"带着呢,您要给谁打电话?"

小芳焦急地:"给你们老板打,快呀,俺有话跟他说!"

韩秋答应了一声,拿出电话拨打彭辉的手机。

彭辉的手机关机。

韩秋很纳闷,因为彭辉的手机从来不关机。于是,韩秋又拨打彭辉办公室的电话。

李彤醒来的时候,太阳已经出来了。

李彤揉了揉酸涩的眼皮,发现宝马车的钥匙下压着一个便条,看过之后很是纳闷,因为彭辉每次离京,哪怕只出去百余里,也会当面对他交代工作的。昨晚彭辉只字没提,今早又不辞而别,实在有些反常。李彤正在瞎琢磨着,桌上的电话响了。

电话是韩秋打来的,李彤告诉韩秋,彭辉去石家庄办事了。韩秋焦急地问彭辉带手机了没有,李彤四下看了看说,应该带了。韩秋匆忙挂断了电话,李彤又感到有些纳闷,韩秋怎么连个客气话都不说呢,以前她可不是这样的,是不是她母亲的病又犯了?

这时,桌上的电话再次响了起来,李彤赶忙拿起来接听。

"请问,彭辉是你们公司的吗?"一个陌生人严肃的声音。

"是的,他是我们公司的老板。"李彤有种不祥之感。

"彭辉出了交通事故,请你们马上通知他的家属赶到卢沟桥,就是京石高速公路那座桥。"

"人伤了没有?"李彤的脸色变了,声音也变了。

"连人带车飞到桥下面去了,你说人会怎么样?来了就知道了。"对方冷冰冰地说。

李彤放下电话朝楼下的停车场望了一眼,蓝色宝马车静静地停在那里,切诺基却没在。李彤查看手包,这才发现越野车的钥匙不在了。那辆越野车是彭辉成立装饰公司时买的,彭辉对它很有感情,买了宝马车以后也没舍得卖掉,偶尔还开一开。

李彤派大面包车去接彭辉的妻子,他开着宝马带着公司的一位副总经理直接去了事故现场。

回到家里,小芳越来越感到不安,因为一路上她的右眼一直在跳。韩秋的话提醒了她,她突然意识到自己的那番谎话很有可能会酿出大祸。小芳知道彭辉是个烈性子,肯定无法承受那么重的心灵打击。小芳越想越后怕,也越想越后悔,彭辉万一有什么……她不敢往下想了。

小芳见韩秋在收拾房间,急了。

"秋啊,别收拾了,接着打啊!"

"我刚打过,还是没开机。"

"那你就给小李子打,让小李子务必找到他。"

"妈,您到底要跟他说啥呀?"

"不要问,快打!"

韩秋拨打彭辉办公室电话,没有人接听,再打李彤办公室的电话,依旧没人接听,于是她又拨打李彤的手机,通了,但是始终没有人接听。

李彤走得仓促,没有带手机,手机在彭辉的办公桌上。

切诺基越野车是撞断大桥北侧的护栏斜着飞出去的,根据车的落点,可以看出车在空中飞行了好长一段距离。车子打没打滚不知道,反正车落在了十几米深的河底时是四轮着地的。整个车体摔成了一个薄片,就像被踩扁了的火柴盒,车肯定是报废了。离车不远处,盖着一个印有急救中心字样的白布单,清晰地显映着人体的轮廓。

李彤赶到现场的时候,处理事故的交警已经把现场勘察笔录做完,事故原因是酒后驾驶和严重超速。事故报告中说,彭辉血液中的酒精含量严重超标，当时的车速在一百五十迈左右。

李彤流着泪掀开布单看了看，彭辉的脸血肉模糊，且严重变形。李彤哭着说："还是送走吧，他的亲属看了肯定会接受不了的。"处理事故的几个警察商量了一下，让李彤代家属签了字，尸体就被拉走了。

李彤瘫坐在干涸的河底，下意识地抓弄着地上的沙土。

这时那位律师赶到了，李彤离开公司的时候给他打了电话。李彤十分自责地对律师说："昨晚上我真不该陪他喝酒，我要是不陪他喝，他是不会喝那么多的！往常我都会劝他，可昨晚上我竟然一句都没劝！我真后悔呀！"

律师摇摇头说："李工，你不要自责了，其实……其实……唉，我该怎么说好呢……"

彭辉的前妻和儿子到了，律师的话便顿住了。彭辉的前妻并没有像别的女人那样歇斯底里地嚎啕，而是瘫坐在地上默默地流泪。李彤和律师自然又陪着掉了不少眼泪，直到彭辉的前妻哭出了声音，两人才把她架到面包车上。彭辉的前妻上车后依旧抽咽着，彭辉的儿子像个傻子一样，连句劝慰的话都不会说。

车子启动后，律师悄悄问李彤："你知道今天是什么日子吗？"

李彤摇了摇头说："不知道。"

律师若有所思地说："今天是重阳节，按照古人的说法，这一天是登临高处的日子。"

李彤没有说话，他在回忆昨晚彭辉的反常言行。

韩秋似乎也有了一种不祥的预感，所以她一直在拨打彭辉的手机，彭辉的手机始终没有开机。小芳再也沉不住气了，她让韩秋把能打的电话都打一遍，一定要尽快找到彭辉。直到十点半左右，韩秋才从公司的一位员工那里得知，彭辉出了车祸，人究竟咋样，还不清楚，反正公司的领导都去了。

这个消息让韩秋和小芳都呆了，尤其是小芳，也不再顾忌韩秋了。她流着泪喊了一句："天哪，是我害了他呀！"

韩秋此时顾不得想别的，收拾东西准备赶中午的长途。

小芳哭着说："秋啊，妈不能再瞒你了，妈就是小芳，妈骗他说你是他的亲生闺女,所以他才发誓不再跟你来往了。"

韩秋惊得目瞪口呆:"妈,您怎么能这样啊!您最了解他,您那样说,他咋受得了啊?您可以采取任何措施阻止我们,可是您不该那么说啊!我能想象出您多么在乎他,如果您早跟我说,我可以离开他,您干啥往死里逼他啊?妈呀,我真不明白,您那么在乎他,咋能这么狠心呢?"

小芳一脸的惊恐和懊悔:"别说了秋,妈现在后悔死了,是妈太自私了,妈不该这样报复他。秋啊,你赶紧去吧,他要是活着,你就告诉他,那些话是妈骗他的,你根本就不是他的女儿,俺不管你们的事啦。对了,你告诉他,妈和他的孩子,在妈跟你爸结婚前就做掉了,妈没要那个孩子,是为了你爸。"

韩秋边收拾东西边说:"妈,我现在啥也不想了,只要他活着,让我怎么着都行。"

说完,韩秋便急匆匆地拎着包走了。

行车途中,韩秋终于打通了李彤的电话,李彤骗她说,彭辉受了伤,正在医院抢救。

李彤在车站接上韩秋的时候,已经是晚上七点多了。

韩秋一上车就焦急地问李彤:"李工,你告诉我,他到底伤得咋样?你怎么不说话?"

李彤的眼眶湿润了,不知该如何开口。

韩秋急了:"李工,马上带我去医院!"

李彤说:"别那么急,你还是先吃点儿东西吧。"

韩秋含着泪说:"我求求你了李工,你就别再让我着急啦!你想想,不见到他,我能吃得下去吗?"

李彤知道没必要再瞒下去了,他深深地吸了口气说:"韩秋,你千万别太难过,彭总他……"李彤的声音哑了。

"你说呀!他到底咋了?"韩秋的脸色大变。

"韩秋,彭总他……他已经离开我们了。"李彤无法抑制自己的泪水,紧紧攥住韩秋的手。

"不……"韩秋声嘶力竭地喊着。

"对不起，韩秋，我在电话里没敢跟你说实话，我是怕你受不了。"李彤轻轻地拍着韩秋的肩。

"不……"韩秋身子一挺，昏厥了过去。

李彤赶忙把车停靠在路边，他一只手摇着韩秋的胳膊，另一只手紧掐韩秋的人中。大约过了一分钟，韩秋才清醒过来，她长出了一口气之后，便嚎啕大哭起来，她的哭声传得很远，引得路人纷纷跑过来围观探问。

韩秋在别人问她的时候依旧大哭不止，一句话也说不出来。李彤赶紧把车开走了，再停留于此，肯定会有人向他发难。北京人爱管闲事，说不准会揍他一顿。

李彤没把车开上主路，挂着二档在辅路上缓缓而行。他要等韩秋的情绪稳定下来再说，怎么也得劝韩秋吃点儿东西，哪怕是喝点儿水呢。李彤最了解韩秋对彭辉的感情，这飞来的横祸肯定会把她的身心击垮的，她还不满十九岁，在一般的家庭还是个孩子啊。

遗体告别那天，为了不让彭辉的前妻看出什么，知情的人把韩秋和彭辉的前妻隔开好远。韩秋一再提醒自己，彭辉已经走了，千万别再让他的灵魂为难了。可是当彭辉的遗体被推走的时候，韩秋还是没能克制住自己的情绪，她奋力挣脱开小慧的搂抱追过去，一头扎在了彭辉的怀里。

韩秋一哭，身边的小慧也跟着痛哭失声，李彤和老魏等人也都跟着掩面而泣，才没让彭辉的前妻太难堪。

为了避免发生意外，李彤让小慧形影不离地跟着韩秋。要说小慧对韩秋还真是不错，不仅整日陪着韩秋掉眼泪，还不厌其烦地开导韩秋，不管韩秋吃多吃少，到了饭点儿她都要下厨房给韩秋做饭。

小慧前几天被文化活动中心辞退了，理由是经常迟到早退，其实她知道这是因为崔副局长被"双规"的缘故。听说崔副局长很有可能要被判刑，小慧只好和他划清了界限。小慧是个拿得起放得下的人。不过小慧也算对得起崔副局长了，当有关方面问她是否接受过崔副局长的钱和物，她一口咬定她和崔副局长只是一般朋友关系，是"君子之交淡如水"。

韩秋连续多日吃不下睡不着。突然间没有了彭辉，仿佛世间的一切都失去了光彩。才做了人流，又遭受这么沉重的打击，韩秋的身心几乎崩溃了。韩秋认为彭辉的灵魂肯定没有走远，现在去追赶还为时不晚，她的确想到了死。韩秋最难以忍受的痛苦，就是彭辉出事的时候她不在身边，倘若她在身边的话，彭辉决不会喝那么多酒。

韩秋根本没精力也没心思过问公司的事，李彤和律师跟她商量事情，她大都只有一句话："你们看着办吧。"没有了彭辉，韩秋把一切都看得无所谓了。好在彭辉生前把一切都做了交代，公司并没有停止运转，工程也都按原计划进行。

李彤做了常务副总以后，基本上没有大的人事变动，只是增加了几名设计人员。韩秋的情绪稳定下来以后，并不干涉李彤的工作，虽身为总经理，却依旧做着原来的那些散碎工作。她心里很明白，如果不是李彤和小慧无微不至的关心，她早就倒下了。

韩秋没有怪罪母亲，彭辉那么在乎母亲，母亲自然也是很在乎彭辉的，母亲阻止她和彭辉，于情于理都说得通。韩秋倒是很担心母亲能否承受内心的痛苦和自责，所以，当她的情绪稳定下来之后，第一件事就是把一家人接了过来。韩秋陪母亲去了趟骨灰堂，还特意为母亲买了一束百合花。

小芳摘下几朵百合花，摆放在彭辉的骨灰盒上。为了让母亲单独跟彭辉说说话，韩秋躲开了。小芳在骨灰盒前默默伫立着，泪水成串成串地落着，她有很多话要跟彭辉说，却又不知从何说起。

小芳带来的祭品很特别，是彭辉最爱吃的鸡蛋面和韭菜馅饺子，都是小芳亲手做的。彭辉的照片是很久以前照的，用这张照片是韩秋坚持的，因为她知道彭辉最喜欢这张穿着中式上衣的照片，那件中式上衣是二十多年前小芳用手工为他做的。

望着彭辉的照片，小芳哽咽着说："小辉，你不该这么走啊，你走了，让俺咋活？俺知道你喜欢秋是因为喜欢俺的缘故，俺不赞成，不是因为别的，俺就是担心哪一天你发现秋不是俺，你就会冷落了秋，那样你就害了秋啊！俺知道谁也代替不了俺，就像谁也代替不了你一样。小辉，你别怪俺，昨天俺带着秋去见了你媳妇，不经过她，俺和秋不能来看你，秋说得用什么证才中。

俺请你媳妇原谅俺跟秋，你媳妇没怪俺们，说你人都没了，怪有啥用。而且，你媳妇告诉俺你们早就离婚了，你媳妇没有为难俺和秋，还跟俺说，是她从俺身边抢走了你，你媳妇是个好人啊！小辉，你安心走吧，秋说了，她一定要把你的公司干好，不让你的媳妇和儿子受委屈。小辉，你也不要责备自己了，俺知道你的心思，你放心吧，俺死了以后一定去找你，俺还会像先前那样陪着你……"

回来的路上，小芳一句话也没说，韩秋理解她的心情，所以，一路上也始终默默无语。

几天后，韩秋按照彭辉先前留给她的地址，找到了那位老中医，老中医告诉韩秋，他家的祖传秘方对治疗风湿病有奇效。服了几个疗程之后，小芳的风湿病基本痊愈了。

韩秋把父亲安排在公司管库房，父亲似乎感觉到了什么，却始终没有问过小芳和韩秋。

弟弟回临清参加了高考，如愿以偿地考上了清华。

在李彤的一再催促下，数月后韩秋参加了成人自考大专，学的是企业管理，李彤说这样有助于她管理公司。

一年后，李彤曾向韩秋表示了那层意思，被韩秋婉转地谢绝了。韩秋说那样对李彤不公平，因为她的心里一直放不下彭辉，她现在只能把李彤当做朋友和兄长。李彤很知趣，没有再提过。李彤也没有接管公司的意思，他觉得做韩秋的助手挺好。

《寻找小芳》后记

《寻找小芳》虽然写的是一个离奇的情感故事，但小说并不仅仅局限于情感纠葛问题，而是通过彭辉和韩秋的畸恋来反映现实社会中某些真实的东西。彭辉的原型是我做工程时结识的一个朋友，他是河南人，十几年前他带着十几个民工来北京打工，先是做包工头，后成立了自己的装饰公司，并很快就发迹了。后来他跟老家的媳妇离了婚，离婚的理由是媳妇没有给他生儿子，其实是他在北京有了情人，而且还不止一个。他给了媳妇十万块钱，两个女儿都判给了媳妇，从此他就与媳妇和孩子断绝了一切来往。十年后的某天晚上，他在一家歌舞厅遇到了做小姐的小女儿（十六岁），当时他们父女俩并没有认出对方，若不是他问起她的家庭情况，那一晚他们很可能就发生关系了。我就是根据这个故事写出了《寻找小芳》。至于小说里的其他人物，基本上也都是有原型的，"崔副局长"是我做工程时的一个甲方，"李彤"一直是我的得力助手，"小慧"每年都能从"崔副局长"手里捞取一二十万元。

彭辉的悲剧就在于他的迷茫，而且是富有了以后的迷茫。他在失去了自己的初恋以后心灵就渐渐扭曲了，随着财富的增加，他的内心却越来越空虚。如果他还是一介平民，他的迷茫或许不会酿成悲剧，但他恰恰成了一个富有者。心灵的空虚和财富的剧增，加上他骨子里的报复心理，于是，纵欲就成了他生活中的主要内容。当他遇到酷似初恋情人小芳的韩秋以后，内心深处的那份真爱一下子被唤醒了，他竭力想找回失去的自我，但是事态的发展却完全出乎他的预料。彭辉的可悲之处，就在于他自身的局限性——狂傲的外表里藏着懦弱：失去小芳是因为他屈服了世俗的压力，当然也因为他返城以后思想起了变化；委曲求全地娶了彼此不相爱的妻子，唯一的精神支柱就是金钱，他成了金钱的奴隶。

一部分人先富起来以后，大都变得茫然了，他们不知道富起来以后该做什么，他们以为挥霍和享乐就是人生的终极目标。彭辉就是典型的代表，眼下相当一部分有钱人都和彭辉有着相似的生活，他们只知道纵欲和宣泄。即便是崔副局长和李彤这样的文化人，也由于种种原因而不能免俗，他们的随波逐流和堕落并不奇怪，因为他们同样失去了原有的信仰和追求，在物欲横流的生存状态下，他们的欲望层次更高，却又缺乏彭辉们的魄力和勇气，所以他们比彭辉之流更可悲可叹。心灵纯洁却家境贫寒的韩秋很难抵御精神和物质的诱惑，更何况她又是个从封闭状态下初次走入社会的弱女子，她根本无法辨识彭辉的感情纯度。在整个悲剧中，韩秋的确是无辜的，所以在小说收尾的时候，我推翻了小芳和韩秋也都死去的构思，让小芳和韩秋活了下来，她们之所以得以存活，就是因为她们是无辜的，她们都是淳朴善良的好人。

  我在小说中写到了人们关注的腐败问题，但是没有展开，因为我觉得那样会冲淡这个故事的主题。崔副局长也是当前一小部分官员的真实写照。至于城乡差别、大小城市的差别和贫富之间的差别，小说中也有所涉及，这也是尽人皆知的现实，正是这些差别决定了人与人之间的不平等和社会生活节奏的不和谐。

  我觉得这部小说还是有一定的警世作用的，因为我在这部小说里依旧遵循了我一贯的创作原则，那就是歌颂真善美，抨击假恶丑。彭辉和小芳的爱情是纯洁无瑕的，是一种真正的爱情；小芳和韩秋的心地质朴善良，是一种清纯的人性美；彭辉的性格虽然很复杂，但他内心深处还残留着许多美好的东西，这是性格魅力；而李彤、韩大勇等人身上的亮点也反映了人性善良的一面，同样也让人感到人世间美好的东西占主流。如果读者朋友们能从这个故事中看到一些积极的东西，我的笔墨就没有浪费，我的心灵就安宁了。

赵兴华
2011年11月于北京